元カノムーブ／元カレムーブ

「白瀬――
お前のカードは、
6から8か？」

記憶を賭けて――――

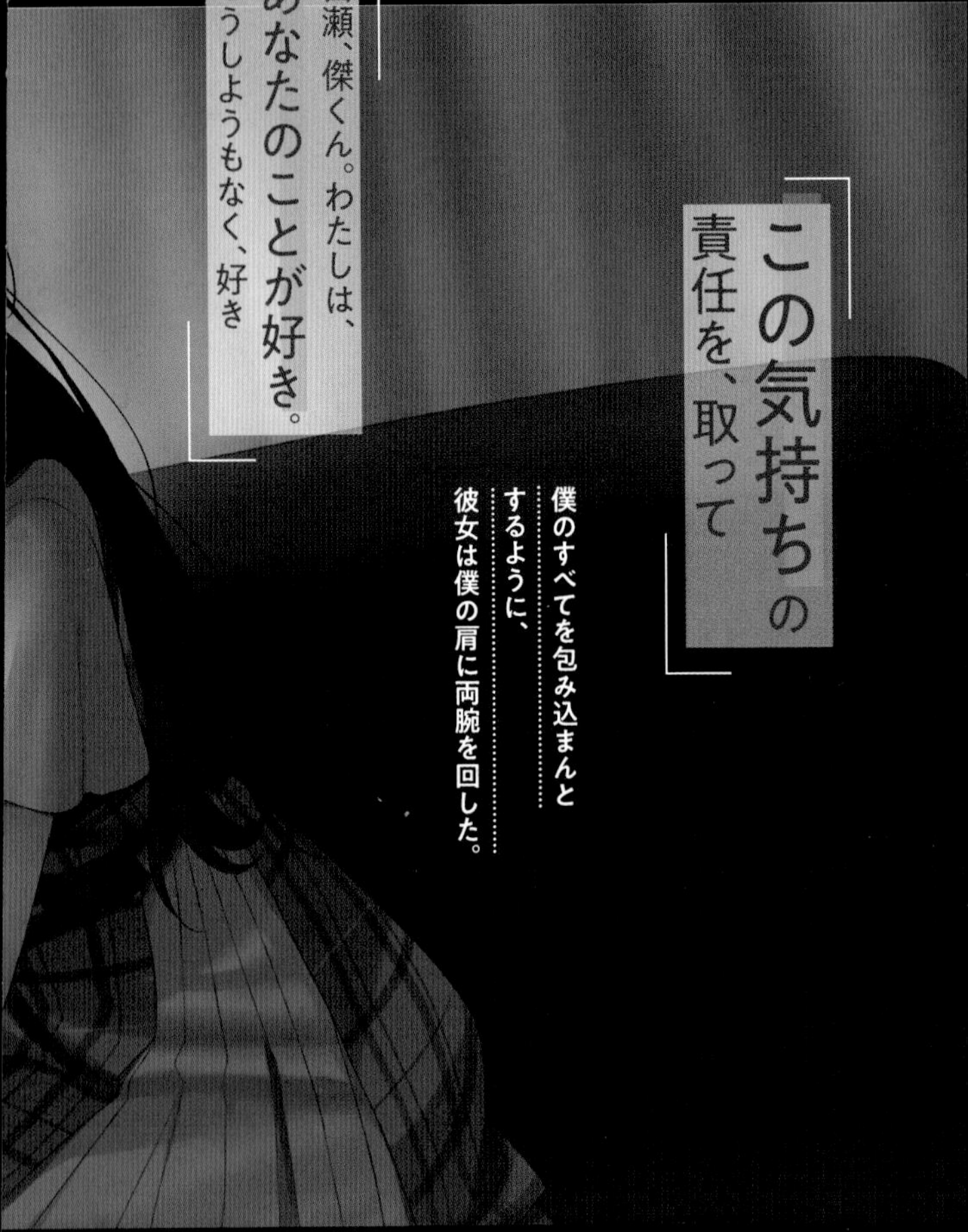

「この気持ちの
責任を、取って」

僕のすべてを包み込まんと
するように、
彼女は僕の肩に両腕を回した。

「白瀬、傑くん。わたしは、
あなたのことが好き。
どうしようもなく、好き」

「ハッ、俺は別にそんな程度で
妬く男じゃねーし」
秋草優陽
（あきくさ・ゆうひ）
美凪の彼氏。13歳。
負けず嫌いで、
常に大人っぽい言動を
しようとしている。

問二、永遠の愛を証明せよ。
思い出補正はないものとする。

かつび圭尚

MF文庫J

口絵・本文イラスト●みすみ

問二、永遠の愛を証明せよ。　目次 ②

問題

＊Introduction ——八月九日（月）

「ごめん、青ケ島さん。君の気持ちにはもう応えられないと、思う」

白瀬くんはそう言って、校門の前で、深く頭を下げた。

さっきまで、近くの喫茶店で文化祭の企画を話し合っていた。その間、彼はずっとそわそわしていた。だからなんとなく、予感はあった。

「……そう。分かった」

わたしたちはまだ、友達。恋人ではない。それでも彼は、わたしを振った。

わたしが彼に告白したのは、一ヵ月と少し前のこと。二週間かけて書き上げたラブレターを靴箱に入れて、わたしは彼を屋上に呼び出した。そうして想いを伝えたけれど、付き合ってとは言わなかった。言えなかった。彼はまだ、わたしのことを何も知らないから。

まずはわたしを知って欲しくて、友達になってとお願いした。

その結果が、これだった。

ねえ、白瀬くん。わたしと一緒にいて、楽しくなかった？　ドキドキしなかった？　付き合いたいとは、少しも思わなかった？　だから、こうして頭を下げた？

ううん、きっと違う。分かっているから、訊かなかった。訊きたくもなかった。

「本当にごめん。好きな人が出来たんだ」

「……もう、いい。謝らなくて、いいから」

その相手が、このごろ彼とよく一緒にいる後輩、朱鷺羽凪沙であることだって、わたしは知っている。

わたしの方が先だったはずなのに。

このままいけば、きっと付き合えるはずだったのに。

それなのに、白瀬くんの前に急に現れたあの子は、どんな手を使ったのか、白瀬くんの心を奪っていった。あっという間に。あたりまえのように。

わたしはぎゅう、と拳を握り締める。認めなきゃ。わたしは、負けたんだって。わたしは、手に入れられなかったんだって。せめて彼の重荷にはなりたくない。それなのに。

「それでもいい。わたしはまだ、白瀬くんが好き。簡単に諦めるなんて、できない」

「……そう、だよな。分かってる。なかったことにしてくれなんて、言うつもりはないよ。ただ、期待させてしまって、ごめん。文化祭のこともあるのに、ごめん」

ああ、今になって、わたしを好きだと言ってくれた愛華の気持ちが、痛いほど分かる。

愛華の好意に、気付かないフリをしてきたバチが、あたった？

だから神様は、わたしをこんな目に遭わせるの？

ついこの間までの、幸せだった日々がぽつぽつと思い浮かぶ。わたしが笑うと彼も笑った。指先が触れそうなくらい、距離だって縮まっていた。目が合う回数も増えた。同じくらい、照れたように逸らされる回数も。ねえ、白瀬くん。わたしのこと、もう、好きだったでしょう？　なのに、どうして。

「でも青ヶ島さん。これだけは言わせて欲しい。……この一ヵ月、楽しかったよ」

もういいって、言ったのに。やめて、白瀬くん。もう何も、言わないで。

涙を、我慢できなくなるから。

「……わたし、も」

顔を伏せて、それでも駄目そうで、背を向けた。彼の足音が聞こえなくなるまで。

気付けばわたしは、自分の部屋に帰ってきていた。

鞄をベッドに放って、次にわたし自身も倒れ込む。スプリングが波のように揺れる。手を伸ばすと、鞄からはみ出たドロップ缶に触れた。彼の癖を真似して買ったものだ。固い蓋を開けて手の平に一振りすれば、出てきたのはハッカの飴だった。

わたしの恋は、叶わなかった。

甘くて苦い味が、そんな事実を突きつける。すーっとした刺激と一緒に、また涙が上ってくる。ああ、いつか見た彼のように、大声で泣きそうになった、時だった。

「こんにちは、青ヶ島悠乃さん。いやあ、この度は非常に残念でしたね！」

わたしの目の前に突然、飛翔体が現れた。ぱたぱたと羽を動かし、宙に浮いている。見た目は真っ裸で……そう、まるで、恋のキューピッドのようだと、思った。

「……悔しい。理不尽。どうして、こんな結果になるのかわからない」

それが何者かなんて、今のわたしにはどうでもよかった。誰かと話しているだけで、ほんの少し気が紛れたから。

「ええ、そうですよね。なにがなんだか、あなたにはわかりませんよね」

「あなたは知っているような口ぶり」

「ええ。原因は——『コクハクカルテット』。あなたが参加し、敗北したゲームです。このゲームの結果により、世界が作り変えられてしまったのです」

「世界が？　そんな話……信じられるわけ、ない」

わたしはすぐに、そのゲーム名をスマートフォンで検索する。何もヒットしない。いや、違う。画面には『禁止された検索ワードです』と表示されている。こんな文言、見たことがない。わたしが視線を向けると、飛翔体はニイ、とあどけなく笑った。

「信じていただけましたか？　ついでに、私が天使で、名をクピドということも覚えていただけると幸いです。さて青ヶ島悠乃さん。ここで一つご提案があるのですが、いかがでしょうか？　きっとあなたにとって、聞いて損のないお話かと思いますよ」

わたしはハッカの味の唾を飲み、無言で——こくりと、頷いた。

(1) 彼女に恋した理由を求めよ。

僕は選択を間違えた。

じわりとかいた汗と、痛いくらいに強く速い鼓動を感じながら、僕は後悔していた。

狭い密室で、ふたりきり。

こうして凪沙と出かけるのは、もう三回目だ。だけど交際前の男女にとっては、この状況は些か刺激が強すぎるように思えた。

僕は今、漫画喫茶のカップルルームで凪沙イチオシの少女漫画を読んでいる。

手元の紙面で繰り広げられているのは甘々なラブシーンで、隣の凪沙からはほんのり甘いシャンプーの香りがしている。

意識の内に常に相手がいて、互いの身じろぎも呼吸音も聞こえるくらい、手を伸ばせばすぐにでも触れられるような状況。しかも僕はその相手に強く惹かれている。

つまり――この空間はもう、恋愛の甘ったるい空気に支配されてしまっている。吸う空気も吐く空気も水飴みたいにねばっこい。頭がどうにかなりそうだった。

「傑先輩、どうですか?」

上目遣いの凪沙が、小声で訊ねてくる。防音の部屋なのでそこまで気を遣わなくてもいいはずだが、小声でも充分聞こえるというシチュエーションを楽しんでいるようだった。

「どう……って、なんか、緊張するな、こういうの」

「へ？　あ、いえ、そうではなく……漫画の方、なんですけど」

凪沙がゆっくり、僕から視線を外す。その表情も、無邪気な笑みから一転、ぎこちないものに変わる。二人の間で巧妙に隠していた緊張を、僕の迂闊（うかつ）な一言が呼び起こしてしまったようだった。

「え？　あ、ああ、そっちか。確かに面白いな、これ。少女漫画だからって敬遠してたけど、美凪（みなぎ）に薦められた時に読んでおけば良かった」

僕は漫画本をぱたりと閉じ、裏返して山積みにする。面白いのは間違いない。ただ正直、内容は半分くらいしか頭に入ってこなかった。こんな状態で集中出来るわけがない。

そう、僕は選択を間違えたのだ。オススメの漫画があるという話になって、でも姉の蔵書だから勝手には貸せないと言われて、ちょうど漫画喫茶が近くにあったので、軽い気持ちで二人で読みに来た。そしたらこの有様だ。

「ですよね！　内容はドロドロしてるのに描写は妙に爽やかで、シリアスとギャグも奇跡的なバランスで！　どんどん引き込まれていくんですよね！」

「特にライバルのキャラがいいよな。今までの悪行を反省して、『結果だけ手に入っても、中身がなきゃ意味なんてないじゃない』って大ゴマで泣くところ。あそこから一気に親近感が湧いてきて、つい応援しちゃうんだよ」

「あー、ミサキちゃんですか……いいですよね」

「今ちょっと含みがあったよな。いや、やっぱいい。もう何も言わなくて大丈夫だ」

「いえ全然。なにもないですけど、十五巻では覚悟した方がいいですよ」

「それ絶対なにかあるやつじゃないか！　悪質なネタバレだぞ！」

「まあまあ、大丈夫ですよ、傑さ——先輩。ネタバレが気にならないくらい面白いので」

誤魔化すように笑う凪沙。彼女は、僕の元カノ——朱鷺羽美凪の妹だ。だから僕のことは『先輩』よりも、『さん』付けで呼ぶ方が慣れているはず。なのに彼女は最近、僕のことを傑先輩と呼ぶようになった。

「あのさ凪沙、無理して先輩とかつけなくていいんだぞ。同じ学校の先輩後輩とはいえ、それ以前から知ってるわけだし」

とはいえ面識があるだけで、二人きりで話したりするような間柄でもなかったけど。

なのに今、こうして二人きりで、互いに想い合っているのだから不思議だ。

いや——本当に、不思議で、不可解で、不自然なのだ。

「んー、それもそうですけど、でも、なんだか先輩をつけないといけない気がして。それに、先輩呼びの方がいい反応が返ってくるんです。気付いてましたか、傑先輩？」

再びの上目遣い。赤いリボンを揺らしながら、凪沙は満面の笑みで首を傾げた。僕はド

キリ、として目を逸らす。彼女の言うとおりだ。傑先輩と呼ばれると、何故か調子が狂う。

「あ、ほらほら。やっぱりそうです、先輩、先輩、傑先輩っ！」

「や、やめろって」

尻すぼみの声量で、僕はにじり寄る凪沙から距離を取る。といっても、ほんの数センチ、僕が壁に完全に背をつくまでの長さだけ。つまり僕らのトータルの隙間は結局縮んでいて。

ああ――好きだ。

だがそう思うたび、僕の気持ちを打ち消すように、心の中で一つの疑念が頭をもたげる。

この気持ちは果たして、本物なのだろうか。

それは未だに僕の中で、解決できない問いだった。

今から三週間ほど前の――七月二十一日。夏休み開始間際に、僕と凪沙は再会して、一目惚れでは説明できない強さの引力で惹かれ合って、たぶん、恋に落ちた。

でもそこに過程はない。結果しかないのだ。僕が大事にしているはずの過程が、好きになる理由が、好きになるために積み重ねた時間が、どこにもない。

――僕がこれから君を好きになって、君がこれから僕を好きになったら。……その時は付き合うっていう、そういうゲームをしないか。

――最終的に、相手を想う気持ちの大きい方が勝ち。

あの時僕は、そんなゲームを凪沙に提案した。ゲームとも呼べないおかしなルールのゲーム。だけどそうしなければ、何かしらの関係性を結ばなければ、僕らの気持ちはすぐに消えてしまうと思ったから。だから僕は、過程のない恋心を、僕らの曖昧な関係を、なんとか形にしてつなぎ止めようとした。

こうして逢瀬（おうせ）を重ねて、僕らは徐々に互いのことを知っていって、口にはしなくても想（おも）いが通じ合っていて。それでも僕はまだ、過程のない彼女との交際に踏み切れないでいた。

「ところで傑先輩。さっきの話、ですけど。傑先輩も、ドキドキしてるんですね？」

「……さあ、どうだろうな。緊張してるって言っただけで、ドキドキしてるとは——」

僕の否定を待たずに、凪沙は僕の胸板に指先を当てる。それは、ずるいだろ。

「してるじゃないですか、ドキドキ」

「……そ、そりゃ、するだろ。ちょっとくらい」

「ちょっとですか？　これが？」

「ちょっとだよ、これが」

「なら。もっと速いの、感じてみたい、です」

僕の胸に当てた手はそのままに、凪沙の唇がゆっくりと近付いてくる。ああ、人間というのはなんて単純なんだろう。僕の心臓は止（とど）まるところを知らない勢いで拍動を増し、高温になった脳が蕩（とろ）けていく。理性も消えかけて、欲望の見晴らしは軽快。にもかかわらず警告を鳴らしたのは、他ならぬ本能だった。

キスは——まずい！

僕は咄嗟に、凪沙の肩をぐいっと押し返す。ハッとした凪沙が、勢いよく僕から離れる。

「あ……、ご、ごめんなさいです、つい」

反省したようにしゅん、とする凪沙。心なしかトレードマークのリボンも元気がない。

「いや、その……僕も、つい」

「私達、まだ付き合ってないのに、こんな。だめですよね」

「そう、だな」

僕は頷く。物事には順序というものがある。何事にも過程と結果がある。付き合っていない僕らは、そういう接触をしてはいけない。でもそれ以上に、身体が勝手に動いた。キスをされることへの、強固な抵抗感。これは、なんだろう。

さっきまでとは一変、気まずい空気が流れる。

「……あのさ、凪沙」

それが耐えられなくて、今度は僕がじわじわと、凪沙に詰め寄っていく。

凪沙とはまだ、付き合えない。付き合ってはいけない。この気持ちが本物だという確信が得られるまで。それが僕の主義だから。

でもそれは、一体いつになる？　一週間後か、一ヵ月後か、一年後か。

ここのところ、僕の心の中には不安が漂っていて、凪沙のことを想うたび、渦を巻いて語りかけてくるんだ。この曖昧な関係を長引かせてはいけないと。さっきのキスと同じだ。僕の魂に刻まれた、教訓のようななにかが、僕を突き動かす。

「僕は君が、好きだ。だから――」

もし君が僕を好きと言ってくれるならば、付き合って欲しい。僕らのゲームの、ルールに従って。

そんな僕の紡ごうとした申し出を遮って、凪沙が儚げに笑んで、問うてくる。

「傑先輩は、私のどこが好きなんですか？」

「……それは」

凪沙は、可愛い。明るくて、笑顔が眩しくて。一緒にいると楽しい。魅力的な女の子だ。でも、それは正しい答えじゃない。この気持ちの根拠は、まだどこにもない。だから正直な僕の口は、いくら唇を動かしても音を出さない。

凪沙は、僕の瞳をしっかりと見つめながら、やんわりと僕を両腕で押し返した。

「……無理、しないでください。目を見れば分かるですよ。傑先輩は、迷ってるんです」

「ま、迷ってなんかない。僕は凪沙を――」

「だって。青ヶ島先輩のこと、まだ気になってるんですよね？　私と再会した時に言ってたですよね、いい感じの相手がいるって。あれ、青ヶ島先輩のこと……ですよね？」

僕は確かに、青ヶ島さんのことが好きだった。

不器用で、内気で、でも頑張り屋で。青ヶ島さんから告白されて、文化祭実行委員に二人で立候補して、一緒に仕事をして、彼女の人となりをよく知って。彼女といるととても安心できて、彼女が努力する姿に心打たれて。僕は青ヶ島悠乃と、付き合うつもりでいた。

だけど凪沙と出会ってから、僕の心の状況は大きく変わってしまった。

僕は凪沙の不安げな表情を振り払うように、首をぶんぶんと横に強く振る。

「いや、上手く説明できないけど……その気持ちは、偽物なんだ」

これも不可解だ。夏休みまでの僕の記憶は、ところどころ間違っている。白昼夢がそのまま記憶に置き換わったみたいに、味がしないのだ。それが何故かは分からない。でも直感が、その過程は間違っていると告げている。

「青ヶ島さんとの過程は間違ってて、その結果生まれた気持ちも、間違ってるはずだ。だからずっと悩んでたけど、青ヶ島さんには昨日、付き合えないって言ってきた」

言い切ると、静寂が訪れた。凪沙はどんな反応をするだろうか。彼女の言葉を待つ間、僕の胸は、何故かズキズキと痛んでいた。

「そう、ですか。わかったです。なら傑先輩が迷ってる理由は、もっとシンプルですね。私達に、過程がないことです。だから私は……まだ、だめなんだと思います」

そのとおりだ。凪沙との過程は空白なのだから、本物とも偽物とも断ずることは出来ない。どちらも等しく、間違った結果かもしれないのだ。だけど僕の気持ちは、どうしても逸（はや）ってしまう。

「それは、全くそのとおりだよ。でも――」

凪沙は僕の唇を指で挟んで、無理矢理噤（むりやりつぐ）ませる。

「結果よりも過程が大事。主義を貫き通す面倒くささがなきゃ、傑先輩じゃないですよ」

「面倒くさいって、いや、否定するつもりはないけど、まだ一緒に出かけるのも三回目だろ。そんなに面倒くさいって思うところあったか？」

「……え。それ、まさか本気で言ってるですか？　無自覚なんですか？」

凪沙は驚いたように目をぱちくりとさせている。あれ、おかしいな。気を付けていたつもりだったんだが。

「とにかく、傑先輩。そんなに急がなくたっていいですから。それで傑先輩の中で答えが出たら、もっとずっと、素敵な告白をしてくださいです」

満面の笑みを浮かべる凪沙に、僕はたじろいで頬（ほお）を掻（か）く。いつの間にこの子は、こんなに強くなったのだろう。いつも美凪（みなぎ）の陰に隠れていた弱々しい姿は、もうどこにもなくて。

「……ああ。分かった。善処するよ」

「大丈夫ですよ。私は傑先輩のこと、ちゃーんと待ってるですからね」

だからこそ、僕の不安はより募る。

僕は胸ポケットからドロップ缶を取り出して、メロン味の飴玉（あめだま）を口に含む。これが夢ではなく現実であると、確かめるために。すぐ隣にいたはずの少女が知らぬ間に離れていってしまわぬよう、祈りを込めて。

僕が彼女を好きな理由は、過去のどこにもありはしない。だから僕はこれから見つけなければならない。朱鷺羽凪沙と付き合うための理屈を。

＊＊＊

僕らの通う芙蓉高校の文化祭『芙蓉祭』の開催は、もう一カ月後に迫っていた。

夏休み中、毎週水曜日は芙蓉祭の準備日に設定されている。この日は多くの生徒が学校に集まり、各クラスの出し物の看板や装飾をせっせと作る。だいたいは朝と夕方に二回実行委員の会議があって、委員は特に働きづめだ。

だが最も厳しい労働環境にいるのは、会議室の壇上に立っている芙蓉祭実行委員長、すなわち生徒会長の冬木眞海先輩を筆頭とした、生徒会役員達だろう。芙蓉祭は例年、生徒会が中心となって運営するという伝統がある。

「さて、諸君から募集した企画だが――二年の青ヶ島君から提案のあった、『スタンプラリー』を採用しようと思う」

冬木会長の一声に、隣に座っていた青ヶ島さんがこちらを嬉しそうに向いた。

「やった、白瀬くん」

「だな。朝からカフェに籠もった甲斐があった」

苦労した分、喜びもひとしおだ。しかし喜んでいたはずの青ヶ島さんの表情が、一瞬陰る。それもそうだ。僕はまさにその後に、彼女を振ったのだから。

まだ彼女とは、どんな風に接すればいいのか分からない。今までどおりを努めるべきか、もう少し、距離を置くべきなのか。

「えー、企画の概要だが——『スタンプブック』に、各出し物に設置されたスタンプを押していく、というものだ。勿論全ての出し物を回るのは難しいため、三十六個の出し物を六つのコースに分割する。そしてコースで指定されたスタンプを全て集めるごとに一口、つまり最大六口、豪華景品の当たる抽選に参加できる。この企画により、来場者に様々な出し物を楽しんで貰う機会を作れるだろう。……以上。何か意見のある者はいるか？」

冬木会長は腕を組んで、切れ長の目で実行委員達をじーっと見回した。

「よし、いないな。では各出し物のスタンプを急ぎ発注するので、来週までにデザインを上げてくれ。通知文はここに印刷してあるから帰りに取っていくように。ではこれで朝の会議は終わりだ。また午後五時から、よろしく頼む」

会長が礼をした途端、実行委員達はいそいそと席を立った。どこもやはり忙しいようだ。

僕らも同様に椅子を引いたところで。

「お疲れ。青ヶ島君、それに、白瀬君だったか。良いアイディアに、完成度の高い企画書だった。お陰でスムーズに企画を通せたよ。感謝する」

僕らの方へ会長がやって来て、目を細めて微笑んだ。長い睫毛がくるんと揺れる。その自信満々な立ち姿とは裏腹に小柄な背丈には、いつもギャップを感じてしまう。視界の端には、お立ち台を片付ける生徒会役員の姿が映った。

青ヶ島さんは「こちらこそ、ありがとうございます」とぺこりとお辞儀する。僕もあわせて、「どうも」と軽く会釈した。

「企画書は二人で作ったのか?」

「はい。原案はわたしですが、文面の大半は彼が」

「いや、僕は青ヶ島さんの言ってたことを形にしただけで、大事な部分は全て彼女が」

「フッ、仲がいいんだな」

冬木会長が顔を綻ばせる。なんだか気まずくて、僕は視線のやり場に迷い、俯く。一方で青ヶ島さんは「そういえば」と、終わりかけた会話を繋いだ。

「一件確認なのですが、先週お話しされていたステージ台の件。よく確認したところ、この段取りが抜けていて——」

フラットファイルから飛び出たペンギンの付箋を頼りに、青ヶ島さんはページを開いて会長に示す。それをしばし覗き込んで、会長は顎に指を当てた。

「ほう。これは……私のミスだな。助かったよ。だがどうしたものか、ふうむ」

会長が困ったようにハスキーな声で唸ると、まるでその反応を待っていたかのように、青ヶ島さんが即座に答える。

「たとえばですが、わたしがこのタイミングでカバーに入るというのは」

「いいや、そこは現場でなんとかしよう。ありがとう。君みたいな人材がいてくれて、こちらとしても非常に助かっている」

真顔でサラッと、会長は青ヶ島さんをスマートに褒める。青ヶ島さんは「いえ、そんな」と返しながら、頬を僅かに緩ませた。

「それで……青ヶ島君。出来ればで構わないんだが、君を見込んで、他にも手伝って貰いたい仕事があるんだ。今週のどこかで時間を貰えたりしないか？」

「……明日と明後日なら、大丈夫です。そちらは？」

「いつ来て貰ってもいい。なにせ生徒会は今、土日もフル出勤フル残業のブラック企業だ」

「わかりました。では明日、伺います。どうかご無理なさらず」

青ヶ島さんが会釈し、会長は軽く片手を振って、荷物をまとめ終えた生徒会役員のもとへ早足で戻って行く。

「凄いな、生徒会長に頼られるなんて。なんというか、変わったよな、青ヶ島さん」

少し前までは親友の玄岩愛華にしか心を開いていなかったのに。近寄りがたいオーラを纏(まと)っていたのに。進んで何かをやるようなタイプじゃなかったのに。いつの間にかこうして、生徒会長に見込まれるまでになるなんて。

「うん。変わろうって、頑張ろうって、思ったから」

青ヶ島(あおがしま)さんは嬉(うれ)しそうにはにかんで、俯(うつむ)いた。それから少し、表情に影が差す。

「……わたし、中学生のとき、友達(ともだち)をなくしたことがあるの」

突然のカミングアウトだった。僕はどう反応していいか分からず、話の続きを待つ。

「ううん、最初から、友達じゃなかった。わたしが……間違えたから。歪(ゆが)んで手に入ってしまった。だからわたしは、自分の力だけで欲しいものを手に入れようと、決めた」

説明になっていない説明だったけど、僕はふと一つ、思い出す。

文化祭の関係で青ヶ島さんと二人で繁華街に出かけた時だ。彼女はクレーンゲームで見つけたペンギンのぬいぐるみに固執していた。見かねた僕が取ってあげたが受け取ってくれず、何度も何度もボタンを押して、自分で手に入れようと頑張っていた。お陰で僕の家には一匹、青ヶ島さんとお揃(そろ)いのペンギンが鎮座している。

「わたしは高校に入って、人を拒絶するようになった。……でも、変わりたいと思った。一人ではできないことがたくさんあると、知ったから。それは……白瀬(しらせ)くんのお陰」

「僕は何もしてないよ。全部、君の頑張りだ」

青ヶ島さんは、本当に変わった。教室の中でも、その変化は明確だ。

「悠乃ちゃん。ここの色ってイメージ的に赤か、朱色か、どっちがいいかなぁ？」

「アオさーん。スタンプの件だけど、デザインに時間かかりそうなんだよね」

「青ヶ島さん、ガムテープがもうすぐなくなりそうなんだが！」

「赤色がいいと思う。デザインは月曜までに送ってくれればいい。用品は――笹倉くん、生徒会室に取りに行って」

　クラスのあちこちから声をかけられ、テキパキと答えていく青ヶ島さん。遠まきに観察されているような存在から、今では常に誰かしらと話しているようになった。輪の中心にいるという意味では相変わらずだが、その輪の径はかなり縮まった。

　一方の僕は何も変わらず、出し物の企画にも噛んでいないので完全に下っ端だ。さっきまではクラスでの唯一の友人――笹倉柵真と二人でちまちま作業をしていたが、柵真がガムテープを取りに行ってしまって今は一人きり。

　ぼーっと、教室の様子を眺める。僕らのクラスの出し物は定番のお化け屋敷だ。女子のグループがおどろおどろしい飾りを楽しそうに切り抜いている。別のグループは私物らしきビデオカメラを手に、設定をあーだこーだと話し合っている。そして廊下からは、全裸の子供が僕をじーっと見ている。

　え――全裸の子供？

　僕は胸ポケットからドロップ缶を取り出し、ブドウの飴を口に含んで瞬きを数度。もう一度廊下を見れば、子供の姿は——もう、どこにもなかった。

「いや、見間違いに決まってる」

常識的に考えて、全裸の子供が高校の、しかも校舎に入り込めるわけがない。大方、どこかのクラスが作った人形を見間違えたのだろう。疲れてるのかもしれない。深呼吸のつもりで溜息を吐いていると、クラスメイトの玄岩愛華が僕の肩をぽん、と強めに叩いた。

「なーんか、すっかり馴染んだよね、悠乃」

その表情は普段の脳天気な感じではなく、どこが物憂げだ。落ち着かない様子で、金色のポニーテールをしきりに指でいじっている。

「寂しそうだな、君は」

「んなっ。……べっつに。悠乃があたしだけの悠乃じゃなくなったこととか、これっぽっちも、全っ然、気にしてないし」

「いや、めちゃくちゃ気にしてるじゃないか」

僕の指摘に、玄岩は不機嫌そうにこちらを無言でじとーっと見つめる。視線に耐えかねた僕は教室の方へ向き直り、何か考え込んでいる様子の青ケ島さんを視界に捉えた。

「でも凄いよな。委員に立候補して、しっかり仕事して、クラスでもあんなに頑張って」

「そだね。それはあたしも嬉しいよ、悠乃、すっごく楽しそうじゃん」

「そうか？　そんなに表情が変わってるようには見えないけど」

「あたしには分かるんですー。てか悠乃も実際、楽しいって言ってたし。頑張って良かった、って。……だからあんたには、あたしも感謝してる」

「青ヶ島さんにも同じこと言われたけど、本当に僕は何もしてない」

頑張ったのは、紛れもなく彼女自身の選択だから。しかし隣からは少し間があってから、呆れたような吐息が聞こえた。

「ふうん。ま、いいけど。……で、悠乃とは最近どうなの？」

何の気なしの質問だったのだろう。玄岩からは何度も訊かれて、その度に「良い関係を築けている」だの「仲良くなれてきた」だの、曖昧に誤魔化してきた問いだ。今の僕にはクリティカルにヒットして、言葉に詰まる。

「あー……振ったよ、一昨日」

きょとん。玄岩は僕の気まずげな答えを聞いて、時間が止まったように硬直する。そして五回ほど瞬きした後に。

「は、はああああああ!?　何やってんの、何やってんのホントバカ、最悪、オタンコナス！　嫁に食わせても良いタイプの秋茄子！　今すぐ焼き茄子になって灰燼と帰せ！」

「ちょ、声が大きいって」

玄岩の大声に反応して、クラスの大勢の視線が集まる。青ヶ島さんもこちらをチラと見て、しかしすぐに視線をスマートフォンに戻した。会話の内容は流石に察しただろう。

「……というか、君にとっては好都合なんじゃないのか」

周囲を窺いつつ、小声で玄岩に問う。玄岩は青ヶ島さんのことが好きで、つまり青ヶ島さんに惚れられている僕は恋敵だ。玄岩は「そう、だけどさぁ」と僕の胸ぐらを掴む。

「悠乃を泣かしたら、ただじゃおかないって言ったよね⁉」

「……それは、ごめん」

僕は何に謝ってるんだろう。そして玄岩も、自分でキレたくせに困ったように目を逸らした。青ヶ島さんの親友という立場と、青ヶ島さんに片思いしている立場が、彼女の揺れる瞳の中で、せめぎ合っているように見えた。

「バカ白瀬。ラーメン、奢れ。今すぐ」

「え？　でも、まだ朝の十時――」

「てなわけで玄岩とバカ白瀬、お昼休憩で～す」

玄岩は僕を無視して、伸びをしながら立ち上がり、大手を振って中抜けアピールをした。

「待て待て、早すぎるだろ！　全く腹減ってないんだが⁉」

「は？　あたしとのラーメンがあるのに朝ご飯食べてくる方が悪いでしょ？」

「二周目じゃないと回避できないタイプの理不尽やめろ！」

玄岩は僕のことを気にするそぶりは一切見せず、それどころかふざけて腕を絡ませてきて、僕を無理矢理引っ張っていく。

連行される僕を見て、青ヶ島さんが無表情のまま腰の位置で小さく手を振った。ここ一カ月(かげつ)で自然発生した、僕らの間の隠れた挨拶だ。いつもと変わらずドキリとしてしまった僕は、少しだけ迷って、肘を折って謝罪のポーズを返す。

見た目上は変わらない僕らの関係を、僕は今後、どうしていくべきだろうか。その答えはまだ、出せなかった。


「――へえ、つまり白瀬は、あんだけあんたを好きだった悠乃を差しおいて、その凪沙(なぎさ)ちゃんってポッと出の子のことを好きになっちゃったけど、理由がわかんないってこと?」

「なんか言葉のチョイスにめちゃくちゃトゲがあるんだが、まあ……そういうことだ」

僕の返事を首を傾(かし)げて聞きながら、玄岩は豚骨のスープにレンゲで渦を巻く。

「ふうん。てかさ、そもそも好きな理由とかなくても別によくない? 大事なのは相手が好きだって結果じゃん。そんなん言ってたらカップルのほとんどが付き合えなくない?」

玄岩の言うことも尤(もっと)もだ。自分の感情の動きをいちいち論理的に捉えようとする人間は多くないだろう。それでも、僕らの関係にはその論理が必要だった。

「……理由が分からなかったら、凪沙も不安だろ」

「なんで不安に思うわけ?」

「なんで……って、僕が本当に凪沙を好きなのか、ってところに、説得力がなくなる」

「ふうん。ま、白瀬の言いたいこと自体は分かったけど。つまりあんたは漫画みたいに分かりやすいエピソードが欲しいってことでしょ。ほら、アレ。普段は素行の悪い奴が雨に濡れる捨て猫にそっと傘を差しかけてあげるのを見てキュンときた、みたいなヤツ」

わかりやすい理由付け。マーカーを塗った、付箋を貼ったような、特別な過程。それは一体、誰のためのものだろうか。

「まあ、そんなところだ。……だからさ、参考までに聞かせて欲しいんだ。玄岩はどうして青ヶ島さんのことを好きになったんだ?」

訊ねながら、僕は空っぽのコップを二人分、卓上のポットから水を注いで満たす。玄岩はすぐに自分の分を飲み干した。

「あたしはね、一目惚れ。ホラ、悠乃ってめっちゃ可愛いじゃん。だから一年生で同じクラスになった時、一目見て、ビビッて、電流が走るみたいな衝撃受けてさ。あ、この子があたしの運命の人なんだなーって思ったんだ」

玄岩は卓に肘をつくと、当時を懐かしむように、顔をほんの少し赤らめ無邪気に笑った。

「中学の時はさ、あたしそういうの全然わかんなくって。いっつも恋バナになると気まずかったんだよね。で、テキトーにイケメンの先輩の名前挙げたら、噂が巡り巡った的な感じで、後日告られて。あれはホントマジめんどかった」

溜息を吐きながら、玄岩は水を更に追加し、ごくごくと一気に飲む。空っぽのコップを乱暴に卓に叩きつけた。ビール片手に愚痴をこぼす社会人みたいだった。

「そういうのもあって、変な話、安心したんだ。あたしも誰かを好きになれるんだって。だからさ、悠乃と仲良くなりたくて、すっごく話し掛けた。悠乃がもう、手負いの猫かってくらい心を開いてくれなくても、しつこいくらいに。絶対諦めるもんか、って思って」

「へぇ、なんか、意外だ。最初から仲良かったんじゃないんだな」

いつも二人一緒にいるのが当たり前だと思っていたから、玄岩が言ったような状況なんて、ちっとも想像出来ない。だが玄岩はぶんぶんと大袈裟なくらいに首を振った。

「入学当初の悠乃、ほんっっっとに、スゴかったんだから。あの見た目だから、まぁ人が寄ってくるじゃん？　でも悠乃、一貫して『話しかけないで』『興味ない』とか、異常な塩対応で遠ざけてたんだよ？　ヤバくない？」

僕は「あー、それは」と、言葉を濁しながら頷いた。それは今朝、青ヶ島さんから聞いた話に通じる。まさかそこまで過激に一人になろうとしていたとは。

「……それで君は、どうやってそんな青ヶ島さんと仲良くなったんだよ」

僕の質問が意外だったのか、玄岩は「えっ」ときょとんとして、首を傾げた。

「え、嘘だろ。まさか忘れたのかよ。一番大事なとこだろ、そこは」

「えー、そう？　別にそこはよくない？　大事なのは今の関係でしょ」

あっけらかんと言い放つ玄岩に、僕は脱力する。

「あっ。……でも、あたしが悠乃を本気で好きになったのも、その時だったかも」

おぼろげな記憶をなぞるような小さな声で、玄岩が呟く。僕はすっと傾聴の姿勢を取るが、結局、彼女の口からは「ん～、なんだったっけ」と、続きが語られることはなかった。

「大事な思い出なのに、覚えてないのかよ」

「は？　何？　なんか文句あるわけ？」

玄岩は半月状に目を細めながら僕を睨み付けて、丼から直接スープを飲み干した。

「……いや、悪い。大事だからって、完璧に記憶してるってわけじゃないもんな」

「そ。大事なことはぜーんぶ、この魂に刻んでるんだから、それでいいのっ」

玄岩は自分の胸をどん、と叩くと、僕を置いてスタスタと店を出て行ってしまう。追って暖簾をくぐれば、太陽が朝と比べて随分と眩しかった。

「ねえ白瀬。あたしさ、悠乃に告白したんだよ、先週」

玄岩の表情は逆光のせいでよく見えなかったが、その声色は震えていた。結果なんて聞くまでもない。だから、どう相槌を打つか少し迷う。

「そう……だったんだな」

「結果は玉砕。これからも変わらず親友でいようって結論になった。てか悠乃、あたしの気持ちにとっくに気付いてたのに、関係を壊したくなくて、知らないフリしてたんだって」

「……そっか」

薄々、そんな気はしていた。青ヶ島さんは玄岩と、過度な接触のないよう距離感を保っていた。

「それ聞いてさ、あたし、すっごく嬉しかったんだ。全部分かってた上で、あたしの隣にいることを選んでくれてたってことが」

隣に立って、玄岩の表情がようやく読み取れた。僕の予想に反し――とても晴れやかだった。だからだろうか。ふと、気になったことがあった。

「君はそれで、辛くないのか？」

「ぜんっぜん。だってあたし、諦めるつもりなんてないし。気持ちを伝えられて、むしろ一歩前進、みたいな？　あたしの戦いは、こっから始まるんだからさ」

玄岩はたくましくガッツポーズを決めて、ニカッと笑う。

「ならさ。君は、親友か恋人か、どっちかの道しか選べないとしたら、どうする？」

「……へ？」

「青ヶ島さんと親友でいられなくなるくらい――青ヶ島さんが君と距離を置こうと思うくらいに、君が好意をむき出しにしないと付き合えないとしたら、どうする？」

意地の悪い質問だとは思った。だけど玄岩の答えが――いや、考えが、どうしても知りたかったのだ。僕もまた、青ヶ島さんとの関係を、どうするべきか決められない。突き放すべきか、変わらないべきか。でも、どちらも正しくない気がして。

「えっ……え〜？　や、ちょっと待って白瀬。なにその、キューキョクの選択」

その場に立ち止まった玄岩は、頭を抱えて目を瞑り、ポニーテールを振り乱す。「ん〜〜〜」

と唸る様子を見て、気にしないでくれと引っ込めようとした瞬間だった。

どん、と何かが僕の背中にぶつかってきた。

衝撃で身体がよろけ、僕はふらふらと一歩、二歩。前進してバランスを取った。

「す、すんませんっ！」

声がして、背後を振り向けば、男の子が尻餅をついて転んでいた。……小学生、いや、中学生だろうか。どうやら衝突事故が起きたようだ。

「いや、こんな道の真ん中で止まってた僕らが悪い。君こそ平気か？」

僕は少し屈んで少年にすっと手を伸ばす。が、それと同時に、交差するように少年も手を伸ばし、僕をはっきりと指差した。その目は何故か、驚きで見開いている。

「あ――――っ！　お、お前っ、白瀬傑だろ⁉」

いきなり目の前で叫ばれて、僕の方もビックリしてしまう。なんだこの少年は。どうして僕のことを知っている？

玄岩が「知り合い？」と僕を見る。僕は首を傾げる。こんな子、知り合いにいただろうか。親戚……でもないよな。ズボンをはたきながら立ち上がる少年を、しばし観察する。

背丈は凪沙よりやや高い程度。何やら僕への敵意に満ちあふれた顔は、まだだいぶ幼さを残している。睨み付けてくる吊り目にもやはり見覚えはない。

「え？　いや、えっと……どこかで会ったことあったか？」

だが僕の問い掛けを無視して、少年は命知らずにも、今度は玄岩を指差した。

「じゃあ、そっちはもしかして白瀬のカノジョか？」

蒸し暑かったはずの空気が途端に凍る。おっと、これはマズい展開になったな。

「……は？　あんた、今なんて言った？　ねえ、あたしが、白瀬と？　なんであたしがこんな頭おかしいヤツと付き合ってるわけ？　根拠は？　理由は？　あんた、何をもってそう思ったの？　答えによっちゃ有り金全部出してもらうかんね！」

玄岩愛華に手加減の三文字はない。容赦なく凄む彼女の姿は、どれだけ躾のなっていない犬にも、喧嘩を売る相手を間違えたと直感させる迫力があった。

「あー、や、えーっと……」

少年は肩を震わせながら、ゆっくり一歩退く。あんぐりと開いた口から、浅い呼吸音が聞こえる。その様子に、玄岩はニイッと、おもちゃを見つけたように笑った。

「玄岩。あんま絡むのやめろって、相手は子供だぞ」

「こ、子供じゃねえよっ！　中学生になったんだからなっ！」

僕が玄岩を諫めた隙に逃げればいいものを、少年は謎の強がりを発揮して立ち向かってきた。おお、なんと愚かな。

「へえ、そう。もうオトナってこと？　じゃあ、こういうコトにも慣れてるわけ？」

ニッコリ。玄岩は悪戯な笑みを浮かべながら少年と同じ目線まで屈むと、少年の手首をがっしり掴んで、そのまま自分の胸へと近づけようとする。

「おいやめ、玄岩——」

「あ、あああああ、あああああああ——」

突然のセクハラ行為に、少年は目をぐるぐる回して、茹であがったように顔を赤くして、決定的な接触が起こる前に、なんとか身体ごと勢いよく玄岩から離れた。

「お、お、おおおぼえてろよっ！　こ、こここの痴女ッ！　そして白瀬傑ッ！」

こちらに向けた人差し指をぶるぶると震わせながら、まるで熊から逃げるようにゆっくりと後ずさり、充分な距離が出来たところで——ダッシュで去っていった！

段々と遠くなっていく後ろ姿を眺めながら、僕は呟く。

「……なんだったんだ、あれは」

「さあ？　どう考えてもあんたの知り合いでしょ」

「いや、あんな知り合い、いないと思うんだけどな」

記憶をいくらひっくり返しても、あの顔は初見だったし、年下の子供と交流したこともない。あんな風に睨まれるほどのことをした覚えだってない。

「ま、なんにせよ撃退してやったんだから、感謝しなよ？」

「いや、あれは駄目だろ……」

僕は無意識に、玄岩の胸元に視線を向ける。あの少年にトラウマが出来なければ良いが。

「は？　何見てんの？　あんたには揉ませてやんないから」

「……こっちから願い下げだ」

＊＊＊

『文化祭、遊びに行くね』

風呂から上がり自室に戻ると、スマートフォンにメッセージが届いていた。差出人は朱鷺羽美凪だった。僕はひとり、頬を緩めてしまう。それはもちろん恋心などではなく、新しくできた特別な友人とのこれからの関係を思っての、言い得ぬ高揚感からだった。

美凪と一年近くぶりの再会を果たしたのは、七月の終わりだった。凪沙が僕らの間を取り持って、二人で会う約束を取り付けてくれたのだ。

こぢんまりとしたレストランで、二時間くらいだっただろうか。他愛のない話をたっぷり交わした。美凪の通う女子校のこと。家での凪沙のこと。それからデートの思い出や、喧嘩の真意とか、仲直りの裏話とか。付き合っていた時には出来なかったような話題とは裏腹に、話すことに夢中でちっとも食事が進まない癖とか、美凪自体は全然変わらなくて。

それで——ああ、僕らの関係は変わったんだな、としんみりと感じた。

でもお互い、最近の恋愛事情についてだけは語らなかった。そこはまだ少し気恥ずかしくて、触れられないような領域だった。そもそも、君の妹のことが好きだ、と打ち明ける心の準備もできていなかった。

『僕は2Aでお化け屋敷やってるから』

すぐには返事が来なかったので、画面をオフにして勉強机に向かう。机の脇に置いたところで、立て続けにスマホが震えた。

『あー』『そうじゃなくて』『なんていうか』『今いい？　夜分遅くに失礼したいんだけど』

美凪（みなぎ）らしからぬ歯切れの悪い文面が、通知欄に並んでいる。メッセージ画面を開いて既読のマークをつけると、すぐに電話がかかってきた。

「どうしたんだ、美凪」

僕は開いていたノートを片手で閉じ、太いグリップの万年筆をそっとペン立てに戻す。

少し早い誕生日プレゼントとして、美凪が先日くれたものだ。

『んー、ちょっとね。声が聞きたくなっちゃった、的な？』

半笑いでおどけた答えに、僕はすぐに「嘘（うそ）つくな」と返す。

「今のでだいたい察したよ。むしろ僕とは会いたくない事情がある、ってとこだろ」

些細（ささい）な文章だけで美凪の考えてることが分かってしまうのは、良いことか、それとも悪いことだろうか。なんとなく、悪いことのような気がした。

『おー、流石は傑。話が早くていいねえ。会いたくないっていうか、つまりまあ、元カレムーブ禁止、みたいな』

　言葉の切れ目のところどころにある間は、美凪らしくなかった。それもまた、別れたからこそ見える新しい一面なのだろう。僕は可笑しくて鼻を鳴らす。

「なるほどな。つまり君は妹の様子を見に、今の彼氏と一緒に来るんだろ。だから、僕らが偶然会っても、他人のフリまではしなくても、まぁ空気を読めよ、ってことだ」

『え、凄いね。もしかしてテレパシー能力でも得た？』

　美凪は自分で言った癖に、一人でくすくす笑い始める。なんだその現実離れした設定は。

『いや、実はさ、凪沙、好きな人がいるみたいなんだよね』

「……へ、へえ。そうなんだな」

　僕は反応に困る。その相手がまさか電話口の向こうにいるとは思ってないだろう。

『姉としてはやっぱり、悪い男に引っかかってないかは見極めたいでしょ』

「そうだな。じゃあたとえば、両想いなのに、主義に縛られてもたついている男は？」

『え、悪い男に決まってるでしょ』

「……だよなあ」

『それにしても、あの引っ込み思案な凪沙がとうとう恋愛かあ。感慨深いね。楽しみだなあ、義弟をいびるの』

「いびるなよ」

心の底からのツッコミだった。美凪が義理の姉になるというのは、なかなかに強烈だ。

だけどそんな未来を迎えるために、僕には一つ、見つけなければならない答えがある。

「なあ美凪。せっかくだからさ、ちょっと訊いてもいいか」

話しながら、僕は席を立ち、電気を消して、ベッドにもぐりこんだ。

『んー、恥ずかしくないことなら』

「美凪は……僕のこと、どうして好きになってくれたんだ？」

それは今まで、美凪にしたことのない質問だった。しばらく無言の時間が続いて。

『あのさー傑。私の話、聞いてた？　それ、恥ずかしいことじゃん。どうせ君も恥ずかしくて、部屋を暗くして布団を被りながら訊いてるんでしょ？』

なんだよその千里眼は。僕が美凪のことが分かるくらい、彼女もやっぱり僕を分かってるのだと思うと、どこか気恥ずかしい。

「……いや、実はちょっと今、僕にも気になる子がいるというか、なんというか。ただ、悩んでるんだ。好きになった理由が……わからなくて。だから、参考までに」

一呼吸置いて、美凪の『へぇ〰〰〰』と興味津々な声が鼓膜を撫でた。

『あの傑が、好きな人って、なんかウケるね』

「元カノの言う台詞かそれ。僕がそういうこと言う度にずっとウケてたのか？」

『あっはは、逆に聞くけど、そっちはどうなの。なんで私のこと好きになったの？　君は別に、告白してくるまで私と面識なかったわけでしょ』

どきり。僕にとって特別な初恋の鼓動が、胸の中で再現される。僕の心が初めて揺れた瞬間を、僕にとって今でも大事な瞬間を、僕はすぐに思い出すことが出来た。

「……たまたま見たんだよ、中二の夏休みに君がほら、君んちの近くの図書館で勉強してるのを。しかも一学年上の内容だった。成績トップの癖に、それでも努力を怠らないなんて凄いな、って思って」

僕と美凪はその時、同じ私立中学の同級生だった。僕は今以上に寂しい学校生活を送っていて、一方の彼女は文武両道、容姿端麗、コミュ力抜群、というパーフェクトな人間だ。彼女の家の場所なんて当然知らなかったから、そんな超人が急に僕の生活圏内に現れたことに、ひどく驚いたのだった。

「それ以来、学校でも君のことを目で追うようになって……それで、好きになった。ああ、でもそういえば、最初に感心したのは僕の誤解で、事実とは反してたんだよな」

後から分かったことだが、実は美凪はその時、勉強していたわけではなかった。部活の先輩から金銭を受け取り、夏休みの宿題を代行していただけの話だったのだ。

『あはは、なるほどね。だから私が代行してたって話聞いて、あんな変な顔してたんだ。

今でも思い出せるよ、あの動揺っぷり』

「……忘れてくれ。それより美凪、次は君の番だ」

『ん。私はね、君の告白が結構気に入ってたんだ。僕は君が好きだけど君は僕のことを知らないだろうから、まずは友達になってくれ、ってやつ。あ、この人、一方的に自分の考えを押しつけたりしなさそうだなーって。それがきっかけ。まあ、事実とは反してたけど』

「え、そんなことないだろ」

『無自覚だなあ』

「その言葉、つい最近も聞いた気がするな……」

『ほらね？　好きになった理由なんてさ、意外とこんなもんだよ。だからさ、考えたって仕方ないと思うけどな。それより大事なのは――』

「大事なのは？」

『――やめた。あんまり私が色々言うのは違うでしょ。自分で考えて、出した答えにこそ意味がある、って傑なら言いそう』

無駄に似ている声真似を笑いながら、僕は「そうだな」とだけ返した。本当に、よく分かってる。全くそのとおりだ。白瀬傑なら、間違いなくそう言う。だけど今の僕には、そんな簡単な正論が浮かばなかった。昔の僕と、今の僕と、美凪の中の僕。その僅かなズレを、引っかかりを、僕は静かに飲み込んだ。

『じゃ、傑。文化祭ではよろしくね』

「了解。ま、僕がいないときでもいいから、うちのお化け屋敷には来てくれ。特にカップルにはオススメだから」

『ん、わかった。楽しみにしてるよ。じゃね、おやすみ傑』

昔と変わらない、おやすみの優しい声色が、とても懐かしく思えた。僕は布団の中で一人、無防備に頬（ほお）を綻ばせる。

「ああ。おやすみ、美凪」

名残（なごり）惜しむ無音が数秒あってから、通話終了の音が鳴る。スマートフォンを耳から離して、チカチカと眩（まぶ）しい画面光が僕の顔を照らした、その瞬間。

「——こんばんは、白瀬傑さん！　起きてますかー!?」

誰もいないはずの部屋に、聞いたこともない、神経を逆なでするような声が響いた。

「だ、誰だっ！」

僕は布団を思いきりはね除（の）け、上体を起こす。真っ暗な部屋の真ん中に、小さな人影が立っている。急いで枕元のリモコンで明かりを点（つ）ければ——そこにいたのは。

「うわわっ、やめてくださいよいきなり。眩しいじゃないですかぁ！」

小さな子供だった。少し癖のある金髪に、中性的で整った顔立ち。上から下まで白い素肌が続いており、その子供が全裸であることを認識した。侵入者にしては幼すぎる。

「えっと、君は……迷子か？」

「まさか。ただの迷子が、施錠された家に忍び込んで、あなたのフルネームを楽しげに呼ぶわけがないでしょう？」

「だからこそ迷子であって欲しかったんだよ。迷子じゃなきゃ、いよいよ面倒事だろ」

訝しむ僕の視線を気に留めることなく、子供はニカッと笑みを浮かべる。

「面倒だなんて、そんな。酷いですねえ白瀬さん。あ、私は天使のクピドと申します。お久しぶりです——と言っても、当然、覚えてはいらっしゃいませんよね？」

「もしかして、この前廊下から覗いてた子供か？」

文化祭準備の日、見間違いだと思ったあの子供に、目の前の自称天使はそっくりだった。

「ああ、あれですか。なあんだ、バレていたんですね。あれはちょっとした偵察でして。それよりも、実はもっと前にもあなたとはお会いしたことがあるのですが——」

「そんなはずがない」

断言する。こんな珍奇な子供に会ったことなど、忘れるはずがない。だからようやく合点がいった。これは、夢だ。僕は天使に背を向け、枕元のドロップ缶に手を伸ばす。オレンジの飴を取り出して口に含めば——きちんと味がした。嘘だろ。

「ダメですよ、白瀬さん。寝る前にお菓子を食べたら、虫歯になりますよ？」

いつの間にかクピドは天井から吊されたように逆さまになって、僕のことを見つめていた。気付いた瞬間、僕は「うわっ！」と叫んで床に倒れ込む。クピドは天井につけた足を離すと、一回転して着地した。

「わ、分かった。君が本物だってことは、充分に理解した。でもいったい、天使が僕に何の用なんだ。まさかお迎えか？　僕はここで死ぬのか？　いや、もう死んでるのか？」

「いえ、何やら困っているようでしたので、お力になりたくて馳せ参じただけですよ」

全てをお見通しのような碧い瞳が、僕を捉えて離さない。僕はごくりと、息を呑む。

「ズバリ、白瀬傑さん。消えてしまった過程を、取り戻したくはありませんか？」

その言葉は、すんなりと僕の胸に嵌まった。

どうしても論理的に説明できない心の動き。どう考えても欠けている過程。僕は何故、凪沙に惹かれているのか。不可思議な現象は当然、不可思議な存在によって引き起こされたに決まっていて。その答えは今、目の前にある。ならば当然、問わずにはいられない。

「僕と凪沙との間に、一体なにがあったっていうんだ？」

「あなた方二人は、とあるゲームに参加しました。私の主催した『コクハクカルテット』——この、恋愛を巡るゲームの結果に従って、あなた方の記憶は、世界ごと書き換えられたのです」

「ゲームで……世界が、書き換えられた？　どんなゲームなんだよ、それは」

「生憎ですが、詳しい内容についてはお答えできかねまして」

「世界を書き換えるゲームで、内容は話せない？　そんなの、信じられるわけない、だろ」

あまりに荒唐無稽な話だ。普通なら、とても信じられるような内容じゃない。だが——

突然消えた美凪への未練、青ヶ島さんとの記憶が偽物だという認識、そして、過程がないのに惹かれ合う僕と凪沙。世界が、過程そのものが書き換えられてしまったというのなら、少なくとも僕の覚えた違和感は全て、説明がつくような気がした。

「実はあなた達の恋心が残ってしまったのは、こちらとしても想定外、異例の事態でして……様々な検討を重ねた結果、あなたに一つ、ご提案をお持ちいたしました。もし乗っていただけるのであれば、書き換えられる前の世界の記憶をお返しさせていただきます」

クピドは恭しく一礼する。魅力的な話だ。提案の内容は分からないが、恋心が残ったという発言が確かなら、僕らは本当は、確かな過程に裏打ちされた恋をしていたということだ。それを取り戻すことが出来るならば、今の僕がこうして悩む必要はもうなくて——

ゆえに、逡巡は僅かだった。

僕は意を決してクピドに一歩近付いて、ハッキリと答えを告げる。

「——断る」

一瞬、クピドは大きく目を見開いた。そしてすぐ、ニヤリと笑う。

「へえ、それが白瀬さんの選択なんですね。いいんですか？　困っているのでしょう？」

「ああ。確かに君の話に乗れば、僕の悩みは解決するだろうさ。だけど君が言うとおり、僕が参加したゲームの結果、世界が書き換えられたっていうなら――僕はきっと、こうして覚えていないことまで含めた、そういう過程を作り上げたんだ。過程がないことそのものに、きっと意味がある。過程がないという過程がある。だから僕は、その選択をひっくり返そうなんて思わない」

クピドと名乗る天使は、僕の顔をくまなくじーっと見つめた後に、突然「あはははっ」とよく通る声で、両手を叩きながら笑った。今までの作り物みたいな顔ではなく、本気で楽しんでいるような表情だった。

「いいですねぇ、いいですよ白瀬さん。あなた方は――本当に、期待通り、いえ、期待以上の逸材です」

「……あなた方？　待て。どういうことだよ、それ」

「私が交渉を持ちかけたのは、あなただけではありません。『コクハクカルテット』の参加者四人全員のもとを、私は訪ねています。そしてなんとこれで全員が、私の誘いを断ったんですよ。誰か一人くらいは頷いてくれるかと思っていたんですが、これはこれで面白いことになりましたね」

クピドはかわいこぶってウインクしながら、愉快に肩を竦める。よく分からないが、この天使にとっては都合の悪い展開だろうに、何がそんなに楽しいのだろうか。

「いったい、目的はなんなんだよ」

「我々の目的ですか？　一言ではとても言い表せませんが、そうですね、目下一番の事項としては——白瀬さん。あなたが本当に、永遠の愛を証明できるのか、見極めることです」

「永遠の、愛……だって？」

永遠の愛なんて存在しない。あるとすれば、愛が永遠に続いたという結果だけ。

それは僕が美凪との別れ際に導いた持論だ。

愛が、気持ちが、心が。変わらないなんてあり得ない。人の心も、関係性も、環境も。全ては移ろうものだ。不変なものなんてどこにもない。だからこそ、愛を永遠にしようと努力することが大事なのだ。

「永遠の愛なんて、この世のどこにも存在しない。だから証明なんて——」

「ええ、ええ。あなたのお考えはもうね、嫌というほど承知していますよ。ですが私達が注目しているのはそこではなく……いえ、少し喋りすぎましたね」

機嫌良く喋っていたクピドだったが、いきなり神妙な顔をして、口を噤む。それから二回ほどその場でジャンプして、背中の羽をパタパタ動かしながら、宙に浮いた。

「それではまた、どこかでお会いできるといいですね、白瀬さん！」

「お断りだ。二度と姿を見せるな」

どういうわけか、この天使にはあまり良い感情が抱けなかった。すう——とフェードアウトしていくクピドを、僕は最後まで睨みつけ続けた。

＊＊＊

「あ、傑先輩っ、お疲れさまです。……それと、青ヶ島先輩も」

八月二十五日、水曜日。夏の長い日も落ちかけるような遅い時間に、凪沙は校門の前で待っていた。僕と、その左隣を歩いていた青ヶ島さんが足を止めると、凪沙は鞄をくるりと後ろ手に回し、ワンステップで僕の右隣に寄ってきた。

「どうしたんだ、凪沙。今日は用事があるんじゃ」

「キャンセルしたです。傑先輩にどうしても会いたくなって。……お邪魔、でしたか？」

お手本のような上目遣いが僕を射貫く。もちろん邪魔なわけがない、けど。僕はチラリと青ヶ島さんの方を見る。青ヶ島さんは凪沙のことをじーっと、観察対象のように無表情で見つめていた。駅までとはいえ、この三人で帰るのは流石に気まずいな。

「あー、青ヶ島さん。紹介するよ。この子は一年生の朱鷺羽凪沙。ちょっと色々あって、知り合いなんだ」

「そう。……その、ええと、……よろしく、朱鷺羽さん」

青ヶ島さんは少しだけ表情を和らげ、何か言いたげに口をもごもごさせた後、凪沙に握手を求めた。凪沙も緊張したようにおずおずと手を伸ばし「あ、はい。よろしくです」とその手を握った。しばらく凪沙は、青ヶ島さんの瞳を探るように見つめていた。

「あの、その、青ヶ島先輩——」

凪沙の呼びかけが青ヶ島さんに届く前に、青ヶ島さんは自分の鞄をぽん、と叩く。

「いけない。忘れ物をした。……だから、白瀬くん。二人で帰るといい」

僕らの返事を待たずに、青ヶ島さんは一歩、二歩、こちらを向きながら後ずさりする。

気を遣わせてしまったようで申し訳ない。

「白瀬くん、そんな顔しないで。これは気遣いじゃない。本当に、日記を忘れてきただけ」

「あ、いや、ごめん。そっか、さっきの会議でメモ代わりにしてたな」

青ヶ島さんがこくりと頷く。彼女が肌身離さず持ち歩いている、手帳サイズの日記。それは僕と彼女が友人になった日に、二人で寄った雑貨屋で買ったものだ。

——これからの過程を、記録したいから。

そう上機嫌に微笑んでいた青ヶ島さんは、僕との未来を期待していたはずで、こんな結末、予想してなかっただろう。なら今はその日記には、何が書いてあるのか。人の日記の内容を気にするなんて悪趣味にも程があるけれど、どうしても、心に引っかかってしまう。

「じゃあ、白瀬くん。また金曜日に」

「ああ。また、金曜日に」

青ヶ島さんははにかんで——敢えてだろうか、教室でするみたいに、下ろした手をひらひらと振った。僕はその手を視界に捉えると、振り返さずに、頷くだけで済ませた。

「あの。……金曜日、二人で会うんですか？」

青ヶ島さんが校舎へ戻っていくと、凪沙は心配そうに僕のことを見上げた。

「生徒会の手伝いがあるだけだ。進行がかなり遅れてて、委員が何人か駆り出されてる」

先週は青ヶ島さんが段取りチェックのために出動し、今週はパンフレット等の印刷前データの内容確認。膨大な事務を実行委員が手伝うのは、もはや毎年恒例らしい。

「あれから……二人きりで会ったりはしてないよ」

念押しのように、歩き始めた僕は凪沙に告げる。目を伏せた凪沙は、どこか辛そうで。

「べ、べつに、お二人が会うのが嫌だなんて、言ってないですけど……」

「それより凪沙。本当に良かったのか？　確か今日はクラスでカラオケなんだろ」

凪沙からその話を聞いたのは昨日、彼女のクラスの出し物『焼きプリン喫茶』のための買い出しに付き合った時だ。その流れで凪沙のお気に入りのポップスを教えてもらった。

「そう、なんですけど。でもでも、傑先輩と青ヶ島先輩が働いてるって思ったら、なんだか、遊ぶ気になれなかったんです」

「僕らのは委員の仕事なんだから、そんなこと気にしないで楽しんでくれれば――」

「そうじゃなくって……ですね、なんというか」

凪沙が俯く。その歯切れの悪さはどことなく、数日前の電話での美凪の様子と似ていた。

「傑先輩があの人と一緒にいるって思うと、いてもたってもいられなくて、ですね」

とてとてと歩きながら、凪沙は僕のシャツの端をぎゅう、とつまむ。俯いたままの彼女の表情は、よく見えない。けれどその感情には、予測がついた。

これは――焼きもち、というやつだろう。

美凪はあまりそういうタイプではなかったから、こうした気持ちを向けられるのは新鮮で、くすぐったくて。ああ、この子は本当に可愛いな、と心の底から思った。

「そんなの、心配いらない」

僕はぶっきらぼうに、凪沙の抱く不安に先回りして、答える。

「ほんとうですか」

「ああ。本当だ。僕には君しかいない」

凪沙はシャツをつまんだままで、でもその握力は少し弱まった。彼女との繋がりが解けないよう、歩幅を合わせて進んでいく。その道中、可愛らしい鼻歌が耳に届いた。

「ああ――『私の隣に運命の人』だっけ。昨日教えてくれた曲だ」

「当たりです！　もう聴いてくれたんですか？」

「もちろん。すごく良かった。素朴な歌詞で愛を語るのが、こう、グッときた」

僕達とはまるで真逆だ。運命なんて簡単な言葉を頼りに出来れば、どれだけ楽だろう。

僕は薄暗くなった空を見上げ、続きのフレーズを気持ちよく口ずさむ。

「えっえっ、あの傑先輩、もしかして……音痴なんですか？」

「……音楽に大事なものは、ハートだろ」

「ハーモニーですよ。まあ、傑先輩は存在があんまりハーモニーじゃないですからね」

失礼な後輩の発言をスルーして続きを歌うと、無理矢理口を塞がれ止められた。

駅に着くと、次の電車は五分後だ。僕らは顔を見合わせてから、備え付けのベンチに隣同士、二人で腰掛けた。凪沙は膝に置いた鞄から、がさがさと何かを取り出した。

「昨日、買い出しに付き合ってくれたお礼、です。……あとで食べてくださいです」

突然手渡されたのは、綺麗に包装されたクッキーだった。透明なフィルム袋の中にはハート形のクッキーがぎっしり詰まっていて、赤いリボンで丁寧に蝶々結びされている。

「……え。君の手作りか？」

「む、ちょっと傑先輩、なんですかその失礼な反応はっ！」

「だってホラ、君って確か、料理が……」

美凪と付き合っていた頃からよく被害報告を受けていた。お汁粉カレーに、カリカリパンケーキ、紫色の卵焼き。いつか絶対食べさせてやるから、という美凪の宣言が実現されることは結局なかったと思いきや、巡り巡ってこんな日が来るとはある意味感慨深い。

「まさか、お姉ちゃんから聞いたですか？　ぐぬぬ、余計なことを……」

「余計じゃない、命を守る知恵だ」

「否定できないのが悔しいですけど……良かったら今、ここで食べてみてほしいです。もちろん倒れたらちゃんと責任持って救急車を呼ぶですから」

「……そうだな。覚悟を決めて、いただくよ。前提が怖すぎるが」

折角だから、リボンをしゅるりと解く。取り出したクッキーは、手触りも香りも、何もおかしなところはない。口に運んで、サクッと囓る。僅かにココアの風味がした。

「あれ？　……美味しい」

「もう、なんですかその失礼な疑問符は！」

「いや、だって、事前情報とあまりに違うから」

硬すぎたり柔らかすぎたりもせず、本当にちょうどよく焼けている。僕も昔、美凪に作ったことがあったが、ここまで上手には出来なかった。

「えへへ、自分でも不思議なんですけど、なぜか上手くできたんですよ。奇跡ですよね」

凪沙は嬉しそうに笑うと、袋からクッキーを一つ横取りして、自分の口に放った。

僕はふと、クピドの言っていた『コクハクカルテット』のことを思い出す。もしかしたら凪沙は、そのゲームの中で同じようにクッキーを作ったんじゃないか。だから記憶がなくても、心のどこかで覚えていて、上手く作れた……なんて、あるかもしれない。

「そういえば、君のところにも……来たんだろ」

フィルム袋の口をリボンで結び直しながら、僕は凪沙に切り出す。

「来たって、……もしかして、傑先輩のところにも、あの、天使のクピドさんが？」

「ああ、そうだよ。世界が書き換えられたって話、聞いたか？」

アレが僕の目の前に現れてから、数日が経過している。そのあいだ僕は、誰にもこの話をしなかった。もう一人の僕が僕に残した過程。その意味を正しく噛み砕くために。

そうして僕はやっと、答えを出した。過程がないという過程がある、僕の不思議な恋心に関する、未解決問題に対しての。

「はい、聞いたですよ。ゲームの前の私達は、どんな感じだったんでしょうね」

「きっと、今と変わらないよ。僕が君を好きで、君が僕を好きで」

「そうだったら嬉しいですね。でもそしたら、どうして私達はゲームに参加したんでしょうか。だって両想いなら、普通に付き合えば良かったじゃないですか」

「……どうしても、ゲームに頼る必要があったんだと思う。どうしようもなく関係を拗らせて、そのままじゃ立ちゆかなくなって。だから、必要なことだったんだ」

「ふふっ、なんだか、私達らしいですね」

気がつけば、電車が目の前でゆっくりと減速していた。ぷしゅう、とドアが開いたが、それを僕らは無言で見送った。電車がいなくなるのを待ってから、僕は口を開く。

「……凪沙。やっぱりさ、僕は君のことが好きだ。でもその理由は、分からないままだ。いや、知る由もないんだ。だってそれは、書き換えられる前の――別の世界の僕が抱いた気持ちだ。今の僕らには本来、関係のない気持ちなんだ」

椅子に腰掛けたまま、僕は両手を組んで前傾する。腕時計の針がかちかちと進む音が聞こえた。凪沙の視線を感じながら、僕は自分の思考を、どうにか言葉にまとめていく。

「結果よりも過程が大事だ。それは僕にとって揺るぎない主義で、曲げるつもりもない。だから、君への気持ちは明確に矛盾してる。過程のない結果なんて、間違ってる」

ぽつりと呟くような僕の声は、きちんと凪沙に届いたのだろう。彼女の零した吐息には、悲しみが絡みつくようだった。僕は少し溜めてから、言葉を続ける。

「恥ずかしい話なんだけどさ、僕ははじめ、美凪のことを誤解してたんだ。僕は間違って美凪を好きになったんだよ」

凪沙はどこか困惑しながら「そう、だったんですね」と相槌を打つ。

「だけど、間違った過程から生まれた美凪への恋心が、間違いだとは思わなかった。多分、その時にはもっと他にたくさん、美凪の好きなところがあったからだ。それは一番はじめに間違えなければ、たぶん、知ることすらできなかったことで」

僕は当時、そんな風に深くまで考えはしなかったけれど。

「間違った過程から生まれた結果は、過程をすっ飛ばした結果は、確かに間違いなのかもしれない」

僕は自分のシャツを、胸の前で握り締める。

「でもさ、間違いだからって、なかったことにしちゃいけないんだ。それこそ間違ってる。間違いだって分かったなら、間違いを受け容れて、その結果を受け止めて、そこから修正していけばいい。これから正しい過程を歩んでいけばいい。出てしまった結果は、もう変えられないから」

僕の両親の間に正しい愛はなかった。そこから生まれた僕は間違った存在だと、思ったこともあった。そんな自己矛盾を解決する手段が、過程を重視することだったんだと、今なら理解できる。

過去を消すことは出来ない。過去を変えることは出来ない。心は、時間は、この世の全ては、いつだって不可逆で有限だ。

「だからこの間違った感情を、僕らは正していかなきゃいけない。今の僕らの世界のルールに基づいて、証明し直さなきゃいけない」

僕はゆっくりと立ち上がる。振り返って、座ったままの凪沙に手を伸ばした。

「だから、凪沙」

「は、はい」

凪沙が僕の手を取った瞬間、僕は彼女を引っ張って起立させる。頭一つ分くらい下、赤みがかった円い瞳を、真っ直ぐ見つめる。絶対に逸らしたりしない。ああ、僕は本当に面倒くさい人間だ。いくらでも楽が出来るはずなのに、なんて遠回りなんだろう。

それでも僕は、そうしなきゃいけないんだ。

そういう覚悟を決めて、彼はこんな厄介で遠回りな過程を選んだはずだから。

これこそ君が、悩んだ末に出した答えなんだろ。僕の知らない、白瀬傑。

「僕はまた、君を好きになるよ。根拠のない、遠くの僕から引き継いだこの気持ちじゃなくて、今の僕自身が抱いた気持ちで君に告白できるまで、待っていて欲しい」

誰がそれを判定できるのだろう。明確に気持ちを区分できるわけがない。こんな答え、矛盾していると思う。久々に、ハッカの味を思い出す。甘くて苦い、矛盾した味。僕が嫌いだった、でも今は悪くないと思える味。

しばし、沈黙。凪沙の瞳はゆらゆら揺れて、今にも、泣き出しそうだった。

「傑先輩らしい、すっごくいい答えだと思うです。傑先輩がそう誓ってくれるなら、私は喜んで待つですよ。……けど、私はこの胸にある気持ちが、間違ってるなんて思わないです。そういう風には、世界を見られないです。……だから一個だけ、お願い、いいですか」

「ああ。僕に出来ることなら」

僕が頷くと、凪沙はもじもじと、スカートの前で指を擦り合わせる。

「私としてはそろそろ、傑先輩とちゃんとした、名前のついた関係になりたいです」

今の僕らは確かに両想いで、でも、そうではなくて。ああ、なんて矛盾しているのだろう。元カノの妹ではない。ただの先輩後輩でもない。でも恋人ではない。言葉になんか表

せない、僕らだけの特別な関係だ。それでも一番近いのは。

「なら……恋人候補、っていうのはどうだろう」

なんとも不思議な響きだった。結果ありきのように見える関係で、ともすれば不誠実なようにすら思える単語のチョイスで。けれども僕らにとっては、過程を重視したゆえの、大切な答えだった。

「候補、ですか。ふふっ、そうですね。……なら、これはセーフですか？」

凪沙は繋いだままの手を、恋人繋ぎに握り替える。僕は少し考えてから、ゆっくり頷く。でも正しい力加減も分からなくて、互いの脈を感じながら、強く握っては、弱く緩めてを繰り返した。


最寄り駅に帰ってくる頃には、夕飯時を過ぎていた。凪沙がスマホの通知を器用に片手で確認して、無邪気にこちらを向いた。

「今日の夕飯、シチューだったらしいです。楽しみです」

「君の分、ちゃんと残してくれてるかな？　美凪が全部食べてるかも」

「お姉ちゃんはそんな私みたいなことしないです！」

「逆に君はするのかよ……」

等間隔に立った街灯が僕らを照らして、その度に互いの顔が真っ赤であると認識する。

「あ、あの、傑(すぐる)先輩、家まで送ってもらわなくても、ほんとうに大丈夫ですから」

「でも……ほら、心配だろ」

　ああ、まだ付き合っていないのに、それでも想(おも)いを言葉にした高揚感からだろうか、僕らは二人とも浮かれきっている。送るだなんて口実でしかない。一秒でも長く、凪沙と一緒にいたい。ただそれだけなのだ。

「慣れた道ですし、この時間にもたまに通ってるですから、大丈夫ですよ」

「だからって、何があるかわからないだろ。ちゃんと君を送り届けるまで、安心できない」

　なんて茶番だろうか。繋いだ手を離すつもりなんて微塵(みじん)もない。僕も、彼女も。指の間はぜんぶ汗ばんでいる。あからさまに落とした歩速もそうだ。僕らは全く同じ事を考えていて、同じようにドキドキしっぱなしだ。

　丸い帽子の二階建てを右に曲がれば、もう凪沙の家に着いてしまう。歩みは更に遅くなって、口数も少なくなっていく。永遠にこの時間が続けばいいのに、と思う。

　この手を離したって彼女はどこにも行かないと、分かっているはずなのに。固く絡めた指は全部まとめて僕の一部のようで。だから恐る恐る、慎重に解(ほど)いていった。

　僕は朱鷺(とき)羽(わ)家の邸宅をふっと見上げる。二階から明かりが漏れている。あそこは美凪の部屋だと、僕は知っている。

「凪沙。じゃあ、ここで――」

別れを惜しみながらも、僕はさっきまで繋いでいたほうの手を振る。そこに凪沙は、はにかみながら小さな手の平を重ねてきた。その温度はまだおんなじで。そして。

「好きですよ、傑先輩」

凪沙は僕に体重を預けながらつま先を伸ばし、顔を思い切り上に向けて、キスをしようとした。ビクリ、と僕の身体を拒否感が巡る。ああ、またこの感覚だ。硬直する背筋に従って、僕は優しく凪沙の肩を掴んで、彼女の踵が地面につくまで押し返した。

思えばこの反応もまた、例のゲームの名残なのだろう。きっと僕らの間には、キスを忌避するルールがあったのだ。だけどそんな考察はおくびにも出さず、僕は理性的に返す。

「それはまだ、早い」

「冗談です。分かってるですよ」

代わりに、こてん。凪沙が僕の胸に埋めるように、頭を預ける。

「本当の恋人になれるよう、二人で頑張りましょうね。傑先輩」

「……ああ。そうだな、凪沙」

僕は彼女の背中にそっと手を回そうとして、でもそれもまだ早いと、思いとどまった。

――こうして僕は、選択を間違えた。

＊Hint 1　——九月一日（水）

夏休み最終日。わたしは机上に積まれた文化祭の書類を見て、小学生の頃を思い出す。

楽しい日々にかまけて宿題を溜めて、最後の日にまとめて片付けるのが恒例行事だった。

毎年反省するくせに、わたしはいつまで経っても改善することはできなかった。

大泣きする白瀬くんを見て一目惚れをした日。わたしはどうして彼に声を掛けなかったのだろう。彼のことを目で追って、彼のことを調べて、どんどん気持ちが育って、それでも彼に想いを伝えたのはずっと後で。一番大事なことを先延ばしにして、挙げ句の果てに、よりにもよってあの子に取られてしまって。後悔ばかりが募って、チェックの手が止まる。

そんなわたしを罰するかのように、机に置かれた書類の山の標高が突然二倍になり、目線の高さを超えた。すぐに隣の白瀬くんのところにも、同じくらいの束が追加される。

「……え、正気ですか？」

白瀬くんは唖然としながら、面を上げて訊ねる。冬木会長は大袈裟に肩を竦めた。

「愚問だな。とっくに正気ではない。君も早くこっち側に来たまえ」

「いや、ダメでしょ。目を醒ましてください」

「目か？　ハハハ、安心しろ。目は怖いくらい醒めているさ」

会長は長机の上に勲章のように並べたエナジードリンクの空き缶を、つん、と爪で小突いて、ぐらぐらと揺れるのを子供みたいにケタケタと笑っている。

「青ケ島さん。大丈夫なのか、あれ。ガンギまりじゃないか」

「でもあの状態が、一番仕事の調子がいい」

小声で訊ねる白瀬くんに、小声で答える。白瀬くんはあれから、変わらない距離感でわたしに接してくれている。だからわたしもいたって平静な態度でいる。せめて彼に、わたしを振った罪悪感を覚えさせないように。

「しっかし、終わるわけがないだろ、これ」

わたしたちの仕事は、各出し物から提出された書類のチェック。……だけれど、あまりに量が多すぎて、もう笑うしかない。

「ふふっ、本当に、絶望」

「そんなに楽しそうに絶望を語る人間、初めて見たぞ」

「でも、白瀬くん。こういうの、楽しくない？」

「……まあ、分からないでもない。こう、アドレナリンが出るのを感じるよな」

それに、嬉しいこともある。目の前に書類がある限り、白瀬くんはわたしの隣にいてくれる。たとえわたしのことをもう好きじゃなくても、ひとまずはそれでいい。

わたしはこの結果を、受け容れた。わたしの前に現れた天使曰く、わたしはゲームに負けたらしい。彼の隣にあの子がいるのも、ゲームの影響。だけど、それは今だけの話。長続きする恋愛なんて、そう多くない。いつかはわたしに、順番が回ってくるはず。その時がきたら必ず、白瀬くんがわたしに抱いていた気持ちを、取り戻させてみせる。

「あ。……悪い。ちょっと電話だ」

白瀬くんはポケットから振動中のスマートフォンを取り出すと、席を立つ。わたしはこくりと頷き、彼が廊下へ出るのを見送る。彼に電話を掛けるのは、朱鷺羽凪沙くらいだろう。だからわたしは、部屋の中からそっとドアを開いて、彼の様子を窺った。

「仕事がさ、ビックリするくらい終わりそうにないんだ。書類が凄い量で」

「……ごめん。ちょっと厳しそうだ」

「あー、確かに青ヶ島さんもいるけどさ。……うん。二人での作業もあるから、抜けられないよ。悪いけど、先に帰っててくれ」

「……ああ、そうだよな。僕も寂しい。でもほら、週末はさ。そうそう」

「いや、声が聞けて、元気が出たよ。じゃあ、また夜に電話するから」

「ハハ。楽な姿勢で待っててくれ」

通話口の向こうで、あの子が何を言っているのかは分からない。彼は少しだけ困ったような様子で、でも、それさえも楽しそうだった。付け入る隙なんて、ないように思えた。

白瀬くんが電話を切る。わたしは急いで、席に戻る。周りにはきっと、わたしの好意はバレバレなのだろう。叶わぬ恋だと、横恋慕だと、笑いたいなら笑えばいい。でもわたしは最後に、勝ってみせる。手に入れてみせる。

会議室に戻ってきた白瀬くんは、入口のすぐ脇、荷物置き場に立てた鞄、そこにぶら下がったキジトラ猫のストラップを愛おしそうに撫でた。それが白瀬くんの趣味と少し違うことを、わたしは知っている。だからきっと、あの子とのお揃いだ。

「……何かいいことでも、あった？」

明らかににやついてる癖に「え。まあ、そうかな」と返す白瀬くんは、ちょっと可愛くて、でも、ちっとも嬉しくない。わたしの指摘に、驚いたように自分の顔を触るのも、嫌だった。だからわたしは「ふうん」と、可愛げなくつぶやいてしまう。

「白瀬くん。……もしかして、あの子と付き合い始めた？」

今まで怖くて訊けなかった問い。だけど今しか、訊けないような気がして。

「付き合っては……ないよ。まだ」

そんな予想外の答えが返ってきて、わたしはやっぱり、頰を綻ばせてしまう。でもわたしは大人だから。彼を困らせたりなんてしないから。ならわたしにもまだ、チャンスはある？　なんて、訊いたりしなかった。

（2）失われた思い出の質量を推定せよ。

九月十一日、土曜日。晴天。ついに芙蓉祭当日がやってきた。今日という日を迎えるまで、思い返せば動悸が止まらなくなるくらいとんでもない修羅場の連続だった。バタバタと倒れる生徒会役員達。消えた重要書類。直前で入った教師陣の横槍。そのお陰で授業はほとんど寝ていて記憶にない。それでも僕は今、なんとか生きている。

ただし、これから死ぬかもしれないが。

「おい白瀬ふざけんなよ！」「プールに沈めたるわ！」「机に置く花瓶洗って待ってろ！」「どうなってんだ説明しろオラッ！」「青ヶ島さんを返せ――――！」

響く怒号は殺害予告とほぼイコールに思えた。僕は振り返ることなく、青ヶ島さんの手を引いて、一目散に教室から逃げていく。

「ごめんなさい、白瀬くん」

「いや、悪いのは柵真と、それから……僕だ」

逃走ルートを脳内で組み立てながら、僕はついさっき起こった出来事を回想する。

今朝のことだった。僕は廊下の壁にもたれながら、お化け屋敷には些かミスマッチなシヨッキングピンクの看板をしばし真顔で眺めていた。そこには――『恋愛成就♡お化け屋敷』とおどろおどろしい文字で書かれている。怖がらせる気があるのかないのか分からない企画名だが、これがコンセプトなのだから仕方がない。

廊下には他にもクラスが二十ほど。開場一時間前にして、僕らのクラスはようやく準備を完了させた。クラスメイト達は感極まって、或いは文化祭の浮かれた空気に踊らされ、或いは単純に睡眠不足により、誰も彼もハイテンションになっていた。

青ヶ島さんも楽しそうに微笑んでいる。求められるがままにハイタッチをしたり、写真を撮ったりしている。その美貌も相まって、クランクアップした女優のようだった。

ちなみに玄岩の姿は見当たらない。きっとどこかでサボっているのだろう。

そんな中、一人の生徒がある提案をした。これが悲劇の始まりだった。

「じゃあさ、本番前の最終確認しようよ。誰かお客さん役やってくれる人～？」

「それならやっぱり、我らが青ヶ島さんっしょ！」

指名を受けた青ヶ島さんは、肩をぐいぐい押されて入口の前に立たされる。それから少し無表情のまま考え込むと、僕の方に視線を向けてきた。

「……なら、白瀬くんと一緒に」

お姫様のご指名を受けた僕に、一斉に注目が集まる。だが僕は、瞬時に断り文句を考え始めた。なにせ『恋愛成就♡』の五文字は今の僕らの関係にはあまりに相応しくない。

「いや、僕は遠慮させてもらう。怖いの苦手だから」

これが完全に失策だった。お化け屋敷は怖がらせるのが商売で、怖がる客は良客だ。こうして僕は為す術なく、青ヶ島さんの隣に押し出されることとなった。

「おう傑、折角の晴れ舞台じゃねえか。男見せろよ？」

何やら柵真が調子のいいことを言ってくる。僕と青ヶ島さんが未だに良い仲だと思っている故の発言だろう。僕は否定も肯定も出来ず、渡されたタブレットの画面を操作して、ショッキングピンクの看板をくぐった。

このお化け屋敷にはストーリーがある。本来であれば待ち時間にタブレットで短い動画を見てもらうのだが、今回はテストプレイなので省略した。よく覚えていないが、室町だか鎌倉だかの時代の町娘『お恋々』が、恋人を取られた結果、入水してしまい、怨霊となってカップルを祟っている、という悲しい設定だ。

「おおっ、結構暗いな。青ヶ島さん、足元に気をつけて」

「……わかっ『あなたたちも呪われたいのね――』」

青ヶ島さんの返事をかき消すように、手元のタブレットから声がした。

「今のは、わたしじゃない」

「分かってるよ」

悲しき怨霊『お恋々』と客を繋げるのがこのタブレットだ。進行に合わせて怖い台詞を吐いたり、逆にタブレットを操作して窮地を脱する演出もあり、なかなか面白いシステムになっている。

暗幕で仕切られた暗闇を、僕と青ヶ島さんはゆっくりと進んでいく。手元からは定期的に、ぴちょんぴちょんと水の滴る音が鳴っている。なんとも不気味だ。

もちろん人力での怖がらせ態勢も万全だ。暗幕から突然手が伸びてきたり、どんどんと壁を叩く音がしたり、首筋に何かひんやりとしたもの（こんにゃく）が当たったり。

「ひゃわっ！」

僕の一歩後ろで、青ヶ島さんらしからぬ甲高い悲鳴が聞こえた。振り返ると、恥ずかしそうにそっぽを向いた青ヶ島さんが僕のシャツを掴んだ。彼女の腰は完全に引けていた。

「今の……聞こえた？」

「あー、まあ。青ヶ島さんもそういう感じで驚くんだな。ちょっと意外だ」

青ヶ島さんは摘まんだ指先に力を込め、目を伏せて「わ、忘れて」と呟く。

その瞬間。タブレットから『どうして私を捨てたの――！』とノイズ混じりの、女性の恨み声が流れた。僕らは二人揃ってびくり、と震えてしまう。

「ねえ。……白瀬くん。もう少し、近くにいて」

「もしかして青ヶ島さんも、怖いの苦手なのか？」

青ヶ島さんは無言で頷くと、一歩進んで僕と並び、後ろ手で僕の左腕を取って――

「怖くて、上手く立てない。だから……こうして、支えて欲しい」

僕の腕が、青ヶ島さんの腰に回される。さらに彼女は、身体を密着させてきて。

「へ？　え？　……は？　あの、青ヶ島さん？」

いや、これは、非常によくない。まず左手が、彼女の脇腹と腰骨に触れている。更に柔らかな右半身がぐい、と押しつけられており、身じろぎすら出来ない。とどめに柑橘系の香りが僕を包んで、思考までも遠ざけていく。唾を呑む喉が、痛かった。

「……今だけで、いいから」

そう耳元で囁かれて、なら仕方ないか、と一瞬思いかける。心臓はとっくにバクバク言っている。駄目だ。彼女を引き離さなくては。なのに身体が上手く動かない。

が、突如。タブレットが『イチャつくな!!』と叫んだ。青ヶ島さんはバッと僕から離れる。画面には『※止まらずに進行してください』と表示されている。なんだよその機能。

「その……ごめんなさい。今のは、冗談。だから、気にしないで」

「え。……あ、ハハ。そ、そうだよな、流石に冗談だよな」

青ヶ島さんの弁明に、僕はただ作ったように笑う。これが冗談なわけがない。それでも冗談だったと処理するしか、選択肢がない。一瞬、僕の心のどこかから、声が聞こえた気がした。これでいいのか、と。その疑問がどういう意味かは、僕自身にも分からなかった。

時間にして五分程度だっただろうか、教室の中とは思えないほど長いコースが終わり、暗幕の先の出口で待ち受けていたのは――『お恋々』のコスプレをした柵真だった。

「いや、なんで柵真がいるんだよ」

「はん、立候補したんだよ。お前の『お恋々』に相応しいのは俺だ」

「変な意味に聞こえるからやめろ」

「うるさいな。えー、こほん。お二人。『はい』か『いいえ』で私の質問に答えて頂戴」

気色の悪い裏声で、柵真が僕らに呼びかける。これが『恋愛成就♡お化け屋敷』の最終イベント、グループやペア客の仲を深めるための演出だ。

恐怖体験を終えたお客さんは最後、『お恋々』からの恋愛絡みの質問に対して順番に答える。全員の答えが一致すれば、『お恋々』はこの世の愛を再び信じようと考え直し、無事に成仏してハッピーエンド、という流れらしい。

質問内容は『お恋々』役に委ねられているが、基本的には事前にタブレットで答える『アンケート』を参考にして、何パターンかの内から選ぶことになっている。果たして空気の読めない柵真はどんな質問をしてくるのだろうか。もう既に嫌な予感しかしていない。

柵真が、瞑っていた目をカッと見開く。腹から大きな声が飛び出してくる。

「隣にいる相手のことを――好いているか？」

それは僕の予想を遥かに凌ぐレベルの、破壊力の高い質問だった。コイツ、マジで何考えてるんだ!?　下手したら大事故じゃないか！　まさかそれ気を遣ったつもりか!?　こんなタイミングで普通訊かないだろ！

だが——僕はすぐに気付く。柵真だけじゃない。教室の中で、出口のすぐ傍で。息を潜めるクラスの皆々が、緊張の面持ちで僕らの回答に注目していることを。

実行委員を通じて僕らが仲良くなったことは、表立って彼女と接していなくても、クラスの誰もが知っていた。だから皆、彼女の気持ちが気になるのだろう。

「いいえ。青ヶ島さんは、友人だ」

僕は即答した。僕はもう一ヵ月も前に彼女を振っている。いまさら答えは変わらない。

流石に青ヶ島さんもこの状況で下手なことは言わないだろうけど、念のため、僕はチラリと隣にアイコンタクトを送る。彼女はこくり、と頷いた。よかった、大丈夫そうだ。僕がホッと安堵の息を吐くと同時に、青ヶ島さんは息を大きく吸って、堂々と宣言する。

「はい。わたしは……白瀬くんのことが、好き」

——————終わった。

今この瞬間、とんでもないことが起きてしまった。歴史的大事件だ。この場の誰もが状況をすぐには飲み込めなかったようで、脳の処理を待つような沈黙が流れてから。

「えええええええええええええええええ!?」

クラスの男女の叫び声が廊下に響く。さすれば当然、周りの教室からも何事かとぞろぞろと人が集まってくる。やばい、最悪だ。柵真も慌てた様子で、ギャラリーに聞こえるよう「まっ、待て、待て落ち着け皆の衆！」と大声で仕切り直そうとする。

「わ、ワンモア。も、もう一度訊くぞ傑。お前は青ヶ島さんのことが〜〜？」

おいふざけるな、その追加攻撃は悪手もいいところだぞ。

「だから、僕は青ヶ島さんのことは――」

だが答えないわけにもいかず、僕は彼女への好意を否定しようとして――しかし、その先の言葉に詰まってしまう。なんだろう、この罪悪感は。舌の置き場の、居心地の悪さは。

「いや――僕には他に、好きな人がいる、から」

僕の変わらぬ返事を聞いたカウンター越しの柵真が、ガッと僕の肩を掴んで、ガクガクと思い切り揺する。

「おい、おいおいどういうことだよ傑っ、おま、おまおまお前っ、今、青ヶ島さんのこと、ふ、ふ、振ったのか⁉　ウッソだろ、なんらかの法律に引っかかるだろそれ⁉」

目を血走らせた柵真の発言を皮切りに、僕らのクラスは、いや、芙蓉高校二年生一同は阿鼻叫喚。巻き起こった嵐の中で、青ヶ島さんはハッキリと、僕に告げる。

「白瀬くん、ごめんなさい。でも、どうしても、嘘はつけなかった」

「いや……君は、そういうタイプだよな」

僕は平静を装いながら答える。だが僕の心拍数は、明らかに上がっていた。吊り橋効果とかそういうものじゃない。純粋な戸惑いだ。僕は今、何を考えていた？

「と、とにかく逃げるぞっ！」

この場にとどまると非常にまずい。こんな木っ端男子にフラれた青ヶ島さんが好奇の目に晒されてしまうだろうし、僕は確実に問答無用でボコボコにされる。僕は青ヶ島さんの手を取り、障害物だらけの廊下を駆け出した——


——と、まあこんな事件があり、僕らは今、出店の並ぶ中庭をうろついていた。

「ふう。追っ手は撒けたみたいだな。実行委員のミーティングまでは……あと十分か」

腕時計を見ながら呟く。ミーティングはいつもの部室棟一階、第一会議室で行われる。

「そう、だけど……」

「だけど？」

「ええと、その……」

困ったような青ヶ島さんの声。顔を赤くした彼女がチラチラ動かす視線で、僕はやっと、手を繋ぎっぱなしなことに気付いて、「ご、ごめん！」と振りほどく。多分、不自然なくらいに慌てて。だからだろうか、青ヶ島さんはじいっと、訝しむように僕を見つめた。

「……白瀬、くん？」

「ち、違う！」

僕は思わず、否定の言葉を口にする。青ヶ島さんに向けてではない。僕自身に向けて。

青ヶ島さんのことは好きじゃない。僕はどうして、柵真にそう言えなかった？

確かに僕は、青ヶ島さんのことが好きだった。でも青ヶ島さんとの過程は偽物だ。書き換えられた後の世界の、偽物の思い出だ。ゆえに、抱いた気持ちも偽物のはずだ。

心の中で感情を説き伏せて。僕はようやく、自分の間違いに気付く。

僕と青ヶ島さんがおっかなびっくり積み重ねた思い出に、確かに味はない。それでも今ここにいる僕は、その経験によって出来上がった僕なんだ。

間違った過程から生まれた結果は確かに間違いかもしれない。だけど出てしまった結果は変えられない。受け容れて、これから正していくしかない。

凪沙との関係に名前を付けたあの日。僕はそうして論理を組み立てた。

ゲームによって書き換えられる前の僕と、書き換えられた後の僕は、異なる存在だ。今ここにいる僕は、書き換えられた後の僕だ。だからこの現実で、僕は凪沙をもう一度好きになる。そんな結論を導出した。

だがその論理は、僕が青ヶ島さんへ抱いた好意をも肯定してしまう。僕の胸の中にあってはならない感情。ずっと抱えてきた感情。それを巧妙に心の奥底に押し込めた根拠を、あろうことか僕は否定してしまったのだ。

つまり――最低なことに、僕は今、二人の女の子を同時に好きになってしまっている。

そう認めるしかなくなった。

「……ねえ、もしかして、白瀬くんは、まだ」

狼狽える僕の隙を見抜いたように、青ヶ島さんが僕に接近する。友人同士のパーソナルスペースを、悠々と踏み越えて。

彼女は僕の顎を、人差し指でくい、と突き上げた。青空にフォーカスされた視界で、いたるところに装飾された色とりどりの風船が目に入る。その全てがもっと高くへ飛びたいと、くくりつけられた糸を一所懸命に引っ張っている。

僕の顔は、いつの間にか熱くなっていた。

「……どうしてまだ、あの子と付き合っていないの？」

凪沙との関係は、あの日から変わらないままだ。結局、今ある恋心に依らずに彼女に惚れ直すというのが、未だにどういう状態か見当もついていない。何度凪沙とデートして、何度心臓が高鳴っても、それが新たな恋の息吹だとは、自信を持って判定できなかった。

「そっ、……それは、僕の主義が許さないからだ」

「なら……わたしと付き合うのは、あなたの主義が許す？」

青ヶ島さんの瞳が、答えに窮する僕を捉えて離さない。駄目だ。この気持ちがバレてはいけない。それだけは絶対に避けなくてはならない。なのに僕の口は、否定の言葉を紡げない。そんな僕を助けたのは、すぐそこから掛けられた「あっ！」という声だった。

「奇遇ですねえ、白瀬さんに青ヶ島さんじゃないですか。おはようございます、朝からおデートですか？　お熱いことで。ひゅうひゅう！」

　見知った天使が、たこ焼き屋の屋台で楽しそうにタコを散らしている。額にはねじり鉢巻き。明らかにおかしな状況だが――周囲の誰も、気に留める様子はない。

「……クピド、さん？」

　そして驚いたことに、青ヶ島さんもクピドを知っているようだった。つまり彼女もまた、例のゲームに参加していたのだろう。だが今はそれについて語らう場合ではない。

「駄目だ青ヶ島さん。アレは無視しよう」

「？　……？　わかった」

　僕らはくるりと背を向ける。謎のゲームを主催して、世界を書き換える危険な天使、クピド。ふざけた態度も気にくわない。つまり関われば最後、碌なことにならない。

「ちょっと!?　あのお二人さん？　ほんの少しだけでいいのでお耳をお貸しください。引っ張りだこの由来って知ってますか!?　磔にされた罪人がですね――」

　何故か蘊蓄でこちらの興味を引こうとしているが、まったくもって無駄だ。

「ええ、ええ。無駄なことは分かっていますよ冗談です。ですが、もっと耳寄りな情報がありますので、正午きっかりに屋上に来ていただけませんか」

　どう考えたって罠だ。僕は振り向きざまにクピドを指差し「お断りだ」と即答する。

「嫌だなあ。罠なんかじゃありませんよ。新しいご提案です。ねえ、白瀬さん。青ヶ島さん。……あなた方は、このままでよろしいんですか？」

僕の心を読んだような台詞だった。気味が悪くて、すぐにでもその場を離れてしまおうと思った。なのに、僕の足が動かなくなる。クピドの言葉が、僕の胸に刺さって抜けない。

「お二人とも、もう気付いているのでしょう？　あなた方を取り巻く関係に、よくない感情が流れ始めていること。なんとかしたいと思いませんか？」

僕は、答えられない。

僕と青ヶ島さんの関係。僕と凪沙の関係。玄岩と青ヶ島さんとの関係。変わっていく関係の中に、良くない感情が混ざっていることくらい、これを放置すればもっと大変なことになることくらい、とっくに分かっている。今だって、嫌というほど自覚したばかりだ。

「拗れた関係の清算を、願いはしませんか？」

でもそれは――僕らの力でなんとかするべきことだ。天使の訳の分からない力なんて、借りるべきじゃない。それは強制的に与えられるのではなく、全員がそう願って顔を合わせて、話し合っていく過程でしか真に成し得ない。だから。

「いいかクピド。僕が一番に願うのは、お前が二度と僕らの前に現れないことだ。もう『コクハクカルテット』とやらは終わったんだろ。なら早く、僕らを日常に帰せよ」

「あはは、白瀬さんらしくない、乱暴な言葉遣いですね。なら、こういう条件はいかがでしょう。白瀬さん。あなたが今日の正午、ただ屋上に来てくださるだけでいいです。それだけでもう、私はあなた方の前には二度と現れないと約束しますから」

クピドは余裕綽々に営業スマイルを浮かべる。この流れが全て想定通りだと言わんばかりの表情だ。ならばこの提案も罠なのではないか。

だが、屋上に顔を出すだけでいいという。簡単な話だ。奴の提案とやらには耳も傾けず、ほんの数秒で踵を返してしまえばいい。たとえそれが罠だとしても、流石にそんな僅かな時間では何も出来はしまい。――そう結論づけて、僕は頷く。

「分かった。その条件を呑むよ」

「ご英断、誠にありがとうございます、白瀬傑さん」

クピドは恭しく礼をすると、たこ焼き屋の屋台ごと、フェードアウトした。

＊＊＊

「いらっしゃいませお客様っ！　……って、傑先輩？　えっ、早すぎないですか？」

教室前でお客様一号に向けた凪沙の笑顔は、不思議そうな顔に早変わり。

「いや、だって。芙蓉祭が始まったら、まず君のところへ来る約束だったろ」

「でもまさか、こんなすぐ、しかも息を切らして来るとは思わないですよ！」

実行委員の会議が終わり、冬木会長が開会の放送を流したのがほんの二分前。それから僕はすぐ、一年A組『焼きプリン喫茶』にダッシュで向かった。青ヶ島さんと一旦距離を置いて、冷静になるためだ。

「あ。ふふふん、まったくもう傑先輩ってば、そんなに私に会いたかったんですか？」

「……そうじゃない。君の給仕姿を、真っ先に見たかっただけだ」

「一緒じゃないですか。でも残念でした。ほら、まだ着替えてないですっ！」

凪沙は何故か誇らしげに制服を見せびらかし、一回転してスカートをひらめかせる。すると受付に座っていた快活そうな女子生徒が呆れたように現れ「そーれーはーさー」と迫り、凪沙の腰を脈絡なくくすぐり始めた。

「凪沙ちゃんが恥ずかしがるからじゃんか～。今更自信ないとか言ってる場合じゃないっしょ、ほらほらぁ、件の先輩はこんなに楽しみにしてたっていうのにさぁ～？」

「わっ、んんっ、やめっ、わかっ、わかったから！　——す、傑先輩っ、ここで注文して席で待っててくださいです！　け、決して期待しすぎないでくださいね！」

凪沙は逃げるように、教室後方、カーテンで仕切られたバックヤードに姿を隠した。期待しすぎるな、とは無理な相談だ。出し物の話をする度に「衣装が可愛いんですよっ」と言われ続けてきたのだから。

「……えーっと、じゃあ、チョコ焼きプリンとホットティーをください」

メニュー表を指さしながら注文すると、凪沙の友人らしき女子生徒は「かしこまりました」とスマートフォンを打つ。

「お会計五百円です。それと、凪沙ちゃんをよろしく頼みますね。面倒くさい傑先輩？」

「僕のことどういう風に聞いてるんだ……」

「両想いの癖に変な理屈をつけてお付き合いを先延ばしにしている、ということまでは」

料金をトレイに置きながら、僕は苦笑する。第三者から客観的に説明されると、なかなか無責任な奴だな、僕は。

だけど現状は、もっとひどい。

凪沙を選ぶ気持ちに嘘はない。でももう一つの感情が――青ヶ島さんへの好意が、胸の中に平然と居座っている。それがもし露見してしまえば、大変なことになる。

凪沙は不安になってしまうだろう。青ヶ島さんは僕を諦めきれないだろう。

もつれた糸は絡まって、だけど僕はこれからそれを、誰にも悟られずに解くしかない。

つまり――僕の凪沙への恋心を証明し直して、青ヶ島さんへの恋心を棄却する。それが僕のすべきことだ。

教室の一番奥、青いチェックのテーブルクロスが掛かった教室机に着席すると、髪をオールバックに固めた男子生徒から、すぐに紅茶が提供された。

窓から外を眺めると、開場直後というのになかなかに盛況だった。受験生らしき生徒も結構見かける。ここ芙蓉高校はちょうどいい偏差値で、立地もいいし、変な噂も特になく、進学実績も最近は調子がいい。実は結構な人気校だ。僕は第三志望だったから、遊びに来たことはなかったけども。

中学時代、僕は美凪と同じ高校を目指していた。でも僕だけが落ちた。その結果を受けた美凪は、僕と一緒に入る予定だった高校を蹴って、更にレベルの高い名門女子校に入学した。思い出すだけでなかなかに凹むエピソードだ。

「こんにちは。えーっと、ジャスミン茶と、ホットティーと、あとチョコ焼きプリン二つ」

そんな時、ふと。聞き慣れた声がしたものだから、僕はついつい顔を向けて、声の主と目を合わせてしまう。やっぱり美凪だ。

「いや、初日の朝イチから来るのかよ……」

こんな初っぱなから鉢合わせるとは見事に気が合う。すぐに向こうも気付いたようで、ばちばちと激しいアイコンタクトが飛んでくる。分かってるよ、元カレムーブ禁止だろ。心の中で応え、優雅にティーカップを傾けたところで。

「し、白瀬！　お前、なんでこんな所にっ！」

ひょこり。美凪の後ろから——見覚えのある少年が顔を覗かせた。

「ぶはっ！　げほっ！　あっつ！　いや、は？　あの時の子供——！」

「違っ、子供じゃねーっての！」

それは先日、僕に喧嘩を売ってきた少年だった。少年は威勢良く大声を上げるが、しかし次の瞬間、ハッとして慌てて廊下に隠れた。突然どうしたのかと思ったが、すぐに合点がいく。少年はとある人物を恐れているのだ。

「安心しろ。玄岩――あの金髪ポニーテールならいないぞ」

「そっ、それを早く言えよな！」

少年は顔を赤くしながら、しゅたっと美凪の隣に戻った。美凪は怪訝そうに、僕と彼を交互に見比べている。僕も怪訝に見返す。どういうことだ？　あの少年は美凪の知り合いなのか？　だとしたら。僕の頭に一つの仮説が浮かぶ。いや、まさか、そんなはずは。

「おはよう傑。もしかして、優陽と知り合いなの？」

美凪は自然に僕の隣の卓に着席し、興味津々に訊ねてくる。優陽というのは、美凪の正面、僕のはす向かいに座った少年の名だろう。チラ、と見るとツン、と顔を背けられた。

「知り合いっていうか、この前この近くで絡まれただけだ」

「はぁー？　絡まれたのはこっちだろ。あれから何度も夢にあの女が出てきて――い、いや、なんでもねー」

「ここの近くで？　優陽が？　なんで？」

「し、下見に来ただけだ。ちゃんと、美凪さんをエスコートできるように」

少年は顔を赤らめ、ぼそり、と呟いた。ん？　んんん？　まさか本当に、この少年は。

「……あのさ美凪。もしかしてだけど」

「ああうん。紹介するね。私のご近所さん、兼、彼氏の――秋草優陽君」

美凪は当然のように言い放ち、手の平の先を向けて示す。恋人の紹介にあずかった秋草少年は、先日と変わらぬ勢いで僕をじーっと睨んで「ども」とぶっきらぼうに挨拶した。

「…………マジか」

何も言葉が出てこない。いや、だって、ええ……？　僕らは高校二年生で、この子は確か、今年中学生になったって話だぞ。流石にホラ、年齢が……ええ？

乱れきった心を落ち着けようと、とりあえず深呼吸。まずはありのままの状況を受け容れよう。そしてこの猛犬と対話を試みよう。

「えーっと、秋草――優陽君」

「君付けはムカつくからやめろ」

「オーケー優陽。なら僕のこともさん付けで呼んでもらおうか」

「は？　なんでだよ」

こっちこそなんでだよ。年上だぞ。僕は眉根に寄せた皺を咳払いで緩める。

「……まあいい。それで、どうして僕のことを知ってたんだ？」

「そんなの、美凪さんから聞いたに決まってんだろ」

優陽は何故かふんぞりかえってドヤ顔で答えた。僕は美凪の方に目線で問いかける。美凪は「あー、そういえば」と無責任におどけた声を、すぼめた口から零した。

「これが元カレだよって写真を見せたような。よく覚えてたね、えらいえらい」

美凪は身を乗り出して、無邪気な笑みを浮かべながら優陽の髪をしゃかしゃかと雑に撫でた。それ、僕もよくやられたな。優陽は一瞬だけ目を細め、しかしすぐに頭を庇う。

「ちょ、こんな人前でやめろよっ！」

「へえ、人前じゃなかったらいいんだ。じゃあ一旦あっちのカーテンの向こうに行こうか」

「それ覗きじゃねえかっ！」

二人の微笑ましいやりとりは、どこか昔の自分達を思い出させて、なんだか懐かしかった。が、「ジロジロ見んな」と言われたので、僕は肩を竦めて紅茶を一口。

「……というか美凪。元カレの写真を今の彼氏に見せるなよ。なんというか、アレだろ」

しかも彼はまだ中学生だ。複雑な気分になること間違いなしだろう。そんなことしておいてよくも僕に元カレムーブ禁止とか言えたな。

「あはは、言い訳も出来ないなあ。確かにデリカシー不足だったよ、ごめんね優陽」

「ハッ、俺は別にそんな程度で妬く男じゃねーし」

余裕ぶった態度で、優陽はジャスミンティーのストローに口を付ける。その割には僕への態度がやたら攻撃的な気がするが……。まあ、僕が気にすることでもないか。

再び窓の外に目線をやる。大量の風船がふわふわと風に揺れている。芙蓉祭の名物だ。見た目は綺麗だが、膨らませるのも含め、セッティングはなかなか大変だった。校舎から伸ばした糸を中庭上空に張り巡らせながら、持ち手の糸を輪っかにした風船を一つずつ通していって——なんて作業工程を振り返っているうちに、とてとてと背後から足音がした。

「じゃじゃーん！　お待たせしましたですっ！」

凪沙の声。振り向こうとしたが、それよりも先に後ろから視界を塞がれてしまう。ひんやりとした柔らかな手の平の感覚がして、その部分だけ熱くなるのが分かった。

「やっほ、凪沙。早速来ちゃった。へえ、すごく可愛いね、その服」

「えへへ、クラスの子がデザインしたんだよ。優陽君も来てくれてありがとうです」

「ども」

どうやら凪沙と優陽は面識があるようだった。僕への挨拶と同じ「ども」だったが、声色が明らかに違った。当然、僕とは違って好意的な「ども」だ。

「……で、もったいぶらずに僕にも見せてくれよ」

「駄目です。その……えっと、恥ずかしいので」

断られてしまった。このままだと僕は永久に目を塞がれたままなのでは？　と危惧したところで、視界が開ける。

僕の背後から正面に躍り出た凪沙は、ブラウンを基調としたメイド服に身を包んでいた。よく見るような露出度の高いものではなく、上品で、でも可愛らしさも表現された、絶妙なバランス感覚によって完成されたデザインだ。

A組

「なんというか……すごく、可愛いな」

「そっ、そんなしみじみと褒めないでくださいです。……照れる、ですから」

凪沙は顔を真っ赤にして俯いて、スカートをぎゅうっと握り締める。僕は僕で、あまりの可愛さに直視できずに目を泳がせていた。

「でっ、でも本当に、その、可愛いとしか、感想が浮かばなくてだな」

「ひゃっ、だから、その、そういうのはですね、うぅ……」

こんな調子で話していれば当然、ギャラリー二名は察するだろう。ああほら、美凪が口をあんぐりと開けて僕らを交互に見ている。

「ねえ、傑、ねえ、ねえ。まさかだけど──凪沙の好きな人って」

「その、こちらの傑先輩……です」

僕の正面に座った凪沙が、ガチガチに真下を向いて、僕の方に両手を伸ばして示す。

「うえ、嘘、え。なに、え、凪沙、ええっ、えええええっ⁉」

美凪は咄嗟に口元を両手で覆い、飛び上がりそうになるくらい驚いて足をばたつかせた。いつもの余裕は完全に消失していて、こっちが驚くほどだった。こんな美凪の反応を見たのは、記念日にサプライズで手紙を渡した時以来かもしれない。

「というか、え、なに、付き合ってる……ってこと？」

「けっ、元カノの妹に手を出すとか、ロリコンにも程があるな」

「おい。一個下なんだからいいだろ。というかそれ、特大のブーメランだぞ」

なんなら返ってくる時の方がでかいブーメランじゃないか。

「で、いつからなの？　告白はどっちから？　え、え、どこまで進んだの？」

目を爛々と輝かせた美凪が、ぐいぐいと乗り出して、凪沙に質問をどしどしと寄せる。

凪沙が困ったように僕に視線を投げかけたので、僕が代わりに答える。

「まあ……あれだ。その、まだ、付き合ってはない」

「え、でも両想いだよね？　じゃあほら今ここで付き合っちゃいなよ、よっ、ご両人！」

「美凪さん、無茶苦茶だそれは」

優陽が呆れたようにコメントする。意外と良い奴なのかも知れない。

「というかなに傑、私の次に凪沙って、もしかして私の顔がタイプだったってこと？　へえ～、この前は電話でご立派なこと言ってた癖に？」

「そ、それは誤解だ。顔は関係ない……多分」

「「この前の電話……？」」

凪沙と優陽が険しい目線でアイコンタクトを交わす。

「ふうん、付き合ってる時は可愛いとか言ってくれてたのにね。別れたらこれだもん。一貫性がないなあ」

「や、やめろ、そういう話はいいだろ」

「『可愛いって言ってた……？』」

アイコンタクトの険しさが増したような気がする。

「まあ、そんな可愛げのない君も今日から私の義弟見習いってことで。よろしくね」

美凪は心底楽しそうに言い放つ。よろしくしたくなさすぎる。いびられることで話題の義弟じゃないか。

「あ、大丈夫だよー傑。君が昔、私からの感謝の手紙で感極まって泣いたことは墓場まで持って行ってあげるから安心しなよ」

「なんで暴露するんだよ」

「ここが君の墓場だからね」

「なんでここで死ぬんだよ僕は。というか墓場まで持ってくって、僕の墓場に供えに来るってことかよ。死体蹴り甚だしいな」

「あ、他にもあるよ。そう。あれは確か土砂降りの日――」

「やめろこれ以上語るな」

誰だよ元カレムーブ禁止って言ったのは。君が死ぬほど元カノムーブをしてくるじゃないか。僕は美凪の口を塞ごうと、飴玉を彼女の唇にぐい、と押しつける。付き合っていた時の動きが自然に出てしまったことに気付いて、慌てて手を引っ込める。

「……あ、いや、ごめん」

「ん。いいよ、別に。なんだか懐かしかったし。ふふっ、変わらないなあ、この味も」

飴を口の中で転がしながら、美凪は飄々と微笑む。気にした様子は一切見せない。

「む、むむむ。むむむむむ。傑先輩っ、お姉ちゃんとイチャつきすぎですよ！　こっ、これ以上はアレですよ、過剰イチャつき罪で私のお部屋に勾留ですからね！」

「そんで俺が刑務官やるからな！」

二人が不機嫌そうに声を震わせ、新たな罪と罰を作り始めてしまった。

「いいね。そうしたら四人でうちに住めるよ。傑、どう？　逮捕されてみない？」

「なんでだよ」

美凪がくすくす笑って、一瞬で場が和んだ……かと思えば、凪沙が物憂げに「はーあ」と溜息を吐いて机に腕を投げ出した。

「なんだか、お姉ちゃんが羨ましい。私の知らない傑先輩のことをたくさん知ってて、素敵な思い出がたくさんあって。私にもちょっと分けて欲しいな、なんて」

凪沙の眼差しに対して、美凪はふるふると首を横に振った。

「素敵な思い出、ねえ。今こうして楽しく話せてるのは、それこそ思い出補正の賜物だけどね。悪いことだってほんとは沢山あったよ。もう過ぎたことだから、綺麗に美化されてるだけ。凪沙も傑と別れたら分かるよ」

付き合う前から破局させるな。おいそこの少年、うんうんと強く首肯するな。

「そういや白瀬。あのスタンプってなんなんだ？」

ふと、優陽が窓際に置かれたスタンプ台を指差した。

「ああ、スタンプラリーをやってるんだ。受付でスタンプブックを貰わなかったか？」

「うん、これだね。受付で説明受けたよ。はい、こっちが優陽の分。ほら見て見て、色んなコースがある。ここは……あった。『まんぞくコース』だって。優陽、やる？」

「そんな子供騙しに食いつくほど子供じゃねーし」

「でもここのページの――抽選で当たる景品。このゲーム、一緒にやりたくない？」

「…………やる」

完全に手綱を握られているな。猛犬と言ったが、優陽は僕よりもよっぽど素直で従順だ。

＊＊＊

「すごいですよ傑先輩っ、わたあめ、自分で作れるみたいです！」

「おお、本当だ」

凪沙のシフトが終わって、僕らは二人で模擬店を回ることにした。凪沙は嬉々として僕の手を引いて、僕は凪沙のお気に召すままに足を動かす。またどこかにクピドが現れたりしないかと、周囲を警戒しながら。

「二人分、お願いしますです。あ、傑先輩、時間は大丈夫ですか？」

僕は腕時計を確認して「あと十分くらいかな」と頷く。十一時からは実行委員の見回り仕事がある。トラブル対応、迷子の案内、修理箇所の確認など様々だが、簡単に言ってしまえばペアで一時間、決まったルートを歩き、臨機応変に色々やる、という仕事だ。

ザラメ糖の入ったカップと割り箸を二セット受け取った凪沙は、そのまま躊躇なく二人分の砂糖を機械の穴に投入した。

「さあ勝負です傑先輩っ、大きいわたあめを作った方の勝ちですよ！」

「待て待て、なんで奪い合いになるんだよ。一人ずつやるやつだろこれ」

だが何を言ったってもう手遅れだ。やがて機械の中に甘い絹が立ちこめる。僕は凪沙の手中から割り箸をサッと取ってスッと糸状の砂糖に向けたが、凪沙が「隙ありです！」と奪い取るように横からくるりと絡め取った。

「ちょっ、今のは明らかに僕の分だろ」

「ふふん、関係ないです。早い者勝ちですよっ。あっ、こっちにも、それっ！」

「まったく、欲張るとろくなことにならないぞ」

すいすいと無邪気に、自分のわたあめを育てていく凪沙。その笑顔が眩しい。本当に楽しそうで、愛おしくて、それでも……僕はまだ多分、凪沙に本当の恋をしていない。

そんな罪悪感が、僕の動きを更に鈍らせた。

そうして競い合って出来上がったのは――二つの割り箸によって支えられた、一つの大きなわたあめだった。

「ど、どうしてこんなことに……」

「まぁ、こうなるとは思ったよ」

僕は凪沙の背にあわせて屈みながら、二人で持ったわたあめを、別方向から食べていく。

二人分に千切るという選択肢は、何故だか浮かばなかった。

口に含んだ綿はふわりと甘味を残してすぐに消える。少し不思議な感覚だった。いつもの飴と違って、添加されたわざとらしい味も、舌に触れるものも口内には不在で。

互い違いについばむリズムをとりながら、僕らの顔は自然と寄っていく。やがてリズムが崩れて、頬がくっついて、ハッとして、どきり。顔を真っ赤にした凪沙が飛び跳ねた。

「す、すすすす、すみませんです！　わたあめに夢中で、つい！」

「い、いや。別に、気にしてない……けど、ちぎれちゃったな」

僕は凪沙の手元を指差す。今の拍子に、全ての綿が凪沙側の割り箸に持って行かれてしまったのだ。まあ、あとは凪沙に譲ろう。時間もちょうどいい頃合いだ。

僕は自分の割り箸をゴミ箱に放り込んで、その流れでポケットに手を突っ込む。実行委員用の腕章と固形物を手触りで確認した。

「それじゃあ凪沙、悪いけど僕は一旦ここで――」

つま先を迷わせながらも、僕は凪沙のもとを離れようとする。けれど凪沙は——僕の腕をぎゅう、と掴んで、離してくれなかった。

「……凪沙、どうしたんだ?」

「イヤ、です。あの人のところに、行かないで欲しいです」

さっきまでのご機嫌な表情はどこかへ消えてしまって、眉尻はすっかり下がって。彼女の片手にまだ握られた割り箸にあった綿は、いつの間にか白い塊に変質していた。

凪沙の指すあの人、とは当然、青ヶ島悠乃のことだ。でも僕は一言だって、青ヶ島さんとペアで回るなんて言っていない。それなのに。

「……なんで、分かるんだよ」

凪沙の言うとおりだ。今日も明日も、僕は青ヶ島さんと見回りをすることになっている。

「勘です。傑先輩、なんだか隠しごとしてるみたいだったので」

「いや、隠してたんじゃない。言う必要がなかっただけだ」

口にしてから、欺瞞に気付く。凪沙を心配させてしまうから、言わなかった。それはつまり隠していたのと同じだ。

「私も、ついていったらだめですか?」

「ごめん、凪沙。仕事だから、君を連れて行くわけにはいかないんだ。君の気持ちは嬉しいよ。僕も君と、離れたくない。君が青ヶ島さんのことを……気にしてるのも分かる。でもさ、僕の立場も分かって欲しい」

僕を掴む凪沙の手に触れて、解くように撫でる。でも、凪沙は首を横に振った。

「だめ、なんです。いま傑先輩を離したら、いなくなっちゃう気がして」

「……気のせいだよ。ちゃんと戻ってくる」

ほんの少し青ヶ島さんと会って、それから、謎の天使の顔を見納めに行くだけだ。

「ほんとですか？」

僕が反応する前に、凪沙は言葉を重ねる。

「ほんとのほんとに、青ヶ島先輩になびいたりしないですか？」

一瞬、答えに詰まる。二度、まばたきする。お化け屋敷のことを思い返す。彼女がまたあんな風に僕にアプローチをしてきたならば。正直、どうなってしまうか分からない。

素直に全部打ち明けたなら、凪沙をもっと不安にさせてしまう。

そうならないために、僕は絡まった糸を解くんだ。それがきっと、凪沙に約束した、凪沙に誓った証明に繋がるはずだから。

「……大丈夫だ。君はそんなこと、心配しなくていい。むしろ、心配させて、ごめん」

なんだか突き放すような言い方になってしまう。でもこれは、僕の問題だ。僕だけで解決しなければならないことだから。

赤みを帯びた瞳が、僅かに揺れる。そこにはどんな感情があるのだろうか。

「見回りが終わったら、あとは夕方までは何もないから。そしたらじっくり回ろう」

少しの間があってから。スイッチが切り替わったように、凪沙はまた、笑みを浮かべた。

「じゃあじゃあ、出し物を全制覇しましょうね！　せっかく傑先輩たちが頑張って作ってくれたお祭りですから、ぜんぶぜんぶ、楽しみ尽くすですよっ！」

僕も彼女を真似るように、ふっと微笑む。

「制覇なんて結果じゃなくてさ。僕は君と一緒に楽しむ過程が——思い出が作れれば、それでいいんだけどな」

「ふふっ、ほんとに、いちいち面倒くさい先輩ですね」

「そうじゃなきゃ、僕じゃないらしいからな」

僕は凪沙を撫でようと、そっと頭に手を乗せる。凪沙は小動物みたいに、小さな頭を自ら動かして「ふんふん」と気持ちよさそうに喉を鳴らした。

＊＊＊

「あのさ、青ヶ島さん。……話があるんだ」

僕がそう切り出せたのは、見回り時間の終わる五分前だった。部室棟から教室棟へ繋がる渡り廊下を歩きながら、僕は唾を呑んだ。今度こそ、僕は青ヶ島さんに伝える。僕は君が好きじゃない、と。たとえそれが嘘になるとしても。彼女には諦めて貰わなければならない。それが叶わないなら、僕らはもう、友人でもいられなくなる。

「ちょうどよかった。わたしも、白瀬くんに話がある。……屋上での用事を済ませてからでも、構わない？」

青ヶ島さんは、右腕につけた実行委員の腕章を掴みながら、僕の方を向いた。僕は「ああ、そうしようか」と頷いて、見回りのルートを外れて階段に足をかける。

「……そういえば、君も『コクハクカルテット』の参加者だったんだな」

彼女がクピドと面識があるような素振りを見せていたのを、ふと思い出す。

「そう。わたしはそれに負けた。だから一度は、この結果を受け容れた。けれど――」

「すいませーん、実行委員の人ですかー？」

青ヶ島さんの話の途中だったが、背後から呼び掛けられたので振り返る。すると利発そうな眼鏡の少年三人が、スタンプブックの裏表紙を僕らに向けて差し出した。

「隠しスタンプ、お願いしまーす！」

僕と青ヶ島さんは、二人で顔を見合わせると、喜びの表情を交わした。まさかこんなに早く、僕らが頭を悩ませて仕込んだ隠し要素に気付く人がいるとは。

「よく、分かった。すごい。たぶん、一番乗り」

青ヶ島さんが少年らを褒める。少年らはその途端にテンションを上げ、得意げに身体を揺らした。このスタンプブックには謎解きが仕込まれており、それを解くことで、文化祭実行委員が隠しスタンプを持っているという情報が得られる。

僕はポケットからスタンプを取り出して、ぽんぽんぽんと立て続けに押印。裏表紙中央の円に、我らが芙蓉高校の校章が表示される。

「景品所で見せると、特別賞が貰えるから。なくさないように」

「ありがとうございまーす！」

少年らは僕らに大きく手を振りながら、元来た階段を下っていった。

「スタンプラリー、いい企画だな。なんというか、今になって嬉しくなってきた」

こうして実際に楽しんで貰えているのを間近で感じると、こみ上げるものがある。

「……そう、思う。だから、ありがとう。実現したのは、白瀬くんのお陰」

「そんなことない。青ヶ島さんの力だ」

ああ。青ヶ島さんとの関係は、心地がよい。交わす言葉が、心に染みていく。僕らはどこか似通っていて、一緒にいると安心するのだ。それで僕は彼女に惹かれたのだろう。だから……出来ることなら、このままの関係でいたかった。ここから恋愛感情を綺麗に抜き去って、良い友人関係を築ければどんなにいいだろうか。

あり得ない理想論を胸で転がしながら、屋上に辿り着く。芙蓉祭期間中、屋上は閉鎖されている。だが僕らは見回り用のマスターキーを持っており、侵入は容易い。鍵穴に差し込んで、回す。がちゃりと鳴った音は、どこか、僕らを拒絶するように聞こえた。

「ねえ、白瀬くん。もしも何か起きたら、わたしを助けてくれる？」

「そんなの……当たり前だろ」

首肯すると、青ヶ島さんは嬉しそうに頬を染めて、俯いた。これは……カッコ付けすぎたかもしれない。少し後悔しながら、ふと、気付く。

クピドとの約束を果たすなら、別に僕だけが屋上に来ればよかった話だ。なのに当たり前のように、青ヶ島さんと一緒に来てしまった。彼女もまた『コクハクカルテット』の参加者だったとはいえ、冷静に考えれば、ここまで巻き込むわけにはいかない。

「いや、待ってくれ。青ヶ島さんはここで――」

だが僕の制止なんて気にせずに、青ヶ島さんは先んじて扉に体重をかけて開いた。

「待たない。わたしはずっと、白瀬くんの隣にいたいから」

青空とフェンスを背景に妖艶に笑む彼女に、僕は一瞬、目を奪われてしまう。だがすぐにふるふると首を振って、僕を信じて待つ凪沙のことを心に思い浮かべる。日射しに照らされながら、数センチの段差の下、ゴムチップの床に足を置く。

天使を追い払って、僕らの知らない過去を振り払って、ここからやり直そう。地に足をつけて、この世界を、僕にとってたった一つだけの現実を、凪沙とともに歩んでいこう。

そう、思ったのに。思っていたのに。

誰かが僕の隣に、軽やかに着地した。目を向けなくても、視界の端で赤いリボンがぴょこんと揺れた。いや、それよりも前に。彼女の纏う空気だけで、僅かに感じる息づかいだけで、すぐに分かった。

「やっぱり傑先輩も、クピドさんに呼ばれてたんですね？」

「え、な、凪沙？　どうして――」

動揺していると、強めに後ろから押し出される。よろけて転んで、床に手と膝をついた。

「あ。ごめん白瀬、邪魔だったからさ」

「私達部外者なのに、入っちゃっていいのかな」

「あの天使が来いって言ったんだから、仕方ねーだろ」

僕の横を玄岩愛華が通り過ぎ、その後ろからは更に、美凪に、優陽が続く。

ひっそりと片を付けようとしていた決戦の場所に、知った面々が集う。これは、まずい。

奴が何を提案しようと絶対に応じず、すぐに踵を返す。そのつもりだった。一人で挑むのなら簡単なミッションだった。だけど六人もいたら、上手くいくわけがない。

「くそ、くそ、……やられた」

呟きながら、拳を強く握り締めて、立ち上がる。すると。

「どうもどうも、皆さん時間通りにお揃いで。感心ですね」

クピドの声が、上から降ってくる。見上げれば奴は、僕らの手の届かない高さに浮遊し、いつもの薄ら笑いを浮かべていた。

そしてこの場の誰もが、それを受け容れていた。つまり全員——このふざけた天使のことを知っているということだ。もう確かめるまでもない。

クピドはここにいる六人全員に声を掛けていたんだ。

僕は咄嗟に、凪沙の手を握った。これから何が起こるか分からない。だから何があっても彼女を守れるように。凪沙が握り返してくれないことを、気にする余裕もなかった。

「さて皆さん。このたびは突然のお誘いにも拘わらずお集まりくださり、誠にありがとうございます。先に申し上げましたとおり、あなたがたの関係は、少々拗れてしまっているように見受けられます」

誰もそれに、言い返すことはない。不思議なことに、美凪と優陽もだ。僕ら四人はまだしも、彼女らにも何かあるというのだろうか。

「そこで今回、私がご提案するのが——新たなゲーム『リメンバーラリー』です！」

クピドが高らかに宣言する。それは以前開催されたという『コクハクカルテット』のようなゲームなのだろうか。……いや、呑まれるな。そんなことどうだっていいだろ。

「いいや、拒否する！」

僕は天に向かって思い切り叫ぶ。とにかく初志貫徹だ。あの天使の甘言に耳を傾ける必要なんてない。僕はもう、決めているから。

「僕らはそんなふざけたゲームに参加するつもりはない！　確かに僕らの関係は今、君の言うとおりかもしれない。でもそれは僕達の間だけでなんとかすべき問題だ！」

クピドは冷淡な目で、僕を見定めるように眺めてきた。

「はあ。そうですか。では残念ですが、白瀬さん、お一人でお帰りいただいて結構です」

「いや、何を言って――」

反論しようとして、気付く。繋いでいたはずの手が、今は離れていることに。僕はゆっくり、凪沙を見る。凪沙は言いづらそうに、気まずげに、目を合わせずに、僕に告げる。

「ごめんなさいです。私は、参加したいです。……傑先輩に、嫌われないために」

意味が分からなかった。僕が、凪沙を嫌う？

「いや、なんで僕が君を嫌うんだよ。そんなこと、あるはずないだろ」

凪沙は答えない。僕は再びクピドを見上げる。人生で一番鋭い目つきを作って、射殺すつもりで。あいつだ。あいつが凪沙に、余計なことを吹き込んだに違いない。

「それで、どうされますか白瀬さん？　大丈夫ですよ、参加しても、参加しなくても、酷い目にあったりはしませんから。これは前回のゲームと比べれば――といってもあなたは知らないでしょうが――失うものは限りなく小さい、いわばボーナスステージです」

そんな話、信じられるか。

首を捻って後ろを見回す。青ケ島さんは目を逸らす。玄岩は何かじっと考え込む様子で、美凪は心配そうに優陽を見ている。そして優陽は僕を睨み付けている。どうやら、僕以外は全員参加するつもりのようだ。この状況で、僕だけ抜けるなんて選択、出来ないだろ。

「……分かった、参加するよ」

ああ、結局こうなるのかよ。諦念に任せて答えた瞬間だった。体の内側から何かが抜き取られるような感覚がして、全身がぞわりと震えた。

……なんだ、今のは？

「ありがとうございます。それでは、ルール説明に入る前に一つ伺ってもよろしいでしょうか。白瀬傑さん。朱鷺羽美凪さんと付き合い始めた時のことを、お聞かせ願えますか」

クピドは浮遊をやめて僕の眼前に飛び降りると、僕が後ずさったぶんだけ、てくてくと僕に詰め寄ってくる。そして挑発的に、かわいこぶったように首を傾げた。

「なんで、そんなこと答えなくちゃいけないんだよ」

反抗的に振る舞いつつも、記憶はしっかりサーチを始めていて。僕は海馬の中にひとまとまりに保存されている美凪との思い出を——あれ？

おかしい。

中学二年生から、高校一年生までの二年間。秋も冬も、春も夏も二回分。僕らは一緒にいて、楽しい時間も、つらい時間も、積み重ねてきたはずだ。

それなのに。

　どうして僕は——思い出せない？

「……え？　美凪と、付き合い始めた……あ、いや、アレだろ。覚えてる。図書館で見たんだ。美凪のことを。それで——」

　僕が喉の奥から引っ張り出しているエピソードは、本物の記憶じゃない。以前美凪と電話で話した内容を、そのままなぞっているだけで。僕の中には何も残っていない。なんだよ、なんだよこれ。

「そうではなく、その後、付き合い始めた時のお話を伺いたかったのですが、どうしました？　まさか、忘れてしまったんですか？　あなたにとって、大切な思い出なのに？」

　僕は右手で頭部を握り締める。記憶を絞り出すように。それでも一滴たりとも、一粒たりとも、何も思い出せはしない。僕は急いで胸ポケットから飴玉を取り出す。しかし紫色のそれは、僕にここが現実だと教えるだけ。肝心の問いの答えは、教えてくれない。

「ちょっと傑、しっかりしてよ。流石にそれは酷いんじゃ——あれ？　え？　うそ」

　美凪が両手で頭を抱える。彼女にも同じ事が起きているのだろう。それを見た玄岩も、優陽も、青ヶ島さんも、自分の記憶の欠けた部分に気付いたのか、ひどく狼狽えている。

「と、いうわけで〜、ネタばらしです！　実はたった今、皆さまの大切な『思い出』を、六つずつ預からせていただきました！」

　そんな僕らの様子を楽しむような声色で、クピドは告げた。

思い出を、預かった？

「凪沙――」

立ちすくむ凪沙の元へ駆け寄る。肩を掴んで、じっと見つめ合う。元カノの妹で、同じ学校の後輩で、恋人候補。美味しいクッキーを作ってくれた。お揃いのストラップを買った。誕生日には中華街で大きなシュウマイを立ち食いした。大丈夫だ。全部、覚えている。

「僕とのこと、思い出せるか？　君がくれた誕生日プレゼント、何か覚えてるか？　それから、ええと、君がクッキーをくれた場所は？　あの時、君が思い浮かべてた数字は？」

「え？　あのあの、パスケースと、駅のホーム、です。数字はもう、忘れちゃったですけど、傑先輩が奇跡的に当てて、それで……ここに連れてこられたのも、覚えてるです」

忘れていなくて、良かった。安心して、力がふっと抜けて、僕は膝から崩れ落ちる。

「ちょっ、傑先輩――っ!?」

凪沙が心配そうに僕をゆさゆさと揺らす。ああ、まったく、安堵している場合じゃない。騒動はまだ、続いているのだから。

「か、返せっ！　今すぐ！　悠乃との大事な思い出なんだからっ！」

特にあそこだ。玄岩がクピドの羽を思いきり握り締め、殴りかかろうとしている。

「ま、まあまあ、落ち着いてください。条件さえ整えばちゃーんとお返ししますから。ほうら、こちらをお受け取りください」

クピドが苦しそうに指を鳴らすと、ばさり。僕らの目の前に何やら薄い冊子が落ちてきた。これは――芙蓉祭のスタンプラリーで使う、スタンプブックだ。

「……六人の、六つの思い出って、まさか」

青ヶ島さんが呟く。僕もその符合にすぐ気付いた。そうだ。このスタンプラリーには六つのコースがあって、一つのコースには六つの出し物が対応している。

僕はすぐにスタンプブックを開く。一つ目の『エンジョイコース』には、本来印刷されていないはずの僕の顔写真が載っていた。綺麗に六つ並んだ円。各出し物で条件をクリアすることで、円形のスタンプが押印できることになっている。そのうちの一つに触れた瞬間――文章が空中に浮き出てきた。

【笹倉柵真との出会い】――高校一年生・四月。放課後、笹倉柵真に声を掛けられた白瀬傑。柵真の何気ない質問に、傑はどう答えたのか。

「なんだよこの……あらすじみたいな文章は」

そう。本当に、知らない本のあらすじのように、他人事のようにしか思えなかったのだ。柵真は確かに僕の友人だと認識はしている。しかしどうやって柵真と仲良くなったのかは、美凪とのことと同様、断片的にすら思い出すことが出来ない。

「えー皆さん。もうお気づきでしょうか。一つのスタンプには一つの思い出が対応しています。スタンプを押すことで——対応する思い出を、私から回収することが出来ます！」

「なるほど。……つまりこれは、奪われた思い出を取り戻すために、対応するスタンプを押して回るゲーム、ってことか」

「ええ、白瀬さん。そういう見方も出来ますね。スタンプを押して、思い出を集めるゲーム『リメンバーラリー』。開催期間はなんと、明日の芙蓉祭が終わるまで。たっぷりと時間があります。ほうら、非常に簡単なゲームでしょう？」

　確かに、今のルールだけなら存外難しくない。半日もあれば一コースが埋まるよう設計したのは、他ならぬ実行委員の僕だ。

「じゃあ、一コ質問。ゲームって言うからには、トーゼン、勝ち負けがあるんでしょ？」

　ポニーテールを揺らしながら、玄岩がスタンプブック片手に挙手する。

「ええ、そのとおりです。思い出を最も多く回収した参加者の勝利となります」

「最も、多く——」

　僕は無意識に繰り返しながら、違和感を覚える。クピドは今、どうしてそこを強調したのか。だってこのゲームの結末はどう考えたって、全員が六個のスタンプを集めてクリアのはずだ。嫌な予感がする。僕が質問するよりも先に、美凪が真っ直ぐに手を挙げた。

「はい。勝った人には賞品があるんだよね？　本当に勝者全員が貰えるの？」

「もちろん。勝者にはもれなく、後夜祭の打ち上げ花火の特等席を贈呈いたします!!」

ハイテンションなクピドに対して、僕らの間に様子見のような沈黙が流れる。それを破ったのは玄岩だった。

「え、何？　打ち上げ花火？　そんなのあるの？」

「……それ、ネタバレ」

青ヶ島さんが困ったように指摘する。そう、花火はサプライズなんだよ。一年の委員から出た、今年初の企画だ。かくいう僕も、凪沙を誘って驚かせようと画策していたのだが、まさかこんな形でバレてしまうとは。

「おい、話が違うだろっ！」

次いで、非難の声が響く。声の主は優陽だった。隣の凪沙も、小さく頷いた。クピドはヘラヘラと笑いながら、両手を掲げて場を収めようとする。

「おっとっと、すみません。花火の特等席はあくまで正賞です。副賞は——事前にお伝えしたとおり、『任意の人物の本音を一つ聞き出す』権利ですので、ご安心を！」

事前に？　そんなこと僕は一言も聞いていない。なのにまた、僕以外、誰も驚いた様子がない。青ヶ島さんさえも平然としている。……聞かされてないのは僕だけか。

つまり皆がこのゲームに、誰かの本音を知るために、参加している。

でも、おかしいだろ。花火の特等席ならまだしも、本音を聞き出すだって？　まただ。

現実的じゃない、超常的な力。そんなものが懸かった勝負が、ノーリスクなわけがない。

「万が一負けたら、どうなるんだ？」

「万が一？　白瀬さん、何を仰るんですか。誰か一人は必ず負けますよ？」

「へえ、必ず？」

美凪が興味深そうに、けれどこの上なく不快そうに、自分の頬に指を当てる。彼女には
もう、この話の結論が見えているようだった。

「ええ。何故なら、五人が自身のコースをクリアした時点でゲーム終了ですから」

やっぱり、そういうことか――！

「つまり、誰か一人は絶対に、思い出を一つ取りこぼすってことか？」

「まあ、絶対とは言いませんよ？　たとえばホラ、奇跡的に最後のスタンプを一瞬の誤差
もなく同時に押すとか――そういう例外を除けば、白瀬さんのお見込みのとおりです」

「……もし。ゲームが終わったとき、思い出を喪ったままの場合、どうなるの？」

青ヶ島さんが問う。そう、恐らくこれがゲームの核心だ。

「そうですねえ、たとえば白瀬さん――あなたが朱鷺羽美凪さんとの思い出を忘れたまま、
敗北したとしましょうか。今はまだ、美凪さんが元カノだという『結果』を認識していま
すよね？　彼女に対して、きっとまだ懐かしさや愛おしさが、あるのではないですか？」

「ああ、そのとおりだ」

僕は頷く。具体的に何があったかは思い出せないが、彼女に抱く感情は変わらない。

「ですが、その結果をつなぎ止める『思い出』がないため、その状態が続けば、その実感も薄れていきます。最終的な白瀬さんの認識としては——『リメンバーラリー』に参加して、記憶喪失になった。どうやら元カノとの思い出を全て忘れたらしい。だけど思い出せない。目の前に現れても、他人と変わらない。むしろ、自分のことを知られていて怖い。……そんなところでしょうか」

「うわ、ひどいね傑。私が尽くした二年間はいったいなんだったの？」

「君も覚えてないだろ。そして恐らく尽くしてないだろ」

僕は間髪入れずにツッコむ。互いのことを覚えていないのに、こういう空気感は覚えている。だが思い出を取り戻せなければ、この空気感すらなくなってしまうのだろう。

「そして——白瀬さんが美凪さんとの交際で得た様々な教訓も、心の成長も、喪われてしまいます。白瀬さんの中では全てなかったことになる、と思っていただいて構いません。もしかしたら性格も変わってしまうかもしれませんね。なにせ——どのような過程を歩んだかこそが、その人物を構成するのですから」

僕は拳を握り締める。それは僕の持論だ。そんな風に引用されるのが、腹立たしかった。

僕と青ヶ島さんとで作った企画を、こうして利用されるのと同じくらい。

「それでは皆さん。このゲームの本質をよ～く考えて、存っ分に楽しんでください。他に質問は――ないようでしたら、説明を終わらせていただきます」

クピドは深くお辞儀をすると、最悪の状況だけ残して、すーっと消えていった。

ゲームが始まってから、僕らは屋上で各々、しばらく呆然としていた。美凪はフェンスにもたれて空を眺めていて、隣の優陽はフェンス越しに町並みを観ている。玄岩は給水塔に手をついて俯き、ぶつぶつ呟いている。凪沙は落ち着きを失ってうろうろ。青ヶ島さんは――見当たらない。給水塔の裏にいるのだろう。僕はゴムチップの床に座り込んで、ブドウの味の飴をまた舐めている。

不安をそれぞれの形で露わにしながら、それでも全員に共通しているのは、その手元ではスタンプブックが開かれていることだ。そうして皆が、自分が何を喪ったのか、各々のペースで飲み込んでいく。全員にとって必要な時間だった。

僕が喪った六つの思い出は、古い順に【運動会】【家族との遊園地】【修学旅行】【朱鷺羽美凪との交際】【笹倉柵真との出会い】【青ヶ島悠乃との実行委員活動】だ。前三つはともかく、後ろ三つが痛い。特に、美凪とのことは――完全に忘れてしまったなら、僕がどうなってしまうのか、想像もつかない。

「あの、傑先輩。クピドさんが言っていた……このゲームの本質って、なんですか？」

ようやく落ち着いたのだろう、凪沙は僕の正面でちょこんと屈むと、首を傾げた。

「ああ。このゲームが始まる前、クピドは僕らの関係が拗れてるって言ってただろ。このルールと合わせて考えるなら――」

「トドのツマリ、最低一コの思い出を犠牲に、関係を正常化するゲーム。でしょ？」

僕の横に立って、簡潔にまとめたのは玄岩だ。頭の後ろで腕を組んで、がしゃりと音を立てながらフェンスにもたれる。

「思い出を犠牲に……ですか」

「そうなるな。五人が六つスタンプを集め終えたらゲーム終了なら、当然最後の一人はスタンプを五つ以下しか集められてないことになる。僕らが足並み揃えず好き勝手に集めたら、その人は三つ四つしかスタンプが押せてない状態で終わるかもしれない。だから僕らはこれから話し合って、誰か一人の思い出を『不要』だと決めて、切り捨てることになる」

凪沙も事態に気付いたようで、「そんな……」と俯いてしまう。玄岩は大きな溜息を吐いてから、「バッカみたい」と悪態をつく。

「そう言う玄岩だって、参加してるじゃないか」

「はぁ？　あたしは賛同なんてしてないし。報酬だって興味ない。あんたと同じ。こんなクソゲー、参加なんてしたくなかったに決まってるじゃん。でも……悠乃が」

「青ヶ島さんが？」

問いながら、ここからでは隠れて見えない青ヶ島さんのことを思い返す。彼女に告白されたことはしっかりと覚えている。だけど、そこから先がもう駄目だ。今日に至るまで、彼女と過ごした時間のことが思い出せない。どうやら僕は青ヶ島さんを振った、らしい。それも凪沙や玄岩に話した記憶があるから知っている、という状態だ。

僕は青ヶ島さんと付き合っていない。凪沙との関係の進展を誓った。なのに——僕は青ヶ島さんに、特別な感情を抱いている。そして、心がそう動くことに気まずさを感じている。

彼女との間に何があったか、今の僕には分からない。だけど……これだけは分かる。この感情は、良くない感情だ。存在してはいけない、隠さなければならない感情だ。

「……参ったな」

僕が漏らした独り言に、凪沙と玄岩は「へ？」と不思議そうに喉を鳴らした。

「いや、こっちの話だ。続けてくれ玄岩。君はどうして、このゲームに参加したんだ？」

「ん。あたしさ、あの天使に言われたんだよね。悠乃を救えるのはあたしだけって。……ま、なのにあたしは今、悠乃との思い出は何一つ覚えてないんだけど」

僕は手元のスタンプブックを捲る。玄岩のコースには【青ヶ島悠乃と友達になったこと】【青ヶ島悠乃と過ごした日々】と、二項目もかけて青ヶ島さんとの思い出が記載されていた。他には【ピアノの発表会】とか【兄弟との大喧嘩】など。

「……だけどさ。この胸にある気持ちはぜんぜん変わんない。あたしは悠乃が好き。大好き。だからあたしと悠乃はちゃちゃっとクリアして一抜けさせてもらうから」

「いや待て玄岩。言っただろ。まずは皆でちゃんと話し合って――」

くるりと屋上のドアへ回れ右した玄岩を、僕は引き留める。

「は？　別にテキトーでいいじゃん。あんたが【運動会】の思い出でも忘れれば全部解決でしょ？　どう考えたって忘れても問題なさそうな内容じゃん」

「それは――」

一理ある。でも直感的に、間違っているような気がした。反論できないでいると、美凪がやって来て、玄岩の肩をぽん、とにこやかに叩いた。その背後には、玄岩を警戒した優陽が隠れている。

「……君、玄岩さんっていうの？　まさか、本当にそれで問題ないと思ってる？　気付いてないフリしてるだけでしょ？」

玄岩はすぐに美凪にガンを飛ばすが、美凪の見透かしたような目線に負け、たじろいでしまう。一目見れば分かる。美凪は玄岩の苦手そうなタイプだ。

「あ、あんた、白瀬の元カノだっけ？　いきなり喧嘩売ってくるなんていい度胸じゃん」

「あら。商魂たくましくてごめんなさいね？　私は朱鷺羽美凪。あ、ただの元カノじゃないよ。元カノ兼、義理の姉ね」

玄岩はチラッと凪沙と僕の方を見る。僕はノーコメントの意で肩を竦めてみせた。

「ほら、よそ見しない。ねえ玄岩さん。この六つの思い出が、まさかランダムに選ばれただなんて考えてないよね？　詳しい内容は覚えてなくたって、『あらすじ』を読んだら分かるでしょ。どの思い出も、今の私達を形作る大事なイベントだよ」

　いつの間にか、僕らは美凪の言葉を待っていた。僕と付き合う前から、彼女はそうだった。賢くて、気さくで、リーダーシップがあって、その周りにはすぐに人々が集まって。

一言でまとめれば──場を支配してしまえる強さを持っていた。

「つまり、下手な判断は危険なんだよ。あの天使も言っていたでしょ。思い出が消えてしまえば、人格にも影響がある、って」

　今もそうだ。きっと彼女は狙わずとも、自然にこんな話の運び方をしている。玄岩をわざと挑発するような視線のやり方もだ。

「じゃああんたは、どうしろって言うわけ？」

　それを受けた玄岩は、美凪の望み通りの質問を引き出される。何もかもが、美凪の想定通りに進んでいっている。

「要するに、私の意見はこう。捨てる思い出を一つだけ選ぶなら、古い思い出より新しい思い出の方が安全じゃない？　ってこと。分かるでしょ。小さい頃の経験の方がどう考えたって人格形成に深く影響してるよね。直近のものの方がダメージが少ないし、何より結果の予測が立ちやすいでしょ」

「じゃああんたは、誰の思い出を消すつもり？」

「うーん、そこはまぁ、話し合いか、公平にじゃんけんとか？」

思い出に依らずとも、彼女と付き合う前から知っていたことだ。朱鷺羽美凪は、こういう人間だ。合理的に思考を巡らせ、その場で最も有効な結論を選び取る素質がある。

だけれども。

「……それは最善じゃない」

僕はぽつりと呟いて、ゆっくりと立ち上がる。

「うん。分かってるよ、傑。本当はクピドさんが用意した正解があるってこと。君はそういう人だよね、思い出がなくたって理解してるよ。その正解が何か、きちんと情報を集めて、話し合って、考えるべきって言いたいんだよね？　その過程にこそ意味があるんでしょう？　でも、そこまでするには時間が二日間じゃ足りないよ」

美凪はほんの少しも動じずに、僕の意図を全部読んで、その上で敢えてずらした話をする。ああ、多分僕らはこういうことで喧嘩をしていたんだろうな、と思った。

「いや、それだって、僕の中では次善の策だ。最善は、誰も思い出を喪わないことだろ」

与えられたルールに反する答えだと、分かっている。でも、こんなルールおかしいだろ。簡単に誰かの大切な思い出を否定して、なかったことにするなんて、駄目だ。過程を否定して、結果だけ得ることを、僕は肯定できない。

一瞬、美凪以外が、そのとおりだと納得したような顔をした。だが秋草優陽が、そんな空気を否定しようとすぐに僕を指差し噛みついてくる。

「ハッ、ならお前だけ二日間、理想を追ってればいいだろ。これはお前一人だけの問題じゃねえ。白瀬。大事な彼女との思い出を奪われた怖さが、お前に分かんのか？」

確かに優陽の言うとおりだ。だけど僕だって、他の大切な思い出を喪ったことに変わりはない。ただ、そんな主張を年下の少年にぶつけたところで、どうにもならない。

さて、どうしたものか。

ゲーム開始から既に三十分。減ってきた腹を押さえながら、考える。ああ、駄目だ。流れは完全に美凪のものだ。この静けさは、僕が折れるのを待つ沈黙だ。だけどここで簡単に諦めることなんてできない。でも、どうすればいい？　僕に切れる手札は何もない。

「お願いだ、美凪。少しだけでいいから、最善を叶える方法を一緒に考えてくれないか」

思い切って美凪に頼み込んだところで丁度、給水塔の陰から青ヶ島悠乃が戻ってきた。

「その必要は、ない」

無表情のまま、彼女は淡々と告げる。だがよく見ればその目の周りは、少し赤くなっていた。泣いていた……のだろうか。彼女は口を開いて、閉じる。一度、喉が上下するのが分かった。それからもう一度、意を決した瞳に追従して、彼女の唇が開かれた。

「……わたしが、負ける役をやる」

「いや、青ヶ島さん。待ってくれ――」

僕の言葉を遮って、青ヶ島さんはスタンプブックを僕に押しつけるように掲げる。同時に、彼女はコースのうちの一つの円を、綺麗に整えられた、僅かに光沢した爪で指した。

【白瀬傑を想った日々】――白瀬傑に一目惚れした青ヶ島悠乃。悠乃は傑に告白し、文化祭実行委員として協力しながら、自分自身も変わっていく。

「これがあの天使の示す正解」

僕は反論の言葉を探す。それは間違ってると、主張したかった。だけど、出てこない。

「そうですね、それが……いいと思うです」

初めに乗ったのは、凪沙だった。躊躇いがちな吐息を交えながら、呟くように。

「青ヶ島さん。ごめんなさい、事情は分からないけれど、あなたがそれでいいなら――」

次いで美凪も乗りかかる。これを見過ごせば決定打となる。

いくら合理的だろうと、反対票が少なかろうと、青ヶ島さん自身が望むとしても。やっぱり僕はそんな結論、どうしたって認められない。

青ヶ島さんとの関わりは覚えていない。だけど、教室での彼女の様子の変遷は、僕だって知っている。青ヶ島さんの示した『あらすじ』を信じるなら、僕との思い出を捨てれば、きっと彼女の変化もなくなる。また今までのように、周囲を拒絶するようになってしまう。

確かに青ヶ島さんが僕への恋心を忘れれば、僕らの関係は丸く収まるだろう。

僕は凪沙の、悲しそうな表情を知っている。

僕は玄岩の、寂しそうな表情を知っている。

僕は自分自身の、矛盾した感情を知っている。

「だっ、駄目だ、青ヶ島さん。みんな。せめて正解が何かは、もっとよく考えて——」

僕の必死な訴えを拒絶するように、青ヶ島さんは冷静に、ゆっくりと首を横に振った。

「いいえ。そういうのは、どうでもいい。わたしはただ、忘れたいだけ」

よく見れば、青ヶ島さんはスタンプブックの裏で、手帳を握り締めていた。『DIARY』と書いてあり、僕はそれが日記だと気付く。見覚えがある気がしたが、思い出せない。

だがそこにはきっと、青ヶ島さんが忘れてしまった出来事が克明に記されていたのだろう。彼女の如何とも言いがたい表情からも、それが読み取れた。

「わたしは知っている。わたしの気持ちを。わたしの心の叫びを。だから——これがわたしにとっての、ただひとつの、正解」

そして連続しない過去の自分と、今の自分をつなぎ合わせて答えを出した。

過去の自分を捨て去るという答えをだ。

「そんなの——」

間違っている。君が選んで、変わりたいと思って、実際に変わった。それを自分で否定するのは、絶対に間違ってるんだ。

彼女が僕を好きじゃなければ、ハッキリとそう言えただろう。

だけど彼女を苦しめているのは、他ならぬ僕だ。彼女に差した光明を否定してまで、僕の主義を押しつける権利なんて、どこにもありはしない。だから僕はこれ以上、何も言えない。言ってはいけない。

代わりに僕は、玄岩を見る。だが玄岩は、迷ったように瞳を揺らすだけ。どうしてだよ。君は青ヶ島さんを救うと言ったばかりじゃないか。クピドがそう言ったなら、青ヶ島さんの選択は、間違いなんじゃないのか？

なら、君が止めてくれよ。君だって、彼女の変化を喜んでいたはずだろ。

それでも玄岩愛華（あいか）は、黙したまま。

話し合いの場が、膠着（こうちゃく）した。これ以上の意見を、誰も出すことは出来ない。だから風が吹いたのを合図に、僕らはただ黙ったまま、屋上を後にした。

こうして一人の犠牲をもって、平和的にゲームを進めることが決まった。

＊＊＊

「あっ！　傑先輩、気付いちゃったです。ここです。ここの部分、逆さまに読むと――」

「本当だ。よく気付いたな、凪沙。じゃあここはこうして……出来たぞ！　やった！」

僕らは謎の解けた快感から、上機嫌にハイタッチ。ここは三年Ｄ組、『謎解きの研究』と称してネットからパクってきたであろう謎解きが一面に貼り出されている。三年生は受験で忙しいため、準備に時間のかからない出し物になりがちなので、致し方ない。

解答を埋めたペーパーを提出すると、三年生は「はい正解です、おめでとうございます」と事務的な態度で、スタンプを示す。僕はスタンプブックを開く。僕らが使っているスタンプブックが通常のものと違うと気付かれる様子はなかった。

スタンプを押した瞬間――頭の中に、情報の嵐が吹いた。嵐が過ぎ去ると、まっさらだった空間に、色鮮やかな思い出が蘇る。


――その記憶は、笹倉柵真の声から始まった。

「おう白瀬、お前さん、カラオケには行かないのか？」

僕は放課後の教室で一人、文庫本を繰っていた。六限前の小休憩で読み始めたものが面白く、一刻も早く最後まで読みたかったからだ。それなのに、出席番号順で僕の手前に座る笹倉が、心配そうに声を掛けてきた。間の悪い奴だ、と思った。

「カラオケ？」

「黒板に書いてあるだろ。まーた懇親会だとよ。入学してから毎日毎日、よくやるよな」

「今日もやってるのか。全く気にも留めてなかったよ。……苦手なんだ。場の空気を読んで盛り上げて、みたいなの」

上辺だけを取り繕って、なんとなく仲の良い感じを出す。その場に参加していたから、仲がいいことにする。それで得られるのは果たして友人だろうか。それとも、寂しくなかったという結果だろうか。僕には後者にしか思えなかった。

「言いたいことはわからんでもないが、お前それじゃ、ぼっちになっちまうぜ？」

「……構わないよ。中学でもそうだった」

ありのままの僕を受け容れてくれるような人物は少ないと、僕はもうとっくに知っている。集団に属するために自分を曲げるくらいなら、僕は一人でいい。

「うお、コメントに困るなそれは」

「コメントしなくていい」

ポケットでスマホが震えた。美凪からか、或いはクーポンのお知らせか。取り出すと、笹倉はめざとく僕のスマホのホーム画面の——美凪の写真に食いついた。

「おい。おいおいおいおい、ちょい待てお前それ、まさか彼女か？　……んなワケねえよな、アイドルだろ、地下か地上か天上だかのアイドル。おい誰だよ、名前教えろよ」

「……教えないし、勝手に見るな。僕の彼女だ」

「お前が、今の子と？　いやまぁ、確かにお前、顔は悪くねーけど、その社交性のなさでよくそんな美人な恋人が出来たな」

「あのさ。僕、君と初めて喋るよな？」

笹倉柵真。なんて失礼な男だろうか。いい加減本の続きを読ませて欲しい。そう思いながらも、何か感じるものがあって、僕は彼と会話を続ける。

「ところで笹倉。君は行かなくていいのか？」

「んあ、俺か？　俺は行かねえよ。俺はな、空気が読めなさすぎて二回目からもう早速ハブられてんだよ。ハブられてることを理解して参加しないくらいには空気が読めるのにだぜ？　ひでえもんだろ。つまりよ、お前がゼロなら俺はマイナスってわけ」

「なら僕のことを何も言えないじゃないか」

「だってお前、寂しそうじゃねえか」

「え、……は？　僕が？」

予想外の言葉に、僕は思わず本を閉じてしまう。栞を挟み忘れてしまったが、それよりも彼の真意の方が気になった。僕が、寂しそうだって？

「お前、そうやってひねてる癖に、分かって貰いたがってるだろ。悪いがそれ、クソみたいな態度だぜ。なあ、なんでお前に俺が話しかけたかって？」

笹倉は僕を指さしながら、椅子を傾けて詰め寄る。

「――そりゃ、お前に苛ついてるからだよ」

僕は何故か、笹倉の言葉が嬉しかった。「ははっ」と自然に笑みが零れて、ああ、いつの間にだろう。僕はこいつと仲良くなれるような気がしていた。

「ならさ、笹倉。……よかったら、僕と友達にならないか？」

「……はぁ？　い、いや、この状況からそんな言葉出るか？　てかお前、高校生にもなって、友達とか、そんなこっぱずかしいことよく言えるな？」

笹倉は驚いて目を見開き、珍しいものを見るように僕の顔を覗き込みながら、忙しなく机を手で拭くような動作を繰り返す。動揺してるみたいだった。

「いちいち関係性を規定しないと気が済まない質なんだ、僕は」

「ははぁん。さては面倒くさいヤツだな、お前」

「ご明察。よろしくな、笹倉」

そうか。僕はこの状況を、自分が一人でいることを、当たり前のことだと思っていた。だけど、僕は寂しかったのか。笹倉柵真が指摘しなければ、僕はきっと、一生気付けなかっただろう。

「――さん？　……あの。お客さん？」

僕はハッとする。これが二つ目のスタンプだが、やはり思い出を取り戻すと、一時的に脳がフリーズしたようにぼーっとしてしまう。さっきも係員に心配された。

「え、ああ、すみません。ちょっと思い出に浸ってて」

クラスでの僕の唯一の友人、柵真。この思い出を喪ったままだったら、僕はどうなっていただろうか。美凪の言っていたことを改めて実感する。やっぱりどの思い出も、大切なものだ。一つたりとも喪いたくなんてないし、喪うべきではない。

怪訝そうな三年生に見送られながら、教室から出る。ゲーム開始からは二時間弱が経過している。僕らは昼食を挟み、文化祭を楽しみつつ、順調に思い出を取り戻していっていた。これで僕が【家族との遊園地】と【笹倉柵真との出会い】の二つ、凪沙は【初めて焼きプリンを食べた日】【美凪と家出したこと】の二つだ。僕らと違い、凪沙の喪った思い出は今の交友関係には響かないものが多く、今のところあまり不便はなさそうだった。

凪沙と繋いだ手が、ふいに強く握られて、なにごとかと隣を向けば、凪沙は「えへへ」と楽しげに微笑んだ。

「やっぱり、傑先輩とふたりきりでいる時間が、一番好きです」

「どうしたんだよ、急に」

「だって、久しぶりじゃないですか。こんな風に二人で一緒にいるの」

「……久しぶりって、まだ一週間も経ってないような」

先週の日曜日は僕の誕生日だったので、芙蓉祭準備の忙しさから逃避するように、二人で思い切り楽しんだ。

凪沙を好きな僕が、また凪沙を好きになる。

そんな無理難題が、僕らが付き合う条件。だから凪沙も、色々と模索して、僕を改めて惚れさせせようと頑張ってくれた。僕好みのデートコースを練ってくれて、サプライズをしてくれて、強く抱き締め合って、キスは——やっぱり拒否感があって、出来なかったけど。

「そうですけど、そこからずっと、傑先輩が修羅場でしたから。長い時間一緒なのもいいですけど、ちょっとだけでも毎日会いたいって、私は思うですよ？」

「そういうものかな。でもホラ、会えない時間があった方が、次に会ったときの喜びが大きいと思わないか？」

「へえ、ふうん、つまり傑先輩は、毎日会うと飽きちゃうタイプってことですか？」

「そんなこと……あるわけないだろ」

僕は凪沙の手を、強く握り返す。こんなに可愛い彼女が出来たなら。飽きるなんて、とても考えられなかった。だけれど知ってはいる。いつかは慣れきってしまう。当たり前だと思い込んでしまう。何があっても自分の隣にずっといると、永遠を錯覚してしまう。

その結果、美凪と僕の愛は喪われてしまったのだと、記憶がなくても分かった。

「……あの。傑先輩、一つだけ、いいですか？」

階段を下りながら、凪沙が不安げに僕を見つめる。僕は「どうした」と耳を傾けた。

「聞かないんですか？　私がどうして、リメンバーラリーに参加したのか」

「……ああ。だって、君は言いたくないだろ」

ゲームに勝利した際の報酬。それは誰かの本音を聞き出す権利。凪沙が誰のどんな本音を知りたいのか。決まっている。僕の本音だ。彼女は今、僕を信じられないのだろう。僕の中に青ヶ島さんへの気持ちが残っていることを、恐れている。

「怒っても、ないんですか？　私、悪い子でした。青ヶ島先輩の提案を受け容れて――傑先輩の理想を叶えることに、賛同できなかったんですよ」

「まさか。怒ってないよ。君の気持ちも分かるし、他の皆の気持ちも想像できる。だから僕一人が主義を貫こうとしたって無理だってことも……理解してるつもりだ」

そうだ。僕一人では、何も出来ない。僕は凪沙と繋いだ手を、悔しさに任せて強く握る。僕はあの場で、ただただ無力だった。僕は現実的な手段を提案できなかった。理想だけでは、何も変えられない。

そんなこと、とっくに知っている。だから昔の僕は、一人になることを選んだ。集団に属することをやめた。僕の主義を貫けない世界に関わることをやめた。だけど……今はもう、そうはいかない。

このまま青ヶ島さん一人に負けを押しつけて、いいわけがない。

せめて僕だけでも、考え続けなければならない。理想に辿り着くための方法を。

「逆にさ、凪沙。僕が青ヶ島さんを止めようとしたら、君は怒るか？」

「……わからない、です」

凪沙は俯いて、小さな声で答えた。僕が青ヶ島さんを止めるということは、青ヶ島さんから僕へ向く好意をそのままにすることだ。凪沙にとっては、不安な状況が続くだけ。ああ、だから——こんな質問をするのが、そもそも間違いだ。本当に駄目だな、僕は。

「ごめん。この話はやめよう。それより凪沙。僕は君と、毎日会ったって飽きないよ。だから芙蓉祭が終わったら……毎朝、迎えに行くよ。一緒に登校しよう」

「えっ、いいんですか？　でも傑先輩、早起きなんて出来るですか？」

「……難しいかもしれない」

「じゃあ、約束です。月曜日から毎朝、駅前で朝八時に待ち合わせです。それで……遅く着いた方が、早く着いた方の荷物を全部持つんです。どうですか？」

謎のゲーム要素が加わった。そのルールには致命的な落とし穴がある。僕が早く着いたら後輩の女子に荷物を持たせるヤバい先輩になるじゃないか。

だけど僕はそれに気付かないフリをして、彼女の提案に頷く。

「ああ、受けて立つよ」

僕が毎朝、ちょっと遅刻すればいいだけの話だ。そう考えて、ふと、嫌な予感がした。

一見シンプルなこの『リメンバーラリー』にも、何か落とし穴がありはしないだろうか。

そう。僕は何か、重大な見落としをしているような気がしてならなかった。

次に僕らが狙いを定めたのは、凪沙の【芙蓉祭の思い出】だった。中庭にずらりと立ち並ぶ屋台の、少し奥にある野球部の出し物が該当する。内容は確か、縦横三つずつ並んだ九枚のパネルにボールを当てて落とすゲームだったと思う。

「そういえば傑先輩、このあたり、たくさん風船が飾ってあるですね」

凪沙はきょろきょろと空を見上げながら、カラフルな風船の群れを順繰りに指差す。

「ん？　ああ。芙蓉祭の名物なんだ。校舎から伸ばした糸に、風船に括り付けた糸を通しておいて、明日の最後に伸ばした糸を一斉に切るんだよ」

「それで一気に飛ばすってことですか？　きっと綺麗なんでしょうね、楽しみです！」

「ああ。期待しててくれ――お。あったぞ、野球部だ。ええと、九回投げて、二枚以上落とせればスタンプ、三枚以上で賞品、らしい。どうだ凪沙、自信の程は？」

「まずまず、でしょうか。ボールが的に届くかが問題ですね」

「そこは前提だと思うんだが……」

出し物の様子を窺うと、チャラつき度合い全開の茶髪スタッフが「お姉さんやるぅ、ウチに入部しちゃわね？」なんて冗談をこきながら、大袈裟な拍手で盛り上げている。やや近付きたくない気持ちを覚えつつも列に並ぼうとしたところで、凪沙が僕の袖を引いた。

「あの。傑先輩、あれって」

凪沙の視線の方向。赤縁の眼鏡を掛けた中学生くらいの少女が、パンフレットを捲って、傾げて、ひっきりなしに首を傾げていた。凪沙と目を合わせて、意思疎通。迷子だ。

「ごめん凪沙。ちょっと行ってくる」

念のためナンパと間違われないよう、僕は実行委員の腕章を巻きながら少女のもとへ向かう。が、それよりも先に凪沙が飛び出して、少女に声を掛けた。

「あの、どうしたんですか？」

凪沙が率先して行動するというのは、少し意外だった。凪沙はもっと引っ込み思案で、姉の庇護下にあるようなイメージで。だから僕にも結局、最後まで心を開いてくれなくて。だけど彼女もいつの間にか変わったのだろう。僕はそれが、なんだか嬉しかった。

「すみません。実は友人とはぐれてしまい。この……文芸部へは、どのようにして行けばよろしいのでしょう？」

「文芸部……部室棟の二階ですね？　オッケーです。じゃあ、私についてくるですよっ」

どーん、と効果音がつきそうな勢いで、凪沙は自分の胸に拳を叩きつけた。

「凪沙。それなら僕が案内するよ。実行委員だし。君はとりあえずスタンプを――」

「ふふっ。そんなに急がなくても、また後で来ればいい話じゃないですか」

凪沙は笑って僕を手で制してから、校舎を指差しながら迷子の女子を半歩先導する。確かに凪沙の言うとおりだ。ゲームは明日まであるんだから、少しくらい時間をロスしたって何の問題もない。それなのに……何かが、引っかかる。

「あの。ありがとうございます。助かります」

ぺこり、と気弱そうな少女が会釈する。案内している凪沙の方が小さいのが、どことなく面白い。僕はその後ろを、微笑ましく思いながら保護者のようについていく。

「もしかして、うちを受験するんですか？」

「はい。いま三年生で、ここが第一志望で。ですが私、少しばかり頭が悪くて。先生からは厳しいって言われてます」

「大丈夫ですよ。今から頑張れば、間に合うですから。私も成績悪くって、第一志望もこより偏差値低いところで。でも、ちょうど今くらいの時期に頑張り始めたんです。だから、きっと、来年また会えるですよ」

凪沙は笑顔で、少女の手を握って勇気づける。その瞬間、少女の雰囲気も変わったのが僕にも分かった。凪沙の持つ何かが、少女に伝播したように。

「はいっ。お姉さんみたいな先輩がいるなら、絶対、入りたいです。いいえ、入ります」

「ふふ、応援してるです。……じゃあ、ここが文芸部ですから」

「本当に、ありがとうございました！」

少女は深く頭を下げてから、すたすたと部屋に入っていく。ずっと振り続けていた手を凪沙が下ろしたところで、僕は後ろからぽん、と凪沙の肩を叩いた。

「……なんか、意外だな。君が人の面倒を見るのは」

「そうなんです！　私、ちょっと頑張ってみちゃったです。私も半年後には誰かの先輩になるわけですから、妹キャラから脱却して、お姉さんみを出してかなきゃですからね」

「中学の時だって先輩やってたはずだろ。……確か、えーっと、手芸部だっけ？」

「そうですっ！　中学生の時は、先輩と後輩に、お世話されまくってたです！」

「なんでそんな自信満々なんだ。でも先輩になるって言ったって、今は帰宅部なんだろ？」

それなら誰かの世話をすることなんてそうそうない。僕だって、まさか後輩に知人が出来るなんて思ってもなかったしな。

「違うですよ？　一応これでも、軽音部の幽霊部員です。お姉ちゃんの真似して入ってみたけど、さっぱり分からないので行かなくなっただけでですね」

「実質、帰宅部と変わらないじゃないか」

「ふふっ、バレたですか。実はちゃんと、先輩ぶりたい別の理由があるんですよ」

凪沙は一人で組んだ手の平の先で、人差し指を落ち着きなく擦る。

「そうなのか？」

「……傑先輩、覚えてるですか？　実は私、去年の芙蓉祭に遊びに来てたんですよ」

それは今さっき、凪沙が回収を後回しにした思い出の話だ。思い出そうとしてみるも、凪沙の顔が、薄ぼんやりと思い浮かぶだけ。

「悪い、覚えてないんだ。……ってことは、アレか。美凪と来てたのか」

あいにくと、僕はまだ美凪との思い出を取り戻していない。

「私も覚えてないんですけど、そうみたいです。それで、迷子になっちゃったんです。もしそのとき私が傑先輩が好きだったら、……傑先輩から離れず、そんなことにはならなかったんでしょうけど。不覚です」

「なにがどう不覚なんだ」

凪沙はスタンプブックを開いて示す。僕らは二人で該当する円を指差した。ちょこんと人差し指の爪がくっついて、文字が浮き出る。

【芙蓉祭の思い出】――朱鷺羽美凪に連れられ、第三十一回芙蓉祭に遊びに来た朱鷺羽凪沙。しかし途中で迷子になってしまい、親切な在校生から道案内を受ける。

「覚えてるのは、この後、私が第一志望をうちにしたってことです。きっとその先輩にすっごく感銘を受けたんでしょうね」

だから凪沙は今、あの子に同じことをしたのだろう。その先輩から受けた薫陶を、また誰かに繋ぐために。

「それが誰かは、思い出せないですけど」

「焦らなくても、すぐに思い出せるさ」

「もし案内してくれたのが傑先輩だったら、すっごくロマンチックなんですよね」

「残念だけど、それは違うと思う」

　僕が美凪と一緒に居たのなら、美凪と一緒に探したはずだ。だから彼女を案内したのは、全然別の誰かなのだろう。

「あ。じゃあじゃあ、それがもし男の人だったら、傑先輩もやきもち妬いてくれるですか？　傑先輩じゃない男の人に憧れて、その人を追って、頑張って勉強して、入学したんだとしたら……どうですか？」

「え。……どうだろう」

　僕は目を瞑って、しばし想像する。芙蓉祭で迷子になった凪沙。それを誰か、男子生徒が手を引いて案内する。凪沙はキラキラと目を輝かせて、感謝して、その後、その人のことを思い出しながら自分を鼓舞して勉強して――

　胸がズキリと痛む。心臓が掴まれるような苦痛が、喉を熱くさせた。

「あー、……するかもしれない」

　僕の答えを聞くやいなや、凪沙はにんまりと口の端を吊り上げて、甘えるようにぽんぽんと僕に頭をぶつけたり、すりつけたりしてくる。

「ふうん、へえ、傑先輩って意外とそういうとこ、あるですよね」

「き、君が言わせたんだろ」

「ふふっ、大丈夫ですよ。私には傑先輩しかいないですからね」

少し嫉妬するだけで、こんなに喜んで貰えるものなのか。嫉妬というのは、難しい。過度では駄目で、でもゼロでも良くなくて。隠し味のような、適量があるのだろう。

「それより次はどこへ行くですか？」

開いたままのスタンプブックをなぞりながら、凪沙は僕に訊ねる。そういえばここ部室棟二階には、ちょうど僕のスタンプが——しかも、美凪との思い出のスタンプがあったはずだ。思い浮かんだ瞬間に、僕の舌は動いていた。

「科学部だ」

科学部では白衣の生徒達がいろいろな実験をマジックショーのように披露していた。特に凪沙は炎色反応の実験を気に入ったようで、もう何度も見ている。黄色に、紫色、緑色。様々な色で煌めく炎を眺めて、凪沙の瞳もきらきら輝く。そういえば、花火も炎色反応を使ってるんだったな。

「凪沙。後夜祭の花火、一緒に見ような」

「え。今更ですか？　花火のことを聞いてから、とっくに傑先輩と見るつもりでしたよ」

「僕もそのつもりだったけど、でも、一応言葉にしておこうと思ってさ」

「ふふっ、なんか、傑先輩って律儀ですよね」

　科学部のスタンプは、アンケートを提出すれば押して貰えるというルールだ。僕らはA4の用紙を回収箱に伏せて置く。出口に部員はおらず、アンケートを出そうが出すまいがスタンプは押し放題状態になっていた。まあ、こういう所もあることは実行委員としても想定のうちだ。誰もスタンプなんて盗まないだろうし、不正でスタンプが集められようが、出し物側にはなんのデメリットもない。

　僕はスタンプを握り込み、ゆっくりと力を込めて、押す。これから僕が取り戻すのは、とびきり大切な思い出だ。だから印影も、綺麗に残るように。

「……あれ？」

　呟きながら、スタンプを離す。外周から等間隔に、かすれることもなく、僕のスタンプブックにはフラスコのマークが確かに押されている。それなのに、何故。

　何も起こらない。

　ずっと感じていた嫌な予感が、現実的な問題として目の前に現れた。手足からすーっと、熱が引いていく。感覚が消える。……いったい、どういうことだ？

「あの。傑先輩？　そんな青ざめた顔して……お姉ちゃんに何されたんですか？」

「いや……記憶が、戻らないんだ」

凪沙は怪訝そうに首を傾げて、僕のスタンプブックを横から覗き込む。指差し確認。確かにスタンプは、正しい位置に押されている。

「押し間違い……ではなさそうですね。あ、スタンプが偽物なんじゃないですか？　ほら、たとえばスタンプをなくしちゃって、急いで代わりのものを勝手に作ったとか！」

僕はスタンプをじろじろ観察してみる。間違いなく実行委員で発注した物だ。他の出し物のスタンプと入れ違っていることもない。このフラスコは間違いなく科学部のもので、他に似たデザインのスタンプもなかったはず。

このスタンプは科学部のスタンプだ。

科学部のスタンプは、僕の思い出【朱鷺羽美凪との交際】に対応している。

前提は間違っていない。ならば疑うべきはルールだ。僕はクピドの説明を思い返す。

――一つのスタンプには一つの思い出が対応しています。

――対応する思い出を、私から回収することが出来ます。

そして今更になって気付く。クピドが発した、一連の不自然な言い回しに。

「そうか！　やられた。クピドは……『思い出せる』なんて、言ってない」

「え、でも確かそういう感じのことを言ってたですし、実際、私達は思い出せましたよね」

「確かに結果は同じように見える。だけど、クピドは僕らの思い出を預かったと言っていた。僕らは忘れてたものを思い出したんじゃない。回収して――取り戻しただけだ」

僕の言葉に、凪沙が首を傾げる。

「それって、同じじゃないんですか？」

「全然違う。思い出せるのは本人だけだが、回収するのは本人以外でも出来る」

自分のコースの、対応するスタンプを押して、自分の思い出を取り戻す。

このゲームは、それだけじゃなかったんだ。

誰かのコースの、対応するスタンプを押して、誰かの思い出を手に入れる。

「つまりこのゲームでは——他の参加者の思い出を、奪うことができる」

信じたくない事実を飲み込んで、スタンプブックを開いた瞬間。

「いやあ、白瀬さん、ご明察です！　ですが気付くのが数分遅かったですね！」

クピドが楽しそうに現れて、僕の周りをくるくるとらせん状に飛び回る。叩き落として
やろうかと思ったが、なんとか堪える。

「……僕の前にはもう現れない約束だったはずだろ」

「ハハッ、やだなあ。そんなこと言って、私が現れない方が困ったでしょう？」

しゅたっと着地したクピドは、人を食ったような笑みを浮かべる。僕は周りを見回すが、
やはりこのおかしな天使のことは僕ら以外の誰にも見えていないようだった。むしろ僕が
不審がられないよう、クピドに対し小声で訊ねる。

「……なんで説明しなかったんだよ」

「はあ。訊かれなかったからですが？」

開き直ったように、クピドが空中でふんぞり返る。

「アンフェアだろ。こうしてルールを知らないばっかりに、僕は不利益を被った」

「人の——違った、天使のせいにしないでいただきたいですねえ。ルール説明の時点できちんと気付いた方はいらっしゃいましたよ。その情報を共有できなかったのはあなた方の責任です。それも含めてこのゲームの醍醐味ですよ。ああ、そんなに怒った顔をしないでください。まだ取り返しはつきますから」

芝居がかった口調が鼻につくが、僕はクピドの発言、一挙手一投足を注視する。また何か情報を隠しているかもしれないため、最大限の警戒を込めて。

「えー、こほん。他人の思い出は本来、手に入れても意味がありません。本人の記憶ではない以上、覗き見ることは出来ても定着はしませんので、ゲーム後には結局消えてしまうからです。……ですが、手に入れた思い出同士を交換することが出来ます！」

「思い出の交換……ですか？」

「なるほど。じゃあ僕は、僕の思い出を奪った犯人の思い出を、先に奪えばいいんだな？」

何らかの理由で僕の思い出を手に入れた参加者がいる。その参加者の大事な思い出を、僕が同じように横取りすれば、そいつはやむなく、僕の思い出と交換するしかない。

「お見込みのとおり。互いの合意が取れた状態で握手をすれば、交換が成立します」

「分かった。ちなみに交換が出来るって話は、相手は知ってるのか？」

「ええ。白瀬（しらせ）さんのスタンプが押されたタイミングで、その方にはもうお伝えしました」

「じゃあその、僕の思い出を奪った犯人は誰なんだ？」

「あはは、欲しがりますねえ、白瀬さん。必死なところ申し訳ないですが、それは当然、お答えできかねます。それでは引き続き、ご健闘をお祈りしますよ」

「あ、待て――」

説明を終えると、クピドはさっさと消えてしまった。……しかし、なんだ今の話は。訊かれなかったから黙っていた？　それも含めてゲームの醍醐味？　よくわからない理屈を捏（こ）ねられたが、つまるところ、クピドはわざとこのゲームで波乱が巻き起こるようにしたということだ。本当に、ふざけている。

「傑（すぐる）先輩、これからどうするんですか」

「急いで犯人を特定しないとまずい」

参加者を全員呼び出してスタンプブックを見せ合うか。だが今の話をそのまま明かしたら余計な混乱を招きかねない。出来るなら当事者同士で済ませたいところだが……。

「そもそも、事故の可能性はないですか。間違えて押してしまった……とか」

「いや、それは流石（さすが）にないだろ」

凪沙（なぎさ）の考え方は、とても優しい解釈だ。僕だってそれを否定したくない。否定すれば、六人の中に悪意のある人間がいるということになる。

「でも、単に勝つためにここまでする理由がないですよ」

「一応、優勝賞品を独占できるってメリットはあるけどな」

ゲーム終了時、思い出を最も多く回収した参加者の勝利。普通なら勝者は五人だが、他人の思い出を奪った上で自分の思い出も全て揃えれば、単独トップを狙うことが出来る。だがどのみち犯人の目的は、ゲームでの勝敗そのものではなく、もっと別の部分にありそうだ。それは一体何か。思考を巡らせ始めようとしたところで、凪沙がぽつりと零した。

「あっ。……もしかしてなんですけど、優陽君、かもしれないです」

「優陽が？」

僕を睨む猛犬の顔が思い出される。確かに彼は美凪の彼氏で、僕を敵視している。だけど彼から思い出を奪われるほどに恨まれる謂れはない。

「優陽君は、傑先輩の中にいるお姉ちゃんを消しちゃいたいんです」

「僕の中の美凪を、消す……？」

美凪の中の僕を消すなら、まだ理解できる。だけど僕の中から消したって、優陽にとって何も変わらないだろう。だから凪沙の立てた仮説が、僕にはすんなり入ってこなかった。

「たぶん、嫌なんです。傑先輩が、優陽君の知らないお姉ちゃんのことを知ってるのが」

「なんでそうなるんだよ」

「私は優陽君の気持ち、ちょっと分かるですよ。だって、できるなら、好きな人の過去も未来も、ぜんぶ独占したいじゃないですか」

やっぱり、理解できない。でも凪沙が言うなら、きっとそうなのだろうと思った。

優陽が犯人だとするなら、どの思い出を奪うべきか。スタンプブックを開いた僕は【朱鷺羽(ときわ)美凪との交際】を見つける。出し物は——ちょうどここの真上、テーブルゲーム部だ。

優陽と美凪のコースを確認して、脳内の校内マップと照らし合わせる。美凪ならきっと無駄なく動くだろう。ならば——教室棟の二階から渡り廊下で来たはず。そのタイミングで優陽ははぐれたフリをし、科学部で押印。そして素知らぬ顔で美凪と合流しテーブルゲーム部へ、というルートと見た。クピド曰(いわ)く、数分前の出来事だ。ならばまだ間に合う。

「ごめん凪沙、ちょっと行ってくる。ここで待っててくれ」

「え、傑先輩？」

凪沙の了承を待たずに、僕は飛び上がるようにして駆け出す。ここぞとばかりに実行委員の腕章をつけながら。ポケットでスマホが震えたが、今はそれどころじゃない。

優陽が取り戻す前に、僕が奪う。僕の大事な思い出を、僕を形作る大事な過程を、返して貰(もら)うために。

テーブルゲーム部の入口から出口側へと列が延びている。その真ん中あたりに、一人でスマホを弄っている優陽の姿が確認できた。美凪は……トイレだろうか。なら好都合だ。

僕は背後から、容疑者の肩を強めに掴んだ。

「よくもやってくれたな、優陽」

「げっ、白瀬！　もう気付いたのか！」

優陽は悪びれることなく、僕を見て顔をしかめた。悪事を隠すつもりもないようだった。

「ああ。完全にやられたよ。だから——僕が今奪ってきた君の大事な思い出と引き換えに、僕の思い出を返して貰ってもいいか？　君も聞いたんだろ、交換のルール」

僕は背中側、部室の出口を親指で指し、口角を上げて凄む。

「……は？　いやお前、何言ってんだよ。俺が来た時、お前は並んでなかっただろ。後から来たお前がスタンプを押せてるわけがねえ」

優陽の指摘はまったくもって正しい。だが僕はゆっくりと首を横に振った。

「——いいや、僕の方が先なんだ」

僕は右腕を前に出し、優陽に腕章を見せつける。

「悪いな優陽。僕はこの芙蓉祭の実行委員なんだ。列に並ばなくても堂々と入室できるし、印影の確認とか言って、無条件にスタンプを押すこともできる」

「はぁ？　そ、そんなの、ズルいじゃねーか！」

「悪巧みしていた君が言うか？　まあ、なんにせよ……僕は、手段を選ばない」

もちろん、スタンプを押したなんて、真っ赤な嘘だ。

僕は手段をとことん選ぶ。行列をすっ飛ばして、更には『ゲームで遊んで、勝利する』という条件すら無視して、スタンプという結果を得ることは、当然、僕の主義に反する。

だからここで僕に残された手は、ブラフを張ることだけだ。

「そんだけ言うなら、スタンプを見せてみろよ」

優陽は興奮気味に声を荒らげる。そう。僕が嘘を吐いているかどうかは、現物を見ればすぐに分かるのだ。僕は返事の代わりにスタンプブックを開いて見せる。該当の場所には
——ちゃんと押印がされている。

「……マジか。白瀬お前、見損なったぞ！」

「なんとでも言え。さあ優陽。分かったら、僕の思い出を返してもらおうか」

僕は優陽の肩を、今度は優しくぽん、と叩く。

優陽に疑われるまでは想定済みだった。だから僕はここに来る前に、文化祭実行委員が持つ『隠しスタンプ』を押しておいた。優陽はテーブルゲーム部の印影も、隠しスタンプの印影であるうちの校章も知らない。だから別のスタンプが押してあっても気付かない。

リメンバーラリーにおいては特に何の意味も持たないスタンプだったが、まさかこんなところで役に立つとは。企画しておいて良かった。

だが、僕の作戦もここまでだ。実際には優陽の思い出を手にしていない以上、交換は出

来ない。もしも優陽(ゆうひ)がすんなりと交換に応じると、攻守は一転、今度は僕が困ってしまう。僕の最終目標はあくまで、優陽がここのスタンプを押さないこと。つまりこの列から抜けさせることだ。

「美凪(みなぎ)が知ったらどう思うだろうな。ちょっと場所を変えて話さないか？」

脅しつつ睨(にら)み付(つ)けると、優陽は唇を強く噛(か)みしめて、目を伏せた。しかし彼はそのまま動かず、膠着(こうちゃく)状態に陥ってしまう。なかなか上手(うま)くいかない。

そんなとき、また僕のスマホが震えた。というか、さっきからずっと鳴りっぱなしだ。

嫌な予感がして、僕は片手でチラリと通知を確認する。芙蓉(ふよう)祭実行委員のグループチャット、未読が五十件。急いで画面を開く。

「……嘘(うそ)だろ」

そうして僕は、この芙蓉祭で今、何が起きているか、知ってしまった。

「は？　何が嘘だって？」

僕の独り言に、優陽が反応する。だが僕にはもう彼の発言を拾う余裕もない。こんなところで小競(こぜ)り合(あ)いをしている場合ではないのだ。

「ごめんごめん、お待たせ優陽……って、あれ、なんで傑(すぐる)がいるの？」

戻ってきた美凪が、不思議そうに首を傾(かし)げる。同時に、背後で大きな声が聞こえた。

「なんでスタンプラリーなのにスタンプがないんだよ！」

「申し訳ございません。現在トラブルが発生しておりまして――こちら、押印がなくても使えますので」

「なに？　なんか揉めてる？」

美凪の疑問に答えるように、がちゃり。物音とともに、校内放送が入った。

『こちら芙蓉祭実行委員会。こちら芙蓉祭実行委員会。ご来場の皆さまにお知らせです。現在、いくつかの出し物で、スタンプの紛失が起きています。該当する出し物につきましては、押印がなくても抽選可能とします。該当となるのは――』

事件が起きた。

四つの出し物で、スタンプが盗まれたらしい。

手元のスマホが震えた。『なんでスタンプなんか盗むんでしょうかね』

またスマホが震える。『さあな。とりあえずは救済措置で誤魔化すしかあるまい。各出し物への通達を速やかにするように』

僕は笑う。笑うしかない。だって、僕らの参加したリメンバーラリーには、そんな救済措置はありはしないのだから。思い出を取り戻すには、スタンプを押すしかないのに。

肝心のスタンプが消えてしまったら、どうすればいいというのか。

現在時刻は十五時。僕が取り戻すべき思い出は、あと四つ。

このゲームが簡単だと言ったやつを、今すぐにでも呼び出して問いただしたかった。

＊Hint 2 ——高校一年生・夏

「青ヶ島(あおがしま)さあ、いい加減、友達(ともだち)になってくれてもいいんじゃない？」

「……友達には、ならない」

朝早くから彼女が花に水をやっていることを、あたしは知ってる。だから毎朝、あたしは青ヶ島悠乃(ゆの)に詰め寄った。あたしももう、だいぶ意地になってた。

「あ〰〰もう、なんなの？　なんでそんな頑(かたく)ななわけ!?」

「わたしのことを好きな人を、わたしは好きじゃないから」

青ヶ島はジョウロに入れすぎた水を、その辺りの地面に、跳ねないように慎重にかけた。

「なにそれ？　自己肯定感低い系？　そんなキレーな顔しておいて？」

あたしの質問に、青ヶ島は無言でふい、と目を逸(そ)らす。ああもう、ムカつく。心底ムカつく。なのにあたしはなんでこんなに、未(いま)だに、こんなヤツに執着しちゃうんだろう。

「……そもそも、あなたはどうして、わたしと友達になりたいの」

「友達になりたいのに理由とかいる？　あんたと仲良くしたいから以外ないじゃん？」

なんなら手を繋(つな)いで、ぎゅーって抱き締めて、それ以上のことも……まあ、アリかも、なんて？　あーもう、ホントにあたし、どうかしちゃってるな。

「それが……仲良くしたい態度とは、思えない」

いつもは無表情な青ヶ島は、めっちゃ困惑した表情をしてた。それはマジで一理ある。

空っぽのジョウロを優しく花壇の脇に置いて、青ヶ島はすたすたと校舎に戻ってく。あたしはピッタリ隣をキープ。青ヶ島の真っ白い首筋が見えて、ドキッとする。

「こんなにしつこいのは、あなただけ」

「あたしも、こんなにしつこくしたのは、あんただけだし」

すぐに言い返す。青ヶ島は心底嫌そうに溜息（ためいき）を吐（つ）いたけど、もう慣れたから、全然気にならない。そんなあたしたちの前に、一人の男が立ち塞がった。

「やあやあ、青ヶ島ちゃんじゃんか」

どっかで見たことがある。多分、野球部のなんかモテモテの人。確かに顔は整ってるけど、チャラついた雰囲気が好きじゃない。茶髪もクソほど似合ってない。

「デートの話だけど、考えてくれちゃったりした？」

青ヶ島は華麗にスルーするも、スポーツマンのメンタルは鋼（はがね）だ。いや知らないけど。とにかく男はどういうわけか、しばしあたしの逆サイドで青ヶ島と並んで歩く。どう考えてもおかしいでしょこの光景。

「あー、二人きりがアレなら、そっちの友達も一緒に――」

「は？　お断りですけど。てか無視されてる時点で早く現実に気付いたら？　自分はモテて当然みたいな態度、クッソダサいから」

思いのまま言い捨てると、男は黙った。甘やかされて育ったようで、暴言を消化する酵素がないのか、フリーズしたように立ち止まって、あたしたちの背後に取り残されてく。

ミッションコンプリート。でも、もしこれでまだ言い寄ってくるなら——あ、いいこと思いついた。あたしが代わりにデートしてやって、そんでボコボコにしてやればいい。そしたらもう、青ヶ島に近付こうなんて思わないでしょ。

あたしは成果を褒められたい犬みたいに、青ヶ島にドヤ顔してみる。

「ホラ。あたしと一緒にいたら、煩わしいコトなんて全部片付けてあげる。だから——」

「要らない。わたしは一人で、ぜんぶやれる」

「……はあ、面倒くさいね、青ヶ島って」

「そう。だから、早く、嫌いになって」

いつものような無表情だった。なのに不思議と、読めちゃったんだ。彼女はなんでか悲しそうで。とっても、つらそうで。

だからあたしはそっと、青ヶ島悠乃を抱き締めた。

そんでもって、頭も撫でた。あり得ないくらい指に引っかからない、さらさらで綺麗なロングヘアを、流石にずるいと妬ましく思ったりもした。

「ならない。あんたを一人になんて、絶対にしてやらないから」

「……玄岩、愛華。どうして」

戸惑いに揺れる声が、にやつきそうなくらい近くで聞こえた。あたしのフルネームを知ってくれてるのも嬉しい。拒絶されないのも、嬉しい。青ヶ島悠乃の全部が、あたしにとって嬉しいんだ。

「無理してるじゃん、あんた。よくわかんないけど、こだわりすぎ」

そんな難しいことじゃないはずじゃん。青ヶ島の事情なんて全然知らない。でも、それが何？　あたしはあんたと仲良くしたくて、あんただって、ほんとは誰かと仲良くしたいんでしょ。それがあたしじゃないきゃいけない理由は、ないかもしれないけどさ。

「いい？　今日からあたしたちは、友達だから」

自分の言葉に、ちくりと胸が痛んだ。本当は、好きなのに。友達になっちゃった。

あたしは選択を間違えた。

この関係は最初から嘘なんだと、矛盾してると、あたし自身が決めちゃったんだから。

「……わかった。善処する」

「あはは、善処って、なにそれ、ウケるんだけど」

「別に、変じゃない。わたしは……正しい友達関係で、いたいから」

青ヶ島に何があったんだろう。気になったけど、それはまだ聞かない。もしかしたら一生聞かないかもしれない。いつか青ヶ島――悠乃が、話してくれるまで。

（3）風船の割れる条件を以下から選べ。

芙蓉(ふよう)祭一日目が閉場してから三十分後――午後五時半。実行委員会の最初の議題は勿論(もちろん)、スタンプ盗難事件についてだった。

「えー、まず事前に連絡したとおり、盗まれたのは四つのスタンプ。二年A組、三年C組、テーブルゲーム部、野球部だ」

僕はスタンプブックを開きながら、対応する思い出を確認していく。

二年A組は僕のクラスのお化け屋敷。僕の【青ケ島悠乃(あおがしまゆの)との実行委員活動】。

三年C組は研究発表だ。対応するのは美凪(みなぎ)の【白瀬傑(しらせすぐる)との交際】。

テーブルゲーム部は先程一悶着(ひともんちゃく)のあった、優陽(ゆうひ)の【朱鷺羽(ときわ)美凪との交際】。

そして野球部は僕らが後回しにした、凪沙(なぎさ)の【芙蓉祭の思い出】だ。

「主には管理が雑なスタンプがいつの間にか消えていたとのことだが――一件、明白にトラブルが発生したのが野球部だ」

話によれば、その生徒は九枚全てのパネルを見事にぶち抜いて、そして「景品に」と受付の野球部員にビンタした上で、スタンプを奪っていったという。もうめちゃくちゃだ。

「さてその犯人だが、野球部員からの証言で既に特定が出来ている。解決に向け動く予定なので、委員の諸君は気にせずともよい。ただし模倣犯が出ると不味いので、スタンプの管理徹底だけは各自周知してくれ。それでは次の議題だが――」

冬木会長の発言に、僕と青ヶ島さんは同時に溜息を吐く。解決に向けて動くのは、他ならぬ僕らだ。既にそのように会長からお達しを受けている。

青ヶ島さんが思い詰めたような顔で、開いたスタンプブックを指でなぞる。彼女のコースは既に五つ埋まっていた。残る一つは僕との思い出だ。

「愛華、どうして」

ぼそり。呟きがかろうじて、僕の耳に届いた。

――スタンプを盗んだ犯人は、君達のクラスメイト、玄岩愛華君だ。

会議が始まる前に会長から告げられた時、僕らはあまり驚かなかった。スタンプを盗む動機があるのは、リメンバーラリーの参加者くらいで、タイミング的に盗める人間は絞られる。夕方の時点で僕は一度、玄岩に連絡を取ろうとした。だが反応はなかった。

玄岩がこんな強行に出た理由は想像に難くない。青ヶ島さんのためだ。青ヶ島さんが一人負けするのを阻止するための、他の参加者への妨害行為。青ヶ島さんもきっと、気付いているだろう。気付いた上での「どうして」だ。

「――それと、明日の閉場から後夜祭までの流れだが、手元のプリントを見てくれ。まずは風船の切り離しだ。これは閉場の五時ジャストに私から指示する。念のため、十五分前にはポイントにて待機するように——」

　会議が終わると、青ヶ島(あおがしま)さんはすぐに立ち上がり、荷物を肩に掛けた。

「青ヶ島さん」

「……ごめんなさい。今日はこれで、帰らせて」

　僕の呼びかけを避けるように、青ヶ島さんはくるりと背を向け、ふらふらとした足取りでドアを開いて出て行ってしまう。

　僕らの様子を見ていたのだろう、冬木(ふゆき)会長が心配そうにこちらへとやって来て、長机の上にぴょこりと座る。半身をこちらに向けつつ、無造作に脚を組んだ。太ももの際どいラインが露出するも、気に留(と)める様子はない。なんというか無防備なんだよな、この人。

「なあ白瀬(しらせ)君。青ヶ島君の様子がおかしかったが、彼女はもしかして」

「……ああ、青ヶ島さんの親友なんですよ、玄岩(くろいわ)」

「そうか。それは複雑だな」

　冬木会長は困ったように額に手を当て、天井を仰いだ。

「ところで会長。実は僕も今日は用事があるので、早めに帰っても大丈夫ですか？」

　会議室の後方では数名の実行委員が頭を抱えながら書類に向き合っている。それを尻目に帰るのは申し訳がないが、僕の中での最優先事項はやはり、リメンバーラリーだ。

「ああ、構わない。白瀬君にも青ヶ島君にも、事前準備で随分と助けられたからな。それに、犯人確保にも協力して貰う訳だしな」

「その件ですけど、玄岩からスタンプを取り戻して、持ってくればいいんですよね？」

　具体的な指示はまだ受けていなかったので、僕は机上の会長をじいっと見上げて訊ねる。

「いや、それには及ばない。青ヶ島君にも後で指示しておくが、明日の朝、玄岩君をここへ連れてきてくれればいい」

「それだけでいいんですか？」

「ああ。さすれば後はこちらでなんとかする。寧ろこちらに任せて欲しい。なにせ――皆が心血を注いだ祭に冷水を浴びせた罪は大きいからな。きちんと贖わせる」

　冬木会長は一転、不快感を思い切りにじませた表情で、脚を組み替えた。

「……え、いや、それは」

　急に話の風向きが変わってきた。僕は困惑しながら、しかし割り込むことが出来ない。

「当然だろう？　まずはしっかりと謝罪をさせて、自分の過ちを分からせる。芙蓉祭の片付けを手伝わせよう。それから謝罪文を書かせて、新聞部に掲載してもらおう。ああ、後は生徒会選挙の裏方もやらせようか」

　流れるように、会長は指を折りながら玄岩への罰を列挙していく。それを聞く度に、ちくりと嫌な感じがした。態度に出ていたのだろう、会長は僕を見下ろし首を傾げる。

「どうした。不満そうだな」

「……あなたに、なんの権限があるんですか」

僕の声には、多分怒りが混ざっていた。友人を不当に虐げるような提案を、僕は黙って呑むことは出来なかった。会長は不思議そうに、何が悪いのかと僕の瞳を覗いた。

「冬木会長。組織の意思決定は、正しいプロセスを踏むべきです」

「ふむ？」

喉を鳴らした会長は、いつの間にか、どこか期待したような眼差しをしていた。

「確かに彼女のやった行為は明確に悪だ。どんなに屁理屈を捏ねたって、擁護しかねる行動だ。それでも実行委員会や生徒会には、罰則を与える権限はないはずですよね。どうしても彼女を裁きたいなら、教師会にでも報告して、そこでの決定にただ従うべきです」

毅然とした態度で、僕は淡々と、頭の中の論理を言葉にして繋げていく。僕の強い視線を存分に浴びきった会長は、満足げに頬を緩めた。

「白瀬君。試すような真似をして悪かった。君の目を見てよく分かったよ。玄岩君は、思ったよりも悪い子ではなさそうだ。きちんと何か、彼女なりの理由があったのだろう？」

「……え」

突然のことに動揺する僕の頭に、冬木会長はぽん、とたおやかに手の平を乗せた。そこには特別な意味は何も感じず、ただ、慈しむような視線が僕を包み込んだ。

「白瀬君。もしも何か私に出来ることがあれば言ってくれ。喜んで、全力を尽くして手伝おう。彼女がそこまで追い込まれているというのなら、尚更な。なにせ私は、芙蓉祭実行委員長であるよりも前に、全生徒の味方——生徒会長だからな」

頼もしさに溢れた不敵な笑みで、冬木会長は凛々しく口角を上げた。自分に出来ないことは何もないと言わんばかりに。なるほど、確かにこの人は生徒会長に相応しい。

「……ありがとうございます。その時が来たら、どうか、よろしくお願いします」

僕らの事情は、会長にはとても説明できない。それでも、その気持ちが嬉しかった。僕は椅子から立ち上がり、深くお辞儀をして、僕らの生徒会長に敬意を示した。

「ああ。それじゃあ今日は帰るといい。コレを待たせているのだろう？　昼過ぎに一緒にいるのを見たぞ。可愛い彼女と仲睦まじいようでなによりだ」

会長は愉快そうに小指を立てて、僕を軽く肘でつついた。いつの時代の人間だよ。しかも正確には彼女ではない。

「しかしてっきり、君は青ヶ島君と懇ろとばかり思っていたが」

「……あー、そう見えてましたか」

僕はそれを、否定も肯定も出来ない。記憶を喪って、ただこの心に残っているのは結果だけ。その結果は、冬木会長の指摘を受け、ドキリと僕の胸を叩いた。

「祭はまだまだ続く。くれぐれも羽目は外しすぎるなよ、白瀬君？」

「会長こそ、倒れないようにきちんと休んでくださいよ」

「ハハッ、何も聞こえんな」

＊＊＊

ぶどうジュースにメロンソーダを混ぜた液体が、凪沙の咥えたストローを昇っていき、ずずっ、と音がした。

「──と、いう作戦になる。これには凪沙、君の協力が不可欠だ。頼めるか？」

同時に、僕は凪沙への説明を終える。僕らは地元のファミレスで、対秋草優陽の作戦を立てていた。玄岩のスタンプ強奪により、優陽にとって一番大事であろう美凪との思い出はどちらの手にも渡っていない。が、恐らく他の思い出では優陽は交換に応じてくれない。

つまりこれは、テーブルゲーム部のスタンプを優陽よりも先に押す戦いだ。

それにはまず玄岩にスタンプを返して貰う必要があるが、彼女も本気で四つ分の思い出を吹き飛ばしたいわけではない……と信じたい。彼女の狙いは青ヶ島さんを負けさせないための遅延行為。その間に、頑なな青ヶ島さんを説得するつもりだったのかもしれないが

──果たしてあそこまでショックを受けていた彼女が聞く耳を持つかは分からない。

「任せてくださいです！　私は傑先輩に全面的に協力するですよ。なんてったって、傑先輩を支える頼れる配偶者ですからねっ」

「ありがとう。頼りにしてるよ。結婚してないけど」

「そうですね。まだ、してないですね」

「まるでこれから結婚する予定があるみたいな言い方だ」

なんなら僕らはまだ付き合ってもいないのに。それでもこういう話は、嫌いじゃない。

「私の中ではバッチリ将来設計に組み込んでるですよ。大学を卒業して、傑先輩が公務員になって、私も……なんか良い感じのところで良い感じになって」

「肝心の部分が全然バッチリじゃないんだが」

自分の将来設計はどうなってるんだ。えへへ、とはにかんでる場合じゃないぞ。

「あっ。でも傑先輩は先輩なので、私より一年早く大学生や社会人になっちゃうんですよね。もしも私のあずかり知らぬところで魅力的な女性が現れたら……困るです」

「まあ、そういうこともあるかもな」

凪沙は「ふぬぬ」と悔しそうに呻きながら、何か考えるように両こめかみに人差し指を突き立てる。ぽく、ぽく、ぽく、ちーん。何か閃いたようにして、身を乗り出してくる。

「傑先輩！　私のために、浪人……してくれますか？」

「なるほど。そうすれば僕が君を置いていくことはない——って、嫌に決まってるだろ」

くすくすと笑う凪沙の前に、まんまるのハンバーグが運ばれてくる。彼女はすぐにナイフとフォークを取り出して、目をきらきらと輝かせた。

「……なあ凪沙。そういえば言ってたよな。過去も未来も、独占したいって」

「えへへ、あれ、ちょっと反省してるです。重たかったですよね」

僕は静かに首を横に振る。別に、背負えないような重みじゃなかった。

「ならさ、僕と美凪のことは、どう思ってるんだ？　……やっぱり、気になるか？」

「そう、ですね――」

凪沙は熟考しつつ、先にハンバーグを全部切ってから、フォークを右手に持ちかえる。

「考えるたびに、やっぱり羨ましいって思うですよ。でも、私はそういう過去もひっくるめた今の傑先輩のことも、お姉ちゃんのことも、好きですから」

はにかむ凪沙の顔が、僕の目に焼き付く。言葉が心に染みて、温かく感じる。それはたぶん僕が求めていた正答で。凪沙の口から聞けたことが、嬉しかった。

「……でも」

ぽつり。凪沙が呟く。

「すっごく、不安なんです。怖いんです。最近は特に、ワガママばっかりだって、自分でも分かってるです。だからいつか、傑先輩に嫌われてしまう気がして」

屋上で彼女が見せた暗い表情と、僕は再び相見える。君はどうして、そんな顔をするんだよ。君にそんな顔を、誰がさせたんだよ。決まってる。

「嫌いになるわけ、ないだろ。なあ凪沙。クピドに何を言われたんだ」

「傑先輩が見回りに行って、すぐでした。なぜか屋台を切り盛りしているクピドさんに会って——訊かれたんです。傑先輩は私を、永遠に愛してくれると思うか、って」

「……永遠の愛、か」

それは夏休み、僕の部屋に侵入したクピドが口走った言葉だ。

「私は頷けなかったです。傑先輩を信じてないわけじゃないです。……でも、私は、知ってるですから。気持ちはいつか、変わってしまうって」

一つの恋が、花火のように燃え上がって、消えてしまうまで。凪沙はそれを知っている。

僕と美凪は二年間付き合っていた。内容は思い出せないけど、きっと上手くいっていたのだろう。それでも別れることになった。

「……ああ。そうだな。だから努力しなきゃいけないんだ。愛を永遠にするために」

自然と口をついて出た台詞は、僕の中での真理だ。だけど僕の記憶の、どの引き出しから持ってきたものかは分からない。それはきっと、思い出を喪ったせいだ。

「傑先輩の言うとおりだと思うです。……でもそれって、どうすればいいんですか？」

凪沙が俯く。僕は質問の意味を解釈するのに、数秒の時間を要する。その間に、凪沙はどんどん、自分の膝に向かって言葉を零していく。

「愛は、気持ちは、人は、変わっていくんですよね。それは、分かります。一ヵ月前の私と今の私だって、全然違うんですから。でも、じゃあ……どうしたら、相手のことをずっと好きでいられるんですか。どうしたら、ずっと相手に嫌われないようにできるんですか」

　そうして最後に僕を射貫いた彼女の瞳は、切実だった。

「それは——」

　僕は言葉に詰まる。

　理想を掲げるのは、難しいけど簡単だ。掲げた理想を実現する方が、よっぽど困難だ。

　愛を永遠にするために、具体的にどんな努力をすればいいのか。

「それ、は——」

　もう一度、同じように空気を震わせる。だけど自動で続きは紡がれない。その答えを、僕はまだ知らない。一から君と一緒に考えていきたいなんて、そんなの理想論の極致で、彼女は到底求めていなくて、だから何も言えない。

「聞いてください。私の中に、イヤな感情があるんです。ちくちくして、痛くて」

　凪沙は本当に苦しそうに、痛ましく眉を歪めて、自分の胸に両手を当てる。

「青ヶ島先輩と傑先輩が一緒だと、ううん、一緒にいることを想像するだけで、いえ、青ヶ島先輩が傑先輩をあの綺麗な目で見るだけで、身体の全部が縮まるみたいに、ぎゅうって、なるんです」

　凪沙の息が、浅くなる。辛そうに、泣き出しそうに。

「焼きもち、なんて可愛い言葉で片付けられない、そんな感情があるんです」

そんな気持ちにさせているのは、僕だ。

過程のない恋。青ヶ島悠乃との関係。不安定な足場の上に積んだ過程は、やっぱり崩れてしまいそうで。僕は新しい足場を作らなければならないのに。そう凪沙に誓ったのに。

それはやっぱり理想で、だから実現できなくて。

「……凪沙は、不安なんだよな」

今の僕は、中途半端だ。思い出が消えていて、青ヶ島さんへの好意があって。今となっては、僕が何故青ヶ島さんを好きなのかすら分からない。こんなの、めちゃくちゃだ。本来こんな状態で、凪沙と一緒にいていいわけがない。脳天気に将来設計を語り合っている場合じゃない。

恋人候補の関係は、解消しようか。

そんな正しすぎる言葉が脳裏に浮かんで、それだけは絶対に間違いだと飲み込んだ。

「いいよ、凪沙はそのままで。それはきっと、自然な感情だ」

代わりに、なんの解決にもならない綺麗事を並べていく。

「正直に話すよ。僕もちょっと嬉しかったんだ。凪沙が焼きもちを妬いてくれるのが」

これで本当に、凪沙は満足するのだろうか。彼女の不安を消せるのだろうか。

そんなわけ、ない。

「全部、僕が悪いんだ。凪沙を不安にさせてるのは、僕だ。だから君が嫌われる心配をする必要なんてない」

ああ、上滑りだ。噛み合っていないと分かっていても、僕の内側からはこれしか出てこない。こんな話し方を、僕はどこで学んだんだろう。なんて、考えるまでもない。覚えてないけど、美凪と付き合っていた時に身につけたものなのだろう。

僕は凪沙の目を、顔を、心を、見ていない。見られない。視線の先には、同じ大きさに切り分けられたハンバーグ。

「……ならたくさんたくさん、妬いちゃうですよ。それでも、いいんですか？」

そして凪沙も、僕を見ていない。この場において最も自然で無難で建設的な台詞をただ、喉を使って再生しているだけ。

「ああ。もちろんだ」

「心配すぎて、傑先輩の思い出を、奪っちゃってもいいですか？　それで勝手に覗いて、私の知らない傑先輩のことを、もっとたくさん知ってもいいですか？」

怖いようで可愛いようで、やっぱり怖いお願いだ。僕は苦笑しながら、答える。

「馬鹿言うな。これ以上、状況がぐちゃぐちゃになるのは――――あ」

突然の閃きだった。

点と点が繋がっていく。脳内で再検証を重ねるごとに心臓が早鐘を打つ。

「あの、傑先輩？　どうしたですか？」

思い出に対応した六つのスタンプ。五人の勝者。思い出の奪取と、交換。

リメンバーラリーの攻略法が、頭の中で組み上がっていく。そうか、そうだ。アレは理不尽で不公平なルールなんかじゃない。全部、必要なルールだったんだ。

勝利条件は『自分のスタンプを全て集めること』。

そしてこのゲームは『誰かの思い出を奪う』『思い出を交換する』ことができる。

これらの条件を合わせれば——一つも思い出を喪わないクリア方法が浮かび上がる。

「いける。いけるぞ。これなら——」

やり方は極めてシンプル。必要なのは凪沙の協力だけ。互いの残りスタンプがそれぞれ一個になったら、優陽がやったように、互いの思い出を横取りすればいい。すると僕は凪沙の、凪沙は僕の思い出を一つずつ持ち合うことになる。それを交換すれば——コースを埋めなくとも、思い出を全て取り戻せるのだ。これなら青ヶ島さんが負ける必要もない。

「聞いてるですか？　傑先輩ってば」

「あ、いや、ごめん。凪沙、実は——」

意気揚々と。たった今完成した理論を発表しようとして、直感的に舌がせき止める。

——逆にさ、凪沙。僕が青ヶ島さんを止めようとしたら、君は怒るか？

——わからない、です。

あの時の凪沙の表情が、さっきの苦しそうな表情と重なって。

「…………いや、なんでもない」

挙動不審な僕の態度に凪沙は首を傾げ、赤いリボンが物理法則にしたがって揺れる。

正面の凪沙がいつの間にか、遠くにいるように感じた。テーブルがさっきよりも広い。

僕らの間に、こんなに距離はあっただろうか。

＊＊＊

風呂上がりの湿った親指が迷う。玄岩からはまだ返事が来ない。追撃のメッセージを送るか、電話してしまうか、そもそも青ヶ島さんに任せてしまうべきか。頭の中で作戦を練っていたところで、画面が切り替わった。着信だ。相手は、美凪。どうしたのだろうか。

応答ボタンをタップすると、飛び込んできた第一声は『ごめんね』という謝罪だった。

『優陽から全部聞いた。本当にごめん、傑。私の監督不行き届きだ』

「あー、まあ、大丈夫だ。……とは流石に言えないけど、なんとかするよ。でも少し意外だ。優陽は君に、隠さなかったんだな」

僕はあの時結局、優陽の企みを美凪には明かさなかった。脅し文句にこそ使ったものの、告げ口をしても何も解決はしないし、優陽の事情だって知らない。だから一旦黙っていたのだが、まさか自分から白状したとは。

『ん。……まあね。優陽にも色々、思うところがあったみたい。キツーく叱っておいたから。人の物を盗ったら駄目だよって』

「やや本質とずれてる気もするが……」

『でも私、君と付き合ってた時のこと、まだ思い出してないからさ。客観的な意見しか言えないなーって思って』

これで優陽が反省しているのであればやりやすいが……あまり期待はせずにおこう。

「それより君は、あれからスタンプは何個か押せたのか？」

『ぼちぼちかな。残りは私も優陽も二個ずつ。あ、というかスタンプ泥棒の件は大丈夫そうなの？　私も優陽も、被害に遭ってるんだけど』

「分からない。……けど、彼女も極悪人じゃないからな。なんとかなる、とは思う」

頼りなげに答えた僕の声に重なって、『お風呂あいたよー！』と凪沙の声がスピーカーから聞こえてきた。

『あ。君の彼女がお風呂から出たみたい』

「要らない情報を寄越すな。あとまだ彼女じゃない」

『よし、じゃあビデオ通話に切り替えて、風呂上がりの濡れ髪凪沙を見に行こうか。もしかしたら肌色成分多めかもよ、わあ、期待だね』

「やめろって」

『どうせいつかは見るんだから、それが今でもいいんじゃない？』

「んなッ――そ、そんなの、駄目に決まってるだろ」

想像しそうになって、慌ててぶるぶると頭を縦横無尽に振る。僕の慌てように、美凪（みなぎ）がくすくすと笑った。

『……みたいな感じだったんだろうね。私達』

「多分な。なんだかスッと言葉が出た」

今の僕らには、付き合っていた時の思い出がない。互いに互いを元恋人だと認識しているだけだ。それでも彼女が大切な存在だと、僕の心は感じている。彼女との思い出を取り戻さないと大変なことになると、魂が理解している。

『あのさ、傑（すぐる）。突然変なこと訊（き）くけど、いい？　いいよね。今の私達にはさ、思い出補正がないわけでしょ。だからさ、率直に答えて欲しいんだけど……私のこと、どう思う？』

ここには今、僕が美凪と二年付き合ったという結果だけが残っている。その果てで、僕は彼女にどんな感情を抱（いだ）いているか。彼女はそれを、気にしているようだった。

「突然だな。まあ、君のことは、今でも大事な存在だと思ってる。もちろん恋愛感情抜きに。でも……そうだな、少し、怖いかもしれない。君のその、全てお見通しみたいな表情とか、場をコントロールする言動とか。今もちょっと、緊張してる」

多分、付き合っている時にはそんなこと微塵（みじん）も感じていなかったと思う。その気持ちを覆い隠してくれていたのが、二人で積み重ねた思い出だったんだ。

『あっはは、怖いかあ、そっかそっか。答えてくれてありがと。うん、反省しなきゃだ』

「ほどほどにな。それで、君はどうなんだよ。僕のこと、どう思ってる？」

一瞬、完全に無音になった。僕は何か、下手な質問をしただろうか。いや、でも質問を返しただけだよな。不安になってきたところで、躊躇うような吐息が耳元で聞こえた。

『……私が思い出せる傑との記憶は、君と鳥居の前で別れてからなんだよね。私さ、すごく悲しくて、寂しかった。未練が、あったんだ』

今の僕らは、僕らが何故別れたのかさえ知らない。喧嘩をしたのか、話し合った結果なのか。僕から切り出したのか、美凪から切り出したのかもだ。

「……僕は、泣いてたよ。大泣きしてた」

『なんで別れちゃったんだろうね、私達。ううん、分かってる。別れたことが正解だったって。私は今、君とよりを戻しても、上手くいかないと思うもん。きっと当時の私達も、思い出に引きずられながらも、それに気付いちゃったんだと思う』

僕もそうだと思う。思い出という綺麗なヴェールを剥がせば、案外そこには、綺麗じゃないものがたくさん横たわっている。

だからやっぱり、過程は大事なのだ。どんなに同じ結果に見えたとしても、過程が結果に、彩りを与えている。だからこそ過程は不要だと言う人も、いるかもしれないけれど。

「……思い出を奪われたことはやっぱり許せないけど、でもこうして、思い出がなくなることで、分かることもあるんだな」

　つぶやいて、ふと、気付く。

「そういえば美凪。君さ、優陽に焼きもち妬かせて楽しんでただろ」

　焼きプリン喫茶での会話のことだ。その時は僕も美凪との思い出が懐かしくて、僕を揶揄ってるだけのつもりと思って、気にも留めていなかった。だけど今なら分かる。

『……あー、あはは。そう、だね。やっぱり駄目だ、私』

　またも、弱気な吐息。彼女は何やら思い詰めているようだった。

「……どうしたんだよ、美凪」

『優陽はさ、可愛いんだ。私のことを好きでいてくれる。健気で、かっこつけで。でも私、不安なんだよね。私はちゃんと、優陽を好きでいられてるのか』

「何言ってるんだ。大丈夫だろ。君達はすごく仲がよさそうに見えた」

『でもね。私は、最初に間違えちゃったんだ。言ったでしょ、傑に未練があったって。私は傑を引きずって、思い出を引きずって、それを忘れるために、優陽と付き合ったんだ』

　僕は優陽が向けてきた、嫉妬に満ちた表情を思い出す。ああ、もしかしたら優陽も、それに気付いているのかもしれない。だから僕を、必要以上に敵視している。

『だからさ。今でも優陽は、私の寂しさを埋めるための存在なんじゃないか、って思っちゃうんだよ。私は私の気持ちに、自信がない。それで私はリメンバーラリーに参加した。他の誰かじゃなくて、自分自身の本音が、知りたくって』

なんというか、考えすぎだ。でもなんとなく、僕に似ていると思った。だから僕は、いつか僕が凪沙にしたのと同じ話をする。

「間違えたって分かったなら、今から正しい過程を歩めばいい。そしてきっと、君は多分もう出来てるよ。だから、大丈夫だ」

僕はまだ、出来ていないけれど。

『ふふっ。そう言ってくれると嬉しいかな。……じゃあ、ささやかなお礼』

突然、ビデオ通話に切り替わる。しかしインカメラではなく、外カメラだ。美凪の部屋だろうか、カーペットとミニテーブルが映る。そしてすぐにカメラはドアに向けられ――

パジャマ姿の凪沙が映った。

『あ。凪沙、駄目でしょ、ちゃんと髪は乾かさないと』

『そうだけどっ、聞いてくれる約束だったでしょ、お姉ちゃんとの思い出の話！』

『はいはい。ガールズトークね』

『思い出したばっかりだから、なんかすっごく鮮明でね！　……ところでお姉ちゃん、なんでこっちにスマホを向けてるの？』

『ああ、これはね――』

僕は慌てて通話を切った。

ほんっとうに、何してくれてるんだよ。

じんじんと胸が痛む。ドキドキとも違う、モヤモヤだ。綿菓子のような甘ったるい動悸がして、普段とは違う凪沙の姿が、目蓋の裏に焼き付いて消えなかった。

＊＊＊

九月十二日、日曜日。玄関で靴を履きながら、青ヶ島さんからのメッセージを読み返す。

『愛華、来てくれるって』

受信したのは昨晩、美凪との通話が終わってすぐのことだった。朝八時に第一会議室に来るよう約束をとりつけた、とのことで、まだ詳しい話はできていないそうだ。僕もその時間に合わせ、出かけるところだ。

ちなみに玄岩は既に自分のコースを埋め終えているらしい。そして青ヶ島さんが残り一つ。これは僕との思い出だ。僕はあれから実行委員のバタバタでスタンプを押せず、残り三個。そのうち一個、美凪との思い出は優陽に横取りされていて、青ヶ島さんとの思い出は玄岩に盗まれた。凪沙は残り二個で、同じく芙蓉祭での思い出が盗まれている。

まあ玄岩も出頭する気があるなら、スタンプは返してくれるだろう。なんて、楽観的に考えながら、三和土につま先をタップする。

『白瀬くん。もう家を出た？』

『これから出るところだ』

ちょうど来たメッセージに返事をして、いつものようにドアを開くと――

「おはよう。白瀬くん」

「……はい？」

青ヶ島さんの姿が視界に飛び込んできて、しばし硬直する。

「え。いや、なんで、青ヶ島さんがこんなところにいるんだよ」

「こんなところ、じゃない。ここは白瀬くんの大事なお家」

「いや、僕の言ってることはそういうことじゃなくてだな」

「……だめ、だった？」

鞄を後ろ手に回した青ヶ島さんが、ぱちぱちと瞬きをして首を傾げた。僕は繋いだ目線をすぐに外して、決まり切った答えを告げる。

「……駄目、だろ。だって僕は、君を振ったんだ」

僕は昨晩、青ヶ島さんとのメッセージのやりとりを見返していた。僕が告白をされた日、『これからよろしく』から始まった言葉の応酬は、やや淡泊ながらも段々と親密さを見せていき――しかしある時から、事務連絡しかなくなった。

僕らの関係がどこまで発展したかは、文面からは分からなかった。でも恋人同士ではないままで。やがて僕は凪沙(なぎさ)と惹(ひ)かれ合って、凪沙を選ぶと決めた。

「……確かに、そう。でもせっかく迎えに来た友人を、普通、無下(むげ)にする？」

気まずげに、だけど退くことなく。青ヶ島(あおがしま)さんは僕の隣に立った。ここが当たり前の定位置と主張せんばかりに。

「そもそも僕の住所をどうやって突き止めたんだ。来たことがあったのか？」

歩き始めながら、すぐに愚問と気付く。そんな事実があったとして、青ヶ島さんの記憶からは消えているのだから。けれど彼女は、迷いなく答える。

「白瀬(しらせ)くんの家には……来たことがないと思う。日記を読んだ限り」

「ああ、そっか。君には日記があったか」

昨日、屋上で彼女が読んでいた過去の記録。僕を忘れたいと決意するような悲しい記憶が克明に綴(つづ)られていたであろう、思い出のバックアップ。

「日記には、あなたへの想(おも)いが、たくさん書かれていた」

「そっか。……なあ、青ヶ島さん。僕らはさ、どんな関係だったんだ？」

冷たい風が吹く。青ヶ島さんはリボンを押さえながら、黙ってしまう。しばし無言が続いてから。

「付き合っていた——と言ったら、信じる？」

「……信じない」

「雰囲気に呑まれて、一度だけキスをした、と言ったら？」

「……………信じない」

「手を繋いだことがある、と言ったら？」

「……………………信じない」

「なら、訊かないで欲しい」

　青ヶ島さんはふて腐れたようにそっぽを向いた。そんな彼女の真っ赤な耳を見ながら、僕は自分の心拍を感じる。ドキドキしている。彼女と手を繋いでいるところを、キスしているところを、想像してしまって。想像、できてしまって。それだけで好意が体外に溢れそうになり、慌てて蓋をする。

「……ごめん。それで結局、僕の家はどうやって特定したんだ？」

「メッセージアプリ、よく読んだ？　白瀬くん、住所を書いている。通販で買った出し物用の資材の、受け取りの関係で」

「あー、そういえば。でもさ、住所が分かるのと実際に来るのとではだいぶ差があると思うんだけど。そこについては何かあるか？」

　青ヶ島さんは僕の質問に「だって」と、子供のワガママみたいに口を開く。

「……わたしは白瀬くんのことを忘れる。もう忘れているけど、ゲームが終われば、この気持ちさえも消えてしまう。だから最後に、あなたと少しでも、一緒にいたくて」

「……それなら、まあ」

彼女はやっぱり、好意を隠す気はないようで。だから僕の方は、絶対に好意を隠さなければならない。彼女と想いが通じてしまえば、彼女は僕を諦めないだろう。

ワガママなのは、結局、僕の方だ。

青ヶ島さんに思い出を消して欲しくない。でも、僕のことは諦めて欲しい。あり得ないほどの無責任さだ。だけどそれが僕の気持ちで、正しい過程で、玄岩もそれを望んでいて。

君が忘れる必要はない。

伝えようと思った。昨日閃いた、リメンバーラリーの攻略法。そうすれば、彼女の気持ちも変わるかもしれない。『誰かが忘れる必要がある』という後押しがなければ、案外彼女も乗ってくれるかもしれない。なのに僕の脳裏には凪沙の顔が浮かんで、言い出せない。

ひどい矛盾だ。

僕はどうしたらいいだろう。分からないままだけど、それでも僕は話題を少しずらして、本題へと近付こうとする。

「そういえば玄岩の件、ありがとう」

「……ん、別に」

青ヶ島さんの反応はあまり芳しくない。まだ懸念事項があるのだろうか。

「もしかして、何か揉めたか」

「揉めては、ない。最低限しか、話していないから。……でも、愛華が何を考えているか、わたしにはもう、わからない」

「何ってそりゃ、玄岩は君のために――」

「し――――らせ――!!」

僕の言葉をかき消すような元気溌剌な叫び声が朝っぱらから街に響く。体力の有り余った若き少年、秋草優陽のお出ましだった。ああそうか、美凪のご近所ってこっちの方か。やれやれ、と振り返った時には、優陽はもうすぐそこまで迫っていて。まずい、と身構えた瞬間に全力のタックルが思いっきり決まり――倒れかけたところを、青ヶ島さんが咄嗟に手を取って支えてくれた。

「……だ、大丈夫?」

「あ、ありがとう、青ヶ島さん。命拾いしたよ」

繋いだ手を認識して、僕は慌てて振りほどこうとして、でも助けてくれたのに失礼じゃないかと思って、結局そのまま僕らの繋がりをじーっと見つめてしまう。これは、まずい。

「へっへー、白瀬、浮気してやんの！」

「ち、ちが、これはどう考えても不可抗力だろ！　おい撮るんじゃない！」

僕は青ヶ島さんと繋いだ手を急いで離して、ぐるぐると逃げ回る優陽を本気で追いかける。手足のリーチの差で、なんとかスキャンダル写真を消させることに成功した。

結局、二人揃って息を切らしながら、青ヶ島さんを挟んでにらみ合う形で駅に向かう。

「つーか白瀬！　お前、凪沙さんがいるくせに、女とばっかいるんじゃねーよ。この人といい、あ、あの金髪ポニテ痴女といい！」

「……痴女」

優陽の言葉が引っかかったのか、青ヶ島さんはなにか神妙に、ぽつりと繰り返した。

「仕方ないだろ、僕の交友関係の男女比が偏ってるんだから」

「なら凪沙さんを安心させるために、もっと男とつるめよ」

「無茶言うなよ……」

「白瀬くんは、孤高だから」

謎のフォローが入る。どうやら彼女は僕がほとんどぼっちであるという知識も持っているようだった。それは出来れば忘れていて欲しかったな。

「はっ、物は言いようだな。で、そういう青ヶ島、さん？　は白瀬のこと、好きなんだろ」

うわ、この少年、本当にいきなり爆弾をぶち込んでくるな。そういうところはちょっと柵真に似ている。だが青ヶ島さんは気にする様子もなく、普通に会話を続けていく。

「……そう。だから、まずは浮気からでも大歓迎。さっきの写真も、送って欲しかった」

「お安い御用だぜ。消したように見せたけど、クラウドにバックアップしてるからな」

「おい待て待て、消したんじゃないのかあれ。なんだよバックアップって。やめろ」

「そうしたら、あの子に今の写真を見せる」

「いいなそれ！　動かぬ証拠だ。やー、これで白瀬も一巻の終わりだな」

「おい優陽、僕と凪沙の仲を裂こうとするなよ」

「別にそんなつもりはねーっての。俺が美凪さんとけっ、結婚したら、お前が親戚になるのが心底気にくわないだけだし」

「……顔を赤らめながら言うなよ」

今の彼女と結婚とか言うの、死ぬほど恥ずかしいのは分かるけど。

「安心して、白瀬くん。ぜんぶ冗談。邪魔者は……わたしだって、知っているから」

高い空を眺めながら、そこに何かを幻視するようにして、青ヶ島さんがぼそりと呟く。

優陽が僕の肩を後ろから無言で叩く。だが僕には、何も言えなかった。

電車を降りると、約束の時間までギリギリだった。青ヶ島さんは「ごめんなさい、わたし、急ぐから」と一人先に行こうとする。僕も後を追うと。

「白瀬くんは、来なくていい。……これは、わたしと愛華の問題、だから」

そう言って、早足で去って行ってしまった。残された僕と優陽は、しばし互いの様子を窺う。僕らは一体、どんなスタンスで、どんな風に話せばいいのか。

「あー、そういえば優陽。奇遇だったな。近所とはいえ、まさかあんな時間に会うとは」

「は？　待ち伏せてたに決まってんだろ。お前に宣戦布告するために」

優陽が不満げに僕を見上げ、じとりと睨んでくる。やっぱり全然反省していない。

「そうかい。で、君はどうして僕の思い出を奪おうとしたんだ？」

「教えるわけ、ねーだろ」

「本当に、僕の思い出を奪わなきゃいけなかったのか？」

「そうだ。俺は……お前の思い出と、俺の思い出を、両方手に入れる。そうしなきゃ、俺の目的は達成できない」

優陽は一瞬、ひどく辛そうな表情を浮かべた。朝の様子から元気だと思っていたが、よく見れば顔に生気もない。寝不足……だろうか。だが彼に心配の言葉を掛けてもむしろ逆効果な気がして、僕は結局ゲームの話を続ける。

「その目的が果たされたら、僕に返してくれたりはしないのか？」

「あたりめーだろ。俺はお前が美凪さんを覚えてるのだって、ヤなんだよ」

「でも優陽。昨日美凪に叱られただろ。人の物を盗るのは駄目だって」

「……は？　なんで知ってんだよ」

「電話で聞いた」

「…………やめろよ」

優陽がどんどん不機嫌になっていく。そんな彼を諌める人物は、今ここにはいない。

「そういえば美凪は一緒じゃないのか？」

「用事があるから、遅れて来るってよ。残念だったな、愛しの元カノに会えなくて」

「愛しのって、何言ってるんだよ。昨日よりも随分と噛みついてくるじゃないか」

優陽はなんだか、荒れているようだった。僕の台詞にひどく気分を害したようで、僕の前に飛び出て立ち塞がると、襟元を掴んで、ぐいっと下方向に引っ張った。

「ったりめーだろ！」

優陽の声は、震えていた。

「……彼女が元カレと連絡取ってるって話聞いたら、普通、イヤな気持ちになるだろ」

ああ——僕はハッとする。それは、当然だ。

無自覚だった。そんなこと、考えたこともなかった。しかも彼には今、美凪との思い出がないのだ。むしろあるのは——僕と美凪との思い出で。

「……悪い。そうだよな、そう思うよな。僕が無神経だった」

優陽は僕から手を離して、複雑そうな顔を見せてから、俯いて、躊躇いながら口を開く。

「……俺さ、美凪さんのことが好きだ。でもさ、美凪さんとの思い出が消えたら、残ったのは、すっげー難しい気持ちだった。美凪さんと俺は……まだ、本当の恋人同士じゃないような気がすんだよ」

「そんなこと、ないだろ」

僕は無根拠に、否定する。

昨日の美凪も、似たようなことで悩んでいた。

重ねた記憶に意味があるならば。それを取り除いた結果は、果たして真実なのだろうか。

「白瀬傑。勝負だ。俺はお前に勝って、美凪さんと対等な男になってやる」

「……分かった。受けて立つよ」

「いいか白瀬？　俺はゼッテーお前より早くテーブルゲーム部に行って、スタンプを押すからな。そんでお前が全然違う白瀬傑になったとしても、俺は知らねえ。責任も取らねえ。それでいいんだな？」

それでいい、とは流石に言えない。だけど僕は。

「ああ、望むところだ」

彼のその真剣な瞳から、目を逸らすことが出来なかった。

「絶対だぞ、恨みっこなし、後悔しても知らねーからな？」

優陽はそのまま僕に並んで、一緒に校門を抜けようとして――

「すみません、一般の来場者はまだ入れません」

――受付に止められていた。

「お、お、覚えてろよ白瀬――――っ！」

　悠々と校内に入る僕の背後で、優陽が叫ぶ。今時そんな捨て台詞を吐くヤツがいるとは。僕は振り返って、敢えて挑戦的な目つきで答える。

「ああ、覚えていられたらな」

　最近は記憶を奪われるし、何が起こるか分からない。絶対に忘れないとは言い切れない。

　そんな遊び心を含んだ返事を秋草優陽は気に入ったようで、「ははっ、なんだよそれ」と屈託なく笑った。

＊＊＊

　芙蓉祭実行委員会の要塞こと第一会議室に来れば、なにやら委員達が廊下にずらりと並んでいた。なんだこの状況は。僕は適当に、近くにいた女子生徒に声を掛ける。

「おはようございます。あの。……もしかして、鍵閉まってるんですか？」

「あ、いや……」

　女子生徒は答えづらそうに声を詰まらせてから、とてとてと会議室後方の入口を三度ノックした。するとあっさりと扉が開いて、冬木会長が顔だけ覗かせた。

「おお、来たか白瀬君。ちょうど今、修羅場が始まったところだ」

　死んだ目に、色濃いクマ。精気のない冬木会長が、唇から漏らすような小声で僕を招き入れた。閉めた扉に、会長と隣り合ってもたれる。

会議室前方の教卓には大量のエナジードリンクの空き缶が並んでいる。さてはこの人完徹したな？　責めるように視線を向けると、会長はお手上げみたいに両腕を上げて首を振った。

「実は後夜祭の処理が全然まったくこれっぽっちも終わってなくてな。必要な犠牲だ」

なんでこの人は一人で抱え込むんだろうか。いや、それよりも今問題なのは——部屋の中央で睨み合う玄岩と青ヶ島さんだ。一体何があって、こんな状況になってしまったのだろうか。二人ともが僕をチラと見たが、またすぐに互いの視線をぶつけ合わせた。

「だからさ、スタンプは返すって言ってるじゃん。それでいいでしょ？」

「だめ。スタンプを盗むのは、いくらなんでも、やりすぎ。他の人に迷惑がかかる」

青ヶ島さんが強い語気で玄岩を非難する。怒っているのだと、一目で理解が出来た。

「……でも、仕方ないじゃん。そうでもしないと、ゲームが終わっちゃうんだから」

「それで何も問題ない。わたしは最初から、負けるつもりだから」

「でも。あたしは悠乃に、負けて欲しくないよ」

一方の玄岩は、華奢な拳をぎゅうと握り締めながらも、その反論は弱々しい声で。

僕が大体の状況を把握したところで、会長が耳打ちしてくる。

「なあ。私にはさっぱり分からんのだが、君達はスタンプラリーで賭けでもしてたのか？」

もっともな疑問だ。部外者には彼女らの会話がなんのことか、ほとんど分からないだろう。説明して信じてもらえるとも思えなかった。

「あー、まあ、そんなところです。とりあえず二人を止めないと——」

彼女らに向けて歩を進めようとしたところで、がっしりと、肩を掴まれ止められた。目線で離せと訴えかけても、冬木会長は一切動じない。

「まあ待ちたまえ。いいか白瀬君。ここは静観の局面だ」

「いや、どう考えても一触即発の局面じゃないですか」

しかし冬木会長には何か考えがあるのか、黙ってゆっくりとかぶりを振った。その間にも二人の言い争いは続いている。

「愛華の考えは、分かった。それは——わたしのため？　それとも、愛華のため？」

玄岩はその質問に、答えられない。彼女の中にも、答えはないのだろう。目を泳がせ、必死に頭を回転させているように見えた。答えを待たずに、青ヶ島さんは話を続ける。

「愛華。野球部の人をぶったって、本当？」

「あっ——あれは、その、ちょっと昔、インネンがあったってだけで」

「事情は、全部聞いた。わたしは、あの人のことを知っている。一年生の頃、しつこく声を掛けてきた先輩。愛華が廊下で追い払ってくれた人」

玄岩は青ヶ島さんに怯えるように、荒い息を吐きながら、一歩後ろに退いた。でも青ヶ島さんはすぐに一歩詰める。さらにもう一歩。

「……ねえ、愛華。あの人とデートしたって、本当？」

「――――、――――ッ！」

玄岩は透き通った瞳をただただ丸くして、冷や汗を額から垂らして、喉を上下させた。

バレてはいけないことが、バレてしまった。そんな反応だった。

百戦錬磨の百人斬り。

それが玄岩愛華につけられた異名だった。男と付き合ってはすぐ別れる。そんな噂を、僕も知っていた。彼女の開放的な言動も、チャラついた見た目も、確かにそんな印象を抱かせそうなものだ。けれど彼女と仲良くするうちに、まあよくある誤解だと思うようになった。それに、最近はすっかり噂もなりを潜めていた。

でも……その反応で今、察した。玄岩は本当に、色んな男に手を出していたのか。

「そうだよ」

玄岩は静かに答える。

「悠乃を害虫から守るために、アイツだけじゃなくて、色んな男と付き合った」

今度は青ケ島さんが、玄岩の発言にたじろいだ。動揺して、瞳を揺らして、苦しそうに胸を両手で押さえた。

「でも聞いて、悠乃。あたし、誰にもそういうことはさせてないんだよ。あたしは誰のことも好きじゃない。デートして惚れさせてから振ったり、二度と近付きたくないと思うくらいけちょんけちょんにしたりした。確かにさ、ちょっと危ない目にもあった。無理矢理されそうになったりとか。でもちゃんと逃げられたたし、だから、それだけだから――」

「愛華は、どうしてそこまでするの？」

青ヶ島さんが苦しそうに発した問いは、さっきの続きだ。それが青ヶ島さんのためなのか、玄岩のためなのか。それを定義してしまうのは危険だと、僕は思った。

だって、誰かのために何かをするって、そういうことじゃないだろ。そんな単純な二択で済まされるわけがない。

「会長、いい加減止めましょう。流石にこれはまずいですって」

「……なあ白瀬君。人間は分かり合えると思うか？」

二人を見つめながら、会長は何故か寂しそうな顔をしていた。

「は？　なんですか、こんな時に」

「人間は永遠に分かり合えない。相手を完璧に理解することなんて出来ない。私は常々そう思っている」

当たり前だ。そんな簡単に分かり合えるなら、この世に争いなんて生まれない。だけど。

「……それでも。分かり合おうとすることこそが大事でしょう」

大事なのはいつだって、結果じゃなくて過程だ。

「ああ。全く白瀬君の言うとおりだ。だから、分かるだろう？　それが今だ。あれが彼女らの分かり合い方だと、私は思う」

確かにそのとおりだ。でもそんなこと言われたら、間に割って入ることなんて、最初から出来ないじゃないか。ならばこの人はどういうつもりで僕をこの会議室に招き入れたんだ？　この人には今、何が見えている？

玄岩は固く結んでいた唇を、そっと解く。何故玄岩は青ヶ島さんにそこまでするのか。その問いに対する答えは。

「——きだからじゃん」

玄岩の小さな声は、こちらまで届かなかった。或いは、青ヶ島さんにも。だから彼女は、もう一度繰り返した。

「悠乃のことが、好きだからじゃん！」

溢れる想いは、もう止まらない。

「言ったよね？　あたし。悠乃のことが好きだって！」

青ヶ島さんは、コクリと頷く。夏休み、玄岩が青ヶ島さんに告白して振られたと、僕は以前に聞いた。

「でもさ、あたし、悠乃と白瀬のことも、ケッコー応援してたんだよ。悠乃は変わった。まぎれもなく白瀬の影響で！　白瀬にフラれたことも知ってる。忘れたいって思うのも当然だよ。悠乃の気持ちもちゃんと分かる。すっごく分かってる。でもさ、それでもあたしは、あたしは――そういう経験をした悠乃でいてほしい。全部ひっくるめた悠乃が好きだから。あたしの中の大好きな悠乃の最高記録は、ずっと更新されてるからっ！」

きっと廊下まで聞こえているだろう思いの丈は、間違いなく青ヶ島さんにも届いたはずだった。だけど青ヶ島さんは、ただ静かに、玄岩愛華を無表情で見つめるだけ。

「あたしは、悠乃のためなら、なんだってする！　だからもっと、頼って欲しい。どうしたいのか、教えて欲しい。分からないなら、一緒に考えたいよ。ねえ、悠乃――」

玄岩は自らの拳を強く握って、真下に俯いて、切実な思いを吐き出していく。

「聞いて。愛華」

青ヶ島さんの呼び掛けに、玄岩は前を向いた。

「愛華の言うとおり。わたしは――本当は、忘れたくなんて、ない。白瀬くんを、諦めることなんてできない。だから、わたしのことを分かってくれて、わたしのために動いてくれて、その気持ちは、嬉しい。すごく」

途端、玄岩はぱあっと顔を輝かせる。再び距離を詰めて、青ヶ島さんの両手を取った。

「――っ！　だよね、悠乃。悠乃が白瀬を諦めるわけないもん。よかったあ……本音を話してくれてありがと。あたし、なにがなんでも協力するから、だから」

「……でも。わたしは愛華に、そんなこと望んでなかった。そんなことをしてもらうために、愛華と友達に、親友になったわけじゃなかった」

青ヶ島さんはゆっくりと玄岩の手をほどき、俯いた目線はもう、彼女と合うことはない。

「…………え？」

あり得ない。信じられない。そんな風に思っているのが、玄岩の声から伝わってきた。

「だから……出て行って」

青ヶ島さんはゆっくりと、右腕を地面と平行になるまで持ち上げて、会議室の出口を指差す。

「え、ゆ、悠乃、はは……なんで。なんでそうなるわけ？」

青ヶ島さんは答えない。代わりにただ、頑なに首を振るだけ。

「ぜんっぜん、なんにも、わっかんないよ！」

玄岩は、近くの長机に置いていた自分のカバンからスタンプを取り出して、ばらばらと床に投げ捨てた。歯を食いしばって、くるり。僕らのいる反対側の出入口へとスタスタと大股で歩き、不機嫌なポニーテールを揺らして、わざとらしく音を立てて出て行った。

「く、玄岩っ！」

手遅れな僕の呼び掛けは、閉まったドアに阻まれた。いや、聞こえていたって、彼女は一ミリだって反応しなかっただろう。

「……冬木会長、これで満足ですか」

　僕は会長の方を向くことなく、怒りを含んだ声で問いかける。耳元に返ってきた台詞は。

「ああ。素晴らしいぶつかり合いだった。故に白瀬君。今から君達を特命委員に任命する。任務は――もちろん、青ヶ島君と玄岩君の仲を取り持つことだ」

「へ？　は……？」

　そんな権限、あなたにないでしょうが。なんて可愛げのない台詞が一瞬浮かんで、次いで、君達という言葉が引っかかる。僕と誰が、任命されたんだ？

　聞き返す前に急に背中を押し出され、よろけたステップで長机の間を通り、僕は青ヶ島さんの前に躍り出る。青ヶ島さんの表情は、見るからに暗い。

「あー、青ヶ島さん。確かに玄岩はやりすぎだったけどさ、君のためっていうのも、言葉の綾というか、なんというか。とにかく、もう少し冷静に話し合ったらどうだろう」

　青ヶ島さんの反応は薄い。だが僕が彼女に対して咄嗟にかけられるような気の利いた言葉は、生憎手持ちにない。あとはもう……あの話題しかない。

「あー、えーと。そうだ青ヶ島さん。聞いて欲しいんだ。今朝は言いそびれたけど、実は見つけたんだ。思い出を捨てずに済む方法を」

　青ヶ島さんが、俯いていた顔をようやく上げる。その目はさっきまでとは一変、爛々と輝いていた。彼女のさっきの言葉どおりだ。彼女だって、本当は忘れたくないんだ。

「……本当に？」

「ああ。このゲームには隠されたルールがあって、自分のスタンプブックに他の参加者のぶんのスタンプを押すと……その思い出を横取りできるんだ。そしてその思い出は、他の思い出と交換できる。これを応用すれば──」

言い終える前に、青ヶ島さんは微笑んだ。頬をわずかに染めて、口の端を吊り上げて。

そして自然に、当たり前のように。

僕を強く、抱き締めた。

「あ、青ヶ島さん……!?」

どうして、そんなことするんだよ。

全身が強く、速く、脈打つ。温かな体温を感じながら、同時に、危惧する。急上昇する心拍が、僕の隠した気持ちが、彼女にバレてはいないかと。

「嬉しい。白瀬くん。ありがとう。わたしのために、見つけてくれて」

なんだよ、それ。だってさっきは、青ヶ島さんのためと玄岩が答えたがゆえに二人は決裂した。それと何が違うというのか。僕にはちっとも分からない。考えようとしても、頭に上った血と、鼻腔で躍る香水の香りが、正常な思考を阻害する。

「な、何言ってるんだよ。いいから離してくれ」

頼む必要なんてない。僕の方が力が強いのだから、乱暴にでも振りほどけばいい。なのに僕は、青ヶ島さんを拒絶できない。彼女の吐息がつらそうで、そのたびに、罪悪感が胸を刺して。彼女を振ったことを、僕は覚えていないのに。

「嫌。ようやく、つかまえたから」

「え……？」

なんだって？　僕を……つかまえた？

「白瀬くん。ごめんなさい。わたし、嘘を吐いていた。……あなたのこと、忘れたくない」

「あ、ああ。そう、みたいだな」

それはさっき、玄岩に吐露していたじゃないか。だから僕は、青ヶ島さんに攻略法を教えたのだ。話がおかしい。いや、違う。僕は気付く。彼女は今、嘘と言った。

「忘れたいなんて、微塵も思っていない。忘れるつもりなんて、最初からない」

だとしたら。

「……まさか、君が屋上で言ってたことは嘘だってことか？　忘れたいっていうのは、全部、演技だったのか？」

僕は罠に掛けられていた？　青ヶ島悠乃の手の平の上で、勝手に悩んでたっていうのか。

それでもまだ、彼女の意図が読めない。違う。思考回路が一つの場所を、ずっと避け続けている。危険だ。これ以上踏み込むな。分かっていたのに、もう遅い。

「なんのために、そんなことしたんだ」

僕の質問を待っていたかのように、青ヶ島さんの口がスムーズに耳元に寄せられる。

「白瀬(しらせ)くんはまだ、わたしが好き。そうでしょう？」

「な、そ、それは――」

心の中で、急速に何かが膨らんでいく。そう。窓の外に見える――風船のようだった。

胸のポンプが更に速く、血液を送り出す。その度に膨れ上がる風船は今にも破裂しそうで。

破裂したら、どうなってしまうのか。

「わたしは思い出を喪(うしな)う前、白瀬くんの好意に気付いた。自分を鼓舞するつもりか、それを日記にメモしていた。だからわたしは――こうすることに決めた」

僕は何も言えない。なんだよ。それすらも隠せてなかったのかよ、僕は。

「忘れたいと言っても、忘れたくないと言っても、白瀬くんはきっと、この方法を探したはず。結果は同じ。でも――過程が違う。わたしも忘れたくないと言ったら、白瀬くんはみんなのために動いたことになる。でも、わたしが忘れたいと言ったから、白瀬くんはわたしのためだけに動いたことになった。わたしのことを、きっとたくさん、考えてくれた」

そうして、僕が青ヶ島(あおがしま)さんの味方をするという状況を作り出し、僕が隠そうとした恋心を、浮き彫りにしようとした。全ては今、この瞬間のためだった。

「ねえ、白瀬くん。今のあなたに、選べる？　わたしか。それとも朱鷺羽凪沙(ときわなぎさ)か」

「選べるに、決まってるだろ。僕は凪沙と付き合うつもりしかない」

胸が痛む。でも必要な痛みだ。僕の心に矛盾した感情があったって、凪沙を裏切ってい

い理由なんてどこにもない。それで充分だろ。

なのに青ヶ島悠乃は、満足しない。違う。僕の心の隙を、すぐに突いてくる。

「わたしへの気持ちが、残っている状態でも？」

「だ、だからそれは――」

それは違うと、どうしても言えなくて、口ごもった、その一瞬の沈黙で。

ドン、と鈍い音がした。

からんころん。教卓の上に並んでいたはずの空き缶が、倒れて、落ちて、転がる。そのうちの一つが僕の足にぶつかって、止まった。

目線を足元から上げ、音のした方向へ。教卓からはほんの僅か、ちらりとだけ、赤色の布がはみ出していた。心臓が止まりそうなほど強く跳ねた。背筋が凍るどころじゃない。全身が硬直して、小刻みに震え出す。……嘘、だろ。まさか、そこにいるのか？

僕は慌てて青ヶ島さんの抱擁から逃れて、そのままの勢いで尻餅をつく。

「……な、凪沙、いるのか？」

僕の呼び掛けに、赤いリボンは応えない。代わりに声を発したのは、冬木会長だ。

「……あー。君の彼女だろう？　いや、違ったか。とにかく、今朝その辺りで見かけたからとりあえず収納しておいたが、まさかこんな修羅場になるとは。よもや、これは流石に予想外の展開だな、はっはっは」

気まずそうに乾いた笑いを響かす会長。君達、って僕と凪沙のことだったのかよ。嬉しくない答え合わせが終わって、いよいよ本当の修羅場の幕開けだ。教卓の裏から、僕の恋人候補が満を持して姿を現す。

「事情を知ってそうだからと急に連れられて教卓に収納され、挙げ句の果てにこんな場面を見せられるとは……思ってもなかったです」

凪沙が肩を震わせる。これが夢ならどれだけいいだろう。胸ポケットのドロップ缶に手を触れて、今はそんな場面じゃない、と思い直す。

「それで、それでですよ傑先輩。どういうことですか、どういうおつもりですか？　申し開きはあるですか。見てたんですよ、ぜんぶぜんぶっ！」

ずんずんと迫り来る凪沙は、今にも泣き出しそうだった。

誰だってそうだろう。あんな状況を見せつけられて、平気でいられるわけがない。

「ごめん、凪沙。僕は青ヶ島さんを――」

凪沙はそのまま、尻餅をついている僕に覆い被さるように床に両膝をついた。いつかの漫画喫茶と同じ体勢だ。僕の両肩を掴んで、ぐりぐりと揺らす。

「それだけじゃないです！　なんですか、全員が思い出を取り戻す方法って！　そんな話、私は一言も聞いてないですよ！　どうして、どうして私に黙ってたんですか！」

君に言ったら、悲しむと思って。

君に余計な心配をかけるべきじゃないと思って。

君じゃなく、これは僕が解決すべき問題だと思って。

弁明は、ソーダ泡のようにちくちくと痛みを伴いながら、いくらでも浮かんだ。それを他人事のように眺めて、自分の浅慮さに呆れてしまう。

僕は朱鷺羽凪沙のことを、なんだと思っていたんだろう。

小さくてか弱くて、僕を好きな、僕が付き合いたい女の子？

そうして理想ばかり追いかけて、大見得切って、かっこつけた台詞だけ並べて。それなのに僕は結局、目の前の凪沙のことを信じられていなかった。見誤っていた。

「……ごめん、凪沙」

「違うです。私が傑先輩から聞きたい言葉は、そうじゃなくって――」

震えた声は涙混じりで、でも、絶対に泣かないという強い意志が瞳に宿っていて。

「凪沙。僕は……間違えた」

「そうかもしれないですね。……でも、間違いだと分かったらそこから正していけばいいって言ったのも、傑先輩です」

凪沙はすっくと立ち上がり、彼女らしからぬ真顔で僕に手を伸ばす。僕がその手を取ると、凪沙は全体重を使って僕を引っ張り上げた。

「傑先輩。……私、わからないって、言ったですよね」

「ああ、言ってた。覚えるよ」

僕が青ヶ島さんを止めようとしたら。つまり、青ヶ島さんの思い出を取り戻そうとしたら。彼女が怒るかどうか。

「今、わかりましたよ。……私、すっごく嫌です。たぶん、怒ってるです。可愛くないって思われるかもしれないです。でも、どうしようもないじゃないですか。だって私は、傑先輩のことがどうしようもなく好きで――」

彼女らしからぬ深い呼吸は、きっと言葉を選ぶための時間だった。

「どうしようもなく、青ヶ島先輩の中にいる傑先輩を、消してしまいたいんですから」

「凪、沙……」

僕はどうしたらいい？

青ヶ島さんはもう、思い出を捨てたいなんて言わない。僕の掲げた理想は達された。だけど青ヶ島さんが思い出を捨てない理由は、僕の好意に気付いたからだった。

その結果、取り返しがつかなくなった。

肝心の解きたかった糸は、より酷く絡まって、纏れてしまった。

それは僕が間違えてしまったからで、でも、ここから何をどうすれば正せるというのか。

「青ヶ島先輩。お願いです。……傑先輩のことは綺麗さっぱり諦めてくださいです」

凪沙が青ヶ島さんと相対する。けれども青ヶ島さんは答えない。

「傑先輩は、もう私のことが好きなんです」

「……わたしの方が、先に好きだった。白瀬くんも、本当はわたしのことが」

「そっ、そんなの、知らないです。関係ない、です」

「あなたの気持ちは理解している。でも、わたしもう、譲るつもりはない」

「なら――勝負です。青ヶ島先輩。これから『テーブルゲーム部』で、一対一で」

「凪沙、それは――」

それは僕らの立てていた作戦とは異なるものだ。

でも彼女達はもう、僕の手の届かないところにいる。僕が口を差し挟めるような場所にはいない。

「私が勝ったら、最初の取り決めどおり、青ヶ島先輩は傑先輩のことを忘れてください」

縺れてしまった糸は、もう切るしかない。それが凪沙の考えだ。

僕は切りたくないと思っている。だけど説得する手段が見つからないまま、事態は僕の手を離れて、空き缶のように転がっていく。

＊＊＊

開場時間にはまだ早いが、テーブルゲーム部の入口前には既に数名の生徒による列が形成されていた。最後尾に並んだ僕らは、ひたすら無言だった。こんな状況で、こんな関係性の中で、何を言うのが正解なのか。誰も分からない中、沈黙を破ったのは凪沙だった。

「あの。……青ヶ島先輩。その、玄岩先輩との喧嘩も、想定内だったんですか？」

「違う。あれは本気。……わたしは、愛華の行動を、肯定できない」

青ヶ島さんは怒りを思い出したようで、静かにスカートを握って皺を作った。

「わたしのために、誰かが何かを犠牲にして、何かを歪めて、それで欲しい物が手に入ったとしても、何も嬉しくない。……だからわたしは、誰とも関わらないと決めたのに」

夏休み、玄岩とラーメン屋で話した際、そんな話題が出た。クラスメイトからの接触をひたすら拒否していたという話だ。僕はその時納得していて、だから多分、この話を僕は青ヶ島さんから一度、聞いているんだと思う。

「それ、玄岩先輩には話したんですか？」

凪沙はどちらかというと、玄岩を案ずるような表情で問う。青ヶ島さんはふるふると首を横に振った。

「話してない。……聞かれなかったから」

「知って欲しいって、思わなかったんですか」

「思わなかった……わけじゃない。でも、どうしてか、言えなかった。もしかしたら、期待していたのかもしれない。言わないでも分かってくれる、って」

言わなくても分かってくれるなんて、そんなこと、ありえない。

「「それは――」」

僕と凪沙の声が重なる。しかし台詞の先は、午前九時を報せるチャイムによって打ち切られる。芙蓉祭二日目が開始された。その瞬間。

「さあ白瀬傑、勝負だ！」

秋草優陽がすぐそこのトイレから飛び出てきた。一般客の入場は今からのはずなのに。

「いや、なんでいるんだよ。まさか、忍び込んだのか？」

「あったりめーだろ。そうでもしなきゃ、お前には勝てねーんだからよ」

頭についた葉っぱを振り払いながら、優陽が僕の後ろに並ぶ。その直後にまた一組、在校生が並んだ。優陽の選択は正しかった。これで僕はもう、彼と戦わずして勝つことは出来なくなった。

「分かってるよな白瀬。一対一の真剣勝負だ。勝った方が先にスタンプを押す。いいな？」

「ああ。そもそもここのスタンプは、そういうルールだしな」

一応、ここまでは想定済みの展開だ。だが肝心の作戦はまだ生きているのか？　凪沙をちらりと見るが、不機嫌に逸らされる。優陽はその様子を黙って眺めて、「へっ」と勝ち誇ったように僕を笑った。

　僕らは部員に案内されて、それぞれ席に着く。僕と優陽が対面で座り、隣のテーブルには凪沙と青ヶ島さん。隣までは一方が手を伸ばせば届く程度の距離だ。

「遊びに来てくださりありがとうございます。こちらがゲームのメニューです」

　部員からまるで飲食店のメニューのような見開きの冊子を渡される。ここから勝負の種目を選ぶわけだが――優陽はハッと何かに気付いたように、机をメニューの上から叩く。

「待った！　そっちの二人。スタンプブックを……こっちに渡せ」

　隣の凪沙達を向いて、優陽は無礼に立てた人差し指を交互に指した。

「どうして、そうなる？」

　青ヶ島さんがすかさず問いかける。彼女の美貌に少し怖じ気づきながら、優陽は答える。

「あんたらが白瀬と結託してるかもしれないからな。凪沙さんを八百長で勝たせて、俺がやったみたいに、凪沙さんが自分のスタンプブックにここのスタンプを押せば、思い出を回収できるだろ。それで、お前らは後で思い出を交換する。そうだ。そうに決まってる！」

「……さて、どうだろうな」

　思ったよりも優陽は頭が切れる。あるいは勝負強さとでも言うのだろうか。ただの中学生だと舐めてかかれば、あっさりとやり返される。そんな直感があった。

　二人は優陽の要求どおり、スタンプブックを取り出して渡した。優陽はその中身までしっかりとあらためると、満足したように閉じて机の中にしまい込んだ。

「オッケー。これで本当の真剣勝負だ、白瀬（しらせ）」

「……僕は最初からそのつもりだったんだけどな」

軽く肩を竦（すく）めて答える。優陽（ゆうひ）がそれを本気と捉えたかは、分からない。

「二人が君の要求を呑（の）んだんだ。次は君が呑む番だ、優陽。ゲームはこの『風船ポーカー』を選ぶ。いいな？」

実行委員の僕は、このゲームを知っている。装飾に使う風船と同じものを購入して欲しいと申請を受け、内容を精査したからだ。ディーラーに注文すると、カードの束とハンドポンプが机上に置かれた。ポンプにはゴム風船が装着されている。隣の凪沙（なぎさ）や付近の卓のグループも同じゲームを選んだようで、ディーラーから四卓まとめてルール説明を受けた。

簡潔に纏（まと）めるなら、超簡略化されたポーカーをして、負けた側がポンプで風船を膨らませる。これを繰り返し、破裂させた方の負け、というものだ。

僕らは早速、テーブル中央の十枚のデッキから一枚ずつカードを引く。ポーカー部分もかなり特殊ルールで、カード交換はなく、マークも一種類。僕は今引いたハートの5で勝負するしかない。だがこれでは完全な運ゲーだ。そこでもう一つ、重要なルールがある。

「白瀬――お前のカードは、6から8か？」

「いや、違う。5でフォールドだ」

僕は答えてからすぐに自分のカードを表で場に出す。優陽の手札は9だった。僕はハンドポンプを二回押し引きして、風船を少し膨らませる。破裂にはまだまだ遠い。

「は？　なんで今のでフォールドするんだよ」

「なんで、って、君の手札が大きそうだったからだ」

今の手番、優陽が『質問者』で、僕が『回答者』だった。『質問者』はまず、『回答者』に『連続した3つの数字』を提示する。『回答者』は自分のカードがその数字に含まれているかを答える。そしてその後『回答者』、『質問者』の順でフォールドするか、コールするかを選ぶ、という流れだ。

フォールドした場合はポンプで二回空気を送り込み、コールした場合は数字の小さい方が敗者となり、自分の数字の分だけポンプで空気を送り込む。

ただし『連続した3つの数字』が的中した場合、『回答者』の側はフォールドできず、強制的に勝負させられてしまう。今の場合なら、優陽が『5から7』を指定していたなら、僕は強制的に勝負させられ敗北、五回空気を送り込むことになるところだった。

「そうじゃねえ。このゲーム、序盤は何も考えずにサクサク進めればいいだろ。どうせ風船が破裂するのはまだ先なんだからよ」

優陽の言うとおりだ。このゲームには不完全な部分がある。終盤以外、駆け引きが無意味であることだ。これは僕も思ったが、どうやら一般客向けのゲームということで、序盤はわざとノーリスクにして、所謂（いわゆる）チュートリアル的位置づけにしているらしい。

「確かにそうだな。でも、君の癖を見抜くための情報は多い方がいい」

既に勝負は始まっている。盤外戦で相手を威嚇しながら、情報を集めていく。

僕は机の端に置かれた、二枚の絵札に目線を遣る。これが最後のルール。数字が的中した場合でも、ゲーム中二回だけ『的中していない』と嘘を吐くことが出来る。故にこのゲームの終盤では嘘が乱舞し、読み違えて大ダメージを喰らう可能性がある。

デッキをシャッフルし、次に僕が引いたのは――幸運なことに、10だ。最強の数字。問題は優陽にこれをどう悟られないようにするか、だが。

「よし、優陽。君のカードは2から4か？」

「ハズレだ。小さめの範囲ってことは、お前の手札はそんなに大きくないだろ。……と見せかけて、相当強い気がすんな。よし、ここはフォールドだ」

場に捨てられた優陽のカードは8だった。勝負すれば八回と大ダメージのところ、二回で済ますとは……なかなか鋭い読みだ。真剣に空気を送る優陽に、僕は一言投げかける。

「序盤はサクサクやるんじゃなかったのか？」

「白瀬の見え見えなブラフを見破って、プレッシャーをかけてやろうと思ってな」

まだ二戦しかしていないが、やはり手応え的に、簡単に勝てる相手ではなさそうだった。

その後、僕らは何戦かを重ねていく。僕が積極的にフォールドを選択したこともあり、隣や他の卓と比べると、僕らの卓の進行はやや遅めだ。

　僕は目の前の赤い風船を観察する。そろそろマネキンの頭くらいの大きさになってきたところだ。ここからどのくらい耐えられるかは……正直予測がつかない。

　優陽が何やら、キョロキョロと周囲を見回し始める。同じことを考えたのだろう、他の卓の風船の様子から、残りの空気の注入可能回数を逆算しようとしている。

「よし優陽、ここで一つアドバイスだ。僕は実行委員の仕事で風船を膨らませてたから分かるんだが——赤色の風船の方が割れやすいんだ」

　だから僕は、正面の風船を指差して優陽を惑わせる。ちなみにこれは、真っ赤な嘘だ。

「……は？　なんだよそれ、絶対嘘じゃねーか。逆に割れにくいとかじゃねーの？」

「そう思うなら、どんどん勝負すれば良いだけだろ」

「や、そうか。てことは割れにくいと俺に思わせるのが目的か……？」

　優陽は僕の罠にドツボに嵌まる。この嘘に大した意味はない。無駄に思考のリソースを割かせるためだけの嘘。気にしたら負け、というやつだ。

　僕はさっとカードを引く。数字は４。なんとも微妙な数字だ。

「優陽。君のカードは……そうだな、７から９か？」

「違う。よし白瀬、勝負だ」

　優陽は即答して、カードを場に伏せる。これは……どっちだ？　７から９、という指定は最も素直に受け取るなら、『10を持っている際に、相手を負けさせる』ための数字であり、フォールドするのが一応の安全策。そこに敢(あ)えて乗ってきたのは、僕のカードが低いと読んでいるからか？　実際、数字的には弱く、無理に戦う必要はない。ならば。

「……フォールドだ」

僕はハートの4を場に出す。一方、優陽(ゆうひ)が捲(めく)ったカードは3だった。……やられた。勝負していれば勝っていたのか。僕は純粋な悔しさで、一瞬、奥歯を噛(か)んでしまう。

「白瀬(しらせ)。ポーカーフェイスが崩れてるぜ。ま、お前が表情を殺しても、何か仕掛ける時はだいたい分かるようになってきたけどな」

「……普段は正直者だからな」

ここに来て読みを上回られるのは正直、かなり痛い。二回空気を入れても、風船はまだ破裂までは余裕がありそうだった。しかし負けの流れを作るのは望ましくない。

重苦しい空気が、僕の周りに滞留するような感覚。何をしても読まれるんじゃないかという、錯覚。それを作り出すだけの雰囲気を、優陽の眼光が醸し出している。僕はぎこちなくデッキをシャッフルしながら、気持ちをリセットするために深呼吸。した、瞬間。

隣の卓――凪沙(なぎさ)達の卓から、破裂音がした。

「おわっ！」「きゃっ！」「ふわっ！」

肩を跳ねさせる優陽、顔を覆った凪沙、伏せた青ケ島(あおがしま)さん。割れた風船に対して三者三様に驚いていた。机に投げ出されたポンプの先には、青色のゴムが垂れ下がっている。

　心臓がバクバクと鳴る。結果は……どうなった？　隣で凪沙達が席を立つ。勝ったのはどっちだ？　そして――僕らの作戦は、まだ生きているのか？

　どうにもならない、じりじりとした緊張が胸中で騒ぐ。そのうちに、僕らの脇に凪沙が立った。僕は不安混じりに彼女を見上げる。すると彼女は応える。

「傑先輩。私が勝ったですよ」

「そ……っか、おめでとう、凪沙」

　それは即ち、青ヶ島さんが負けたということだ。僕はちらりと、後ろの青ヶ島さんを見やる。整った無表情の裏側で、彼女は何を考えているのだろうか。

　いや、余計なことを考えるな。今ここで一番大事なのは、僕と美凪との記憶だ。僕と凪沙が立てた作戦が、まだ有効なのか、まだ凪沙が協力してくれるのか。

　強ばった表情の僕を見つめた凪沙は、ふふっと笑って、耳元に口を寄せた。

「……と言っても、八百長なんですけどね」

「凪沙、じゃあ――」

「はい。青ヶ島先輩にも事情を話して協力してもらったです。流石に傑先輩のピンチに、争ってる場合じゃないですから。……そういうわけで、優陽君、ごめんなさいです」

　凪沙は優陽の方を向くと、ぺこりと頭を下げた。

「え？　は？　なんで凪沙さんが、俺に謝るんだよ」

混乱する優陽だが、段々と状況を理解してきたようで、落ち着きなく動いていた手足が鎮まる。つまり自らが最初に言及していた仮説――僕達三人の結託に気付いたのだ。

「悪い優陽。君との決着が着く前に、僕は君の思い出を奪う」

勝負に水を差すようで申し訳ないが、生憎こっちにも大事な物が懸かっているんだ。

「い、意味わかんねえよ！　だって、だって凪沙さんのスタンプブックはさっき――」

優陽が興奮して立ち上がる。だが彼の言葉を否定するように、凪沙は二つ目のスタンプブックをポシェットから取り出し掲げる。

「……え、は？」

優陽は慌てて机の中に手を入れる。そして――二冊のスタンプブックを取り出した。

「どういうことだよ凪沙さん。こっちは偽物ってことか？　だけど最初俺が受け取ったヤツは確かに――リメンバーラリー用で、ちゃんと凪沙さんの顔写真もついてたぞ！」

「落ち着け優陽。凪沙が持ってるのは、僕のスタンプブックだ」

僕の一言で、優陽はハッとする。種を明かしてしまえば、極めて単純な策略だ。

「思い出を奪うなんてまどろっこしいこと、必要ない。代理で誰かに押して貰うだけでいい。詰めが甘かったな優陽。僕は昨日の時点で、スタンプブックを凪沙に預けてたんだ。君が凪沙を疑って、凪沙のスタンプブックを封じることまで想定済みだったからな」

自分のスタンプブックを最初から手放しているなんて、思いも寄らなかっただろう。

「でももし、お前の方が先に勝ってたら、どうするつもりだったんだよ」

「だから僕はこのゲームを選んで、フォールドで牛歩戦術を取ってたんだ。確実に凪沙の方が早く勝つように」

僕にとって想定外だったのは、凪沙との一悶着と、凪沙と青ヶ島さんの対立だ。でも凪沙は作戦をしっかり遂行してくれていて、だから僕はこれで、大事な物を取り戻せる。

「バッカみてぇ。結局、全部、全部、手の平の上ってことかよ……」

優陽の顔が悔しそうに歪む。俯いて唇を噛んで、拳が強く握られる。それを見て僕は、今朝の彼の言葉を思い出す。

——白瀬傑。俺はお前に勝って、美凪さんと対等な男になってやる。

「それじゃあ、傑先輩っ。スタンプを押してくるです！」

僕の心が、僕に問いかける。……本当にそれでいいのか？

「いや——」

いいわけがない。僕は凪沙の腕を掴んだ。「へ？」と驚く凪沙を、僕は見ない。僕がここで見るべき相手は、秋草優陽だけだ。

「スタンプは押さないで、そのまま観戦しててくれ」

優陽がバッと顔を上げ、目を丸くしてこちらを見据える。僕はふっと笑って、宣言した。

「じゃあ続けるぞ、優陽。最初に決めたルールどおりだ。真剣勝負で、このゲームに勝った方が、君と美凪の思い出を手に入れる」

「……いや、どういうことだよ？　俺を出し抜いたんだから、とっとと奪えばいいだろ」

「ああそうだな。それが普通だって、分かってるよ。……でも僕は、そういうやつなんだ。面倒くさくて、自分を曲げられない。大事なものが懸かっているからこそ、余計にな」

僕はデッキからカードを引く。優陽は「マッジで意味わかんねえ」と言いながら、でもその瞳は輝いていて。ああそうだよな。勝負って、ゲームって、単純に楽しいよな。

＊＊＊

白瀬くんがハートの6を、秋草くんが4を出した。

白瀬くんはどうして、そうなのだろう。盤外戦で秋草くんを上回ったのに、大切なものを取り戻せたはずなのに。結局、勝負をしている。折角立てた作戦を、捨ててまで。

分かっている。それが白瀬傑という人間で、わたしが好きな男の子なのだ。

「白瀬、お前嘘吐いたのかよ！　4から6の間じゃないって！」

「ああ、そうだ。だって、嘘は二回まで吐いていいルールだろ？」

白瀬くんは場の隅にある絵札を一枚、裏返した。使い終えたという意味だ。

「くそ、くそ、白瀬め……」

秋草くんは苛立った様子で、自分の指の関節を噛んでいる。今のは秋草くんの失策だ。先ほどの白瀬くんの盤外戦が尾を引いているようで、白瀬くんを恐れるあまり裏をかきすぎて、負けが込んでいる。

風船はまだ割れない……けれど、そろそろ勝負を決めなければならない頃。割れる寸前まで風船が持ちこたえてしまうと、フォールドをしても負けになる。つまり、カード運次第になってしまうから。

「優陽、切り替えて少し冷静になった方がいい。次の一戦は、かなり重要だぞ」

流れに乗っている白瀬くんは、余裕ぶって秋草くんに語りかける。もちろん、これも彼の作戦だろう。冷静でないことを指摘し、プレッシャーをかけ、揺さぶる。

「わ、分かってるっての、そのくらい」

だけど、わたしには分かる。隣で「傑先輩」と心配そうに呟く朱鷺羽凪沙も、気付いている。山札からカードを引く白瀬くんの手が、緊張で震えている。

白瀬くんは自身の手札よりも先に、秋草くんの表情を確認する。渋い顔だ。朱鷺羽さんはそれを見て安堵したけれど、悪い手と決めつけるには早計。読み間違いが続いているものの、彼がここまで露骨に表情を崩したことはなかった。わざと作った表情かもしれない。

「さて、どうするかな」

神妙な表情で、白瀬くんが零す。手札に視線を集中させ、しばし動かない。『質問者』

ターンにおけるポイントは二つ。相手の数字に『質問』で当たりをつけること。そして、自分の数字が高いと思われるとき、相手に下りさせないこと。彼は今、その方策を考えているに違いない。……この様子だと、わからないけれど、大きい数字が来ている気がする。

「おい白瀬、長考か？」

「ああ、当然だ」

白瀬くんは冷静に答える。だけど、違う。長考じゃ、ない。白瀬くんの眼は今、何かを狙っている。タイミングを計っている。視線の向こうには——秋草くんの斜め後ろの卓。

そう、口を開いた瞬間だった。ぱあん、と音がして、さっきみたいに「きゃっ」「おわっ」と驚いた声。白瀬くんが見つめていた卓で、風船が破裂したのだ。それに合わせて。

「優陽——」

「——10、9、8のどれかか？」

「ち、違う——まあ、絵札がある以上、そう答えるに決まってるけどな」

白瀬くんの早口の問いに、秋草くんは即答した。恐らく、嘘は吐いていない。

嘘を吐くには、意外と複雑な思考が必要らしい。だから驚いたりした時、本音が出てしまう人が多いと、なにかの本で読んだことがある。白瀬くんはそれを狙っていた。

だけど……引っかかるのは、彼が今、降順で数字をコールしたこと。意図があるような、そんな雰囲気が感じられた。それは罠？　それとも、隙？　秋草くんは、それに気付いているのだろうか。どう解釈しただろうか。そこがたぶん、勝負の分かれ目になる。

「それで、どうするんだ、優陽？　フォールドしてもいいんだぞ」

秋草くんは自分の手札と、白瀬くんの手札とを見て、逡巡する。

「白瀬。お前の手札は――8だろ？」

突然、秋草くんは『質問者』でもないのに、白瀬くんに数字を提示する。もちろん、ルールで禁止されてはいない。白瀬くんは、呆れたように鼻で笑った。秋草くんは少しでも白瀬くんの反応から、情報を引き出そうとしている。全力で、心理戦を仕掛けている。

「へえ。どうしてそう思うんだ？」

「お前は風船が破裂するのに合わせてまで、俺の手札を確実に知ろうとした。あの数字がブラフとは思えない。だからお前は大きい数字を持ってるはずだ。……そして白瀬、お前は一つミスをした。なあ、どうして8を一番最後にした？　自分の持ってる数字を、真っ先に口にするのを、無意識に怖がったんじゃねーのか？」

なかなか、面白い推理だった。根拠はやや、薄い。だけどこの状況から読み取れる中では、可能性は高いと、わたしも思った。でも本当に、あれは白瀬くんのミスなの？

「……で、そう思うなら、どうしてすぐにフォールドせずに僕に訊くんだ？」

「それを言う必要はねーだろ」

そう。白瀬くんが投げ返したのは答える必要のない問い。秋草くんがこれに答えれば、不用意に情報を与えてしまいかねない。

「優陽。一つ言っておくけど、君がさっきからずっと演技してたことは分かってる。読み間違いも、苛ついてるように見せてたのも。君は本当は、ずっと冷静だった。だって君の瞳はずっと、楽しそうに輝いていたじゃないか」

白瀬くんがそう明かすと、秋草くんは途端、楽しそうに「ハハハハッ、バレてんのかよ」と声を上げた。……嘘。本当に？　わたしは驚いてしまう。朱鷺羽さんも「えっ」と声を漏らした。じゃあ、秋草くんの態度は、白瀬くんに油断させるためのもの？

「でも今ので分かった。白瀬。仕掛けたな？　俺のことが分かってるみたいな態度で、フォールドに誘導しようとしてるだろ。だから、お前の手札は8じゃない。大きい数字に思わせてただけだ。俺は下りない。勝負だ」

秋草くんは、どん、と強く、場にカードを伏せて出す。そして、白瀬くんも応じて、手札を伏せた。きっとこれで、ゲームの勝敗が決する。白瀬くんの大事なものが——白瀬くんそのものが懸かった、運命の勝負。

「お願い——」

わたしは気付いたら、両手を組んで祈っていた。目を瞑る。怖くて、結果が見られない。

静かに、捲る音。隣で息を呑んだ朱鷺羽さんが「あっ」と零す。どっちが、勝ったの？

「くそ、やられた！」

秋草くんの悔しがる声がして──じゃあ、つまり、白瀬くんの勝ち？　目を開けば、場には8と7。僅差だ。安堵したわたしは腰が抜けてしまって、朱鷺羽さんの肩に掴まる。

「へ？　あの、大丈夫ですか、青ヶ島先輩」

「……ごめんなさい。まだ、安心できないのに」

最終結果はまだ、分からない。秋草くんがゆっくりと、唇を噛みながら、割れる恐怖に顔を強ばらせながら、風船を膨らませる。一回、二回。まだ膨らむ。三回、四回。風船はきつく膨れ上がって、それでもまだ、割れない。五回、六回──それでも、割れない。

「「頼む──」」

二人の懇願する声が重なって、七回目に空気を送り込んだ、その瞬間──真っ赤な風船は、大きな音を立てて破裂した。飛んでいく赤色が、くっきりと視界で捉えられた。

＊＊＊

優陽は、魂が抜けたように唖然としていた。あと一回耐えれば、まだチャンスはあった。負けると思って、でも最後の希望が残りそうで、やっぱり駄目で。さぞ、悔しいだろう。

「優陽──」

だが僕も、危なかった。だからそんな彼の健闘を称えようとして、でもそれよりも先に、真っ先に。彼の頭を優しくわしゃわしゃと撫でる人物が、一人。

「よしよし、ガンバったじゃん、優陽」

「み、美凪さん、いつの間に。てか、なんで」

頭に乗せられた手を捕まえると、優陽は不思議そうに美凪を見上げた。

「ああうん。用事があるっていうのは嘘。私はほら、ちょっと難しい立場だから。ずっと、外から見てたんだよ。……惜しかったね。悪は必ず滅びるとはいえ、本当に頑張ったよ」

「おい、悪かよ俺は」

「あっはは。言ったでしょ。どんな理由があったって、悪いことは悪いんだから――」

声を掛けるタイミングを逸してしまったが、今の彼には必要なさそうだった。僕は凪沙から自分のスタンプブックを受け取って、室内中央に設置されたスタンプ台へ向かう。冊子には既に実行委員の隠しスタンプが押されているが、迷わず重ねて押印した。模様はぐちゃぐちゃで分からない。だが――ああ、この感覚、間違いない。

秋草優陽の思い出が、僕の中に流れ込んでくる。


――夕焼けがとても、綺麗だった。

秋草優陽の視点を通しているからか、空はいつもより少しだけ遠く感じる。

自分の記憶を思い出した時とは違って、優陽の心情までは分からない。だけど彼が通り

がかりの公園にふらりと入ったのは、この素晴らしい夕陽をもっと高い所から眺めたいからなのだろうと思った。そこで少年は偶然に、一人の女性を見つけた。

「……美凪さん、どうしたんだよ」

滑り台のてっぺんで、手すりをぎゅうと握り締めながら、朱鷺羽美凪がスロープに足を伸ばしている。彼女の向こうに広がっているのが青空だったなら、きっと大人びた彼女にはミスマッチだっただろう。

「やっほ。久しぶりだね、優陽君。半年ぶりくらい？　ご近所さんでも案外、会わないときは会わないもんだね」

美凪は優陽の方を向くと、微笑を浮かべた。けどそれは、いつもと違う笑み。強がっているときの顔だ。彼女との記憶はないのに、僕には分かった。

「なんか、元気ないじゃねーか。美凪さんらしくないってか」

「ああうん、別れたんだよ、彼氏と」

飄々とした美凪の答えに、少年の口からは「え」と声が漏れる。

「な、なんでだよ！　付き合ってた頃は、あんなに楽しそうだったじゃねえか！」

そこには驚きと怒りの色が混ざりあっていた。それがまた、秋草少年の純粋さを感じさせた。チャンスが巡ってきたことへの喜びは、どこにもなかった。

「……それじゃ、俺はなんのために諦めたんだよ」

台詞の末尾に付け加えられた呟き声だけは、美凪にまでは届かなかったようだった。

「まあ、別れたって言っても、半年も前――去年の十月のことだけどね。なぜか今になって、急にさ。実感が湧いちゃったんだよ。不思議だよね」

優陽は答えない。

「見て。夕陽が凄く綺麗だね」

美凪はゆっくり手を伸ばし、沈みかけた太陽に向かって指を差した。そしたら今度は、満足げな笑みを浮かべた。さっきまでの、頬に何かが引っかかったようなものじゃなく。

「だから、傑に教えてあげようと思ったんだ。そしたらさ、あ、私達別れたんだって思い出して、今は寂しい気持ち。変な話だよね。ずっと大丈夫だったのに」

美凪はまた、こちらに横顔を見せる。優陽は滑り台に二歩、三歩と近付いて。心配するような声音を上方に向けた。

「美凪さん。もしかして、泣いてんのか？」

「ええ？　泣いてなんかないよ。だって、悲しくはないから」

今は多分、綺麗な夕陽を、そして寂しい気持ちを、優陽と共有できて嬉しいのだろう。

「別れたのに、悲しくないのかよ」

「んー、そうだね。別れてすぐの頃は結構、後悔はしたけど。彼から言われた別れ際の言葉が引っかかってさ。よりを戻すのも、全然悪くないなって」

　昨晩の電話で聞いたとおりの話だけれど、そのトーンはより切実さを感じさせて。だがこれは過去の出来事。僕の想いも動揺も関係なく、美凪は語り続ける。

「でもやっぱり傑とは、将来的にずっと一緒にいるビジョンが、見えなかったんだ」

　優陽は美凪の言葉を聞きながら、てくてくと場所を移動していく。滑り台の脇から――スロープの先端、美凪の真正面へ。

「……なら、代わりに俺に報告しろよ。面白い形の雲とか、逃げ出す瞬間の野良猫とか、美味しかったスイーツとか。全部、報告しろよ。やっとスマホも買ってもらったんだ。中学生になったからな！」

　美凪はどこか感心したように口をすぼめて、優陽めがけて、滑り降りる。大した勢いも出ないまま、すぐに地面に足が着いた。座り込んだまま、美凪は屈託なく笑う。近所に住んでる顔なじみのお姉さんとして。

「そっかそっかあ。中学生なんだ。あんなに小さかった優陽君が、早いもんだねえ」

　美凪が急に接近してきたから、ドギマギしているのだろう。優陽は後ずさろうとして、でも逡巡して、その場に立ったままを選ぶ。

「つ、つまり、アレだ。美凪さん。……俺と、付き合ってくれ」

　優陽は自分の連絡先のコードを表示して、美凪に画面を向けた。優陽の手も足も声も、震えていた。なのにちっとも美凪は動じることなく、自然体でくすくすと笑う。

「それ、何度目の告白かな？」

「お、おぼえてねーよ。俺は小さい頃からずっと、美凪さんのことが好きで、告白する度にずっと子供扱いされてて、でも俺はもう、子供じゃない、から」

　彼にとってはその証（あかし）が、自分自身の連絡先なのだろう。なんというか、微笑（ほほえ）ましい。美凪もそう感じたのか、にんまりと頬（ほお）を緩めた。

「ああもう、可愛（かわい）いなあ、君は」

「か、可愛くないだろっ、カッコイイって言えよ！」

「うんうん。そういうとこ可愛いよね、優陽君。だから、ほら」

　美凪が手を伸ばし、優陽の腰骨に触れ、右回転に捻（ひね）る。求められるがままに美凪に背を向けると、ぐいっ。引っ張られた優陽は美凪の膝の上にすっぽり収まり、後ろから抱き締められた。

「じゃあ。付き合おっか、カッコいい秋草（あきくさ）優陽君？」

　美凪の優しい声とともに、思い出から帰還する。とてつもなく感情が揺さぶられて、息が止まっていたかのように——実際、止まっていたのだろう。酸素を求めて、僕は大きく深呼吸する。

「美凪……」

呟くしかなかった。万感の思いを込めて。これは……強烈だ。僕自身、心に渦巻いた感情がどのようなものか、読み解けない。美凪とはもう恋人同士でもなんでもない。今は思い出もない。なのにそれでも、この光景をただただ良いものだったとは言い切れない引っかかりがあった。

僕は振り向いて、席に戻る。

「優陽。君はこれを体験したのか」

この思い出のことではない。僕の思い出を奪ったときの話だ。だって優陽は美凪のことが今まさに好きで、それなのに、僕と美凪の間にあった出来事を全部、知っているのだ。

今の僕がそうであるように。いつも待ち合わせる公園でバドミントンをしたことも。緑色のバスの中でイヤホンを分け合ったことも。縁結びの神社で、二人で仲良くハート形の絵馬をかけたことも。頼んでもないのに、優陽の記憶がぷかぷかと思い浮かんでくるのだ。

「そうだよ。俺はお前の思い出を奪って、お前の思い出を見せられて——すっげえ、キツかった。……吐いたよ。夢にも出た。今朝だって普通に歩いてるだけで、二年分の白瀬と美凪さんの思い出が、ふっと浮かんでくるんだ。マジで頭がおかしくなるかと思った」

「なんのために。なんで君は、そこまでしたんだよ」

聞かなくても、分かる。僕は今、彼の思い出を持っている。幾つもの思い出と今朝聞いた台詞が、僕の中で勝手に組み合わさって、言われる前に納得してしまう。

「俺とお前の思い出を比べるためだ。それで、俺がちゃんと、美凪さんに愛されてるって、確認するために。……はじめはさ、優勝賞品使って、美凪さんから本音を聞き出そうって思った。でもなんか、カッコ悪いって思ったんだ。何の苦労もしないで答えだけ知るのが、なんか、ヤだったんだ」

優陽は唇を噛む。そっぽを向いた彼からは、僕と似たような空気を感じた。

「美凪は、それも全部、知ってたのか」

「うん。……だからこれは、私の責任でもあるんだ」

弱々しく、気まずそうに。曖昧に微笑んだ美凪は多分、もし優陽が勝っていたとしても、僕に思い出を返すよう説得するつもりだったのだろう。

「ごめんね。優陽。大丈夫だよ。心配しなくても、いいから。……私も、傑に昨日色々言われて、たくさん気付いたんだ。だから、ね。これから二人で頑張っていけばいいよ」

美凪は優陽をこれでもかというくらい撫でた。優陽の髪がぐちゃぐちゃになって、「もういいって！」と反発を喰らうまで、ずっと。

「……じゃあ、優陽。思い出の交換だ。いいよな？」

「分かってる。俺は負けたんだ。白瀬に従う」

テーブルゲーム部の部室を出てすぐの廊下。その隅で、僕は秋草優陽に右手を差し出す。

対戦相手への感謝と尊敬の思いを込めて。優陽は手汗をズボンでごしごし拭いてから、僕の手に重ねて——握手が成立する。

その瞬間。優陽の記憶が消えていく。さっきまで頭の中をぐるぐる巡っていたのに、もう思い出せない。代わりに、僕の二年分の思い出が戻ってくる。彼女に告白したことも。自宅での勉強会が全然捗らなかったことも。サプライズで書いた手紙の内容も。最後のデートで縁結びの神社に行ったことも。色褪せていたはずのものは、今はむしろ鮮明だ。だから、泣いてしまいそうだった。でも涙は出なかった。どこかに全部、流し尽くしたみたいに。出がらしの一滴すらも零れることはなかった。

僕は優陽の後ろで見守る美凪に目線をやる。全部思い出した今、彼女に真っ先に伝えたいことは、なんだろうか。僕の心からスッと出てきた言葉は。

「美凪。……優陽を大切にしろよ」

「ねえ傑、普通それ、優陽に言う台詞だよ。美凪を大切にしろって。もう、やだなあ」

確かにそのとおりだ。でも現状を見たら、そっちの方が正しいじゃないか。

「じゃあ私も、君との思い出を取り戻してくるよ」

美凪はスッキリした表情で、優陽と手を繋いで階段の方へと去っていった。残された僕ら三人は、なんとなく足並みを揃えて、落ち着ける場所を求めて彷徨う。

「凪沙。ありがとう。青ヶ島さんも。……思い出を取り戻せたのは、君達のお陰だ」

「そうですね。私達の作戦勝ちですね！」

「白瀬くんは、作戦を無視してたけど」

「確かにヒヤヒヤしたですけど、傑先輩らしくて……その、カッコよかった、ですよ」

凪沙が頬を染めながら、胸の前で指を組む。

「あ、ありがとう」

なんだか、さっきまでの喧嘩がなかったかのような雰囲気だった。だから一瞬、期待してしまった。『敵を欺くにはまず味方から』というように、青ヶ島さんに吹っかけた勝負自体が、凪沙の作戦だったんじゃないかと。

だけど、現実は飴みたいに甘くはない。

僕らは部室棟の一階、立入禁止のテープの向こう、第一会議室を通り越してさらに奥の奥――開かずの倉庫の前へとやって来た。ここなら話し合いの邪魔は入らないだろう。

「それでは、青ヶ島先輩。……次こそが本当の勝負です。いいですか？」

凪沙は両手を腰に当てて身体を大きく見せながら、青ヶ島さんに宣戦布告する。青ヶ島さんはそれに対し、強く頷いた。覚悟の決まった瞳で。

「絶対に、負けない。白瀬くんを手に入れるのは……わたし」

そうして彼女らは、自然と僕の方を向いた。僕の同意を求めるように。青ヶ島さんは希うように。凪沙は悲しそうに。そんな二人を見ていられなくて、僕は凪沙に懇願する。

「凪沙、頼む。一つだけ、聞いてくれないか。君は知らないかもしれないけど、青ヶ島さんは変わったんだ。玄岩以外に心を閉ざしていた青ヶ島さんは、頑張って芙蓉祭の実行委員として働いて、生徒会長に目をかけられるようになった。クラスでもたくさん友達が出来てさ。……それが良いとか悪いとかじゃないけど、その変化は確かに、彼女自身が望んだことだから。その過程ごと否定なんて、してはいけないと、僕は思ってる」

「……傑先輩の気持ちは、分かったです」

凪沙の瞳は、迷っていた。揺れていた。だって、そうだ。朱鷺羽凪沙は優しいから。こんなこと、本当は望んでない。彼女をいま突き動かしているのは、ひたすら巡る不安だ。

「青ヶ島先輩も、そう思ってるですか？」

「……わたしも。変わった自分を、否定したくない。白瀬くんを好きになったわたしも、それをきっかけに変わろうとしたわたしも」

「もしも傑先輩が、絶対に青ヶ島先輩に振り向かないとしても、変わらないですか？」

「たとえそれでも。どれだけ苦しくても、痛くても。……忘れたくない。そんな想いを抱いた結果のわたしが、わたしだから」

覚悟の込められた、強い眼差し。それを受けた凪沙は、悲しげに眉を下げて、へなへなと扉にもたれる。溜息を上空に吐いて、自分で浴びる。

「そう、ですか。……そう、ですよね。……まったくもう、どうしたら、いいんですかね」

ああ、ここだ。ここで僕が、彼女の不安を取り除くべきなんだ。分かってる。それが僕のやることで、僕にしかできないことのはずなのに。そうしなければ彼女がこの扉の向こうに消えてしまうような気がするのに。けれども何一つ思いつかない。正解が出てこない。

「私はもう、こんな不安定な関係、嫌なんです。だから私は、このゲームで傑先輩の本音を聞きたかったんです。青ヶ島先輩への気持ちが、ちゃんと消えてるか確かめて、こんな、ぐっちゃぐちゃな嫉妬心、消してしまいたかったんです。……でも、無理でしたね」

震えた声を隠した凪沙が、両手で僕の制服をぎゅう、と掴む。涙混じりの上目遣いが、僕の心を突き刺す。

「傑先輩は、私のこと、今でも好きですか？」

「当たり前だろ。僕は凪沙のことが好きだ」

「なら傑先輩。お願いします」

そうして今度は、凪沙が僕に懇願する。

「青ヶ島先輩のことを、忘れてください」

「それ、は」

それは、呑めない。それを選択したら、僕は過程を、自分の主義を、否定することになる。思い出という過程を否定するだけじゃない。超常的な力で『忘れる』という、問題解決の結果だけを手に入れることになる。

「どうかお願いです。私のために、主義を曲げてください。そうしたら私は、安心できます。青ヶ島先輩が傑先輩のことを好きなままでも、我慢できるです」

「僕は――」

迷いながらも開いた僕の唇に、凪沙の人差し指が添えられる。儚げに笑った彼女は「急がなくても、大丈夫ですよ」と首を横に振った。

「どうしても選べない時のために、ちゃーんともう一つ、選択肢を用意したです」

くるり。凪沙は僕に背中を向けた。決してその表情を、見せないように。

「それは――傑先輩と私の関係を、終わりにすることです。それで、きっとこの世界で本来そうなるはずだったように、青ヶ島先輩と付き合えばいいです」

「なっ、何言ってるんだよ凪沙。選ぶわけないだろ、そんな選択肢」

「ごめんなさい。こんなこと言って、意地悪だって、面倒くさいって、思うですよね？」

「思うもんか」

凪沙の提示した選択肢は、至極当然のものだ。

この状態が解消されないままならば、不安になるに決まっている。彼女の主張は何一つとして理不尽じゃない。理不尽なのは僕の方だ。

「分かってるです。誰も、悪くないんです。傑先輩も、青ヶ島先輩も。普通だったら最悪ですよ。でも、元々が普通の状況じゃないんですから。だけど、私だって、なんにも悪くないんですよ。みんなで幸せになんて、なれないんです。それがこの世界の、この現実のルールです。だからこれは——私達が乗り越えなきゃいけない、運命なんです」

「……僕も、そう思う」

僕は選択肢を、受け容れるしかない。

どれも選べないなんて甘えた答えは、ここでは決して許されない。

或いはもう一つの選択肢を作るとすれば。彼女の不安を取り除く方法を、他に思いつけばいいのだろう。

だけどそれももう、時間切れだ。

君をもう一度好きになる。僕は凪沙に誓って、結局何も出来なかった。変わらなかった。

二人で舞い上がっていた、微睡みの時間はもう終わりだ。

僕はドロップ缶を取り出して、レモンの味を舌に広げる。僕らはもう、とっくに夢から醒めている。これから観るのが現実だ。そう、これは現実にありふれた二者択一で。僕が今まで辿り着くことすらなかった択一だ。

現実と折り合いを付けるか、主義を貫いて夢想し続けるか。

「傑先輩。それに、青ヶ島先輩。私はどんな結果になっても、受け容れるですから」

＊Hint 3　――九月十一日（土）

白瀬くんとの思い出を失ったわたしは、幸いにもすぐに、日記の存在に気が付いた。

わたしの日記は、一言で表すなら、痛かった。

初めの日付は、白瀬くんと交際を前提に友達になった日。確かにわたしの筆跡なのに、内容は浮かれすぎていて、わたしの書いたものとはとても信じられなかった。

些細なことから彼の気持ちを推察し、勝手に一喜一憂して。何気ない日常から幸福を深読みして。頁を捲ると、パステルカラーで彩られた毎日が、恋をしなければ絶対に手に入らなかった素晴らしい日々が、積み重なっていく。だけどいつからか、おかしくなっていった。

白瀬くんの心が、徐々に離れていく。物理法則に反した動きのように、不自然に不可思議に。そして八月のある日、わたしは振られたらしい。そこからしばらくは、ひどく荒れていた。恨み言が書き殴られていた。けれど最終的には折り合いをつけていた。

『わたしは諦めない。いつかまた、順番が来る。だからその時まで、善き友人でいよう』

そんな過程は、もうここにはない。

ここには結果しかない。わたしは白瀬傑のことが好き。好きだから、とても苦しい。

ああ、そんな甘くて苦い気持ちは、もう棄てるしかない。綺麗にきっぱり忘れてしまうのが、わたしにとって、一番幸せに決まってる。

そう思っていた。走り書きの一行だけが書かれた、今日のページに辿り着くまでは。

『白瀬くんはまだわたしを好きなのかもしれない。だからもう少し、頑張ってみよう』

わたしが最後に縋った希望。

どうしてそう考えたかなんて、知らない。

確かに記憶に残っていることは、わたしがゲームに参加した理由だけ。

それだけはハッキリと覚えている。わたしが望んだことは、ただひとつ。ゲームの混乱に乗じて、白瀬くんをわたしのものにすること。

思い出はない。だけど、それがどうしたというのか。

わたしはようやく、この気持ちに正直になれる。

「——わたしは全て、忘れたい」

もちろん、嘘。これは演技。一世一代の、大逆転劇。全ては白瀬くんの気を引くための。

忘れてくれと言われたって、忘れるつもりはない。

わたしは必ず、白瀬くんを手に入れてみせる。

だから、待っていて。日記のはじめのページで幸福な未来を夢想していた、わたし。

（4）直線上の点が愛を紡ぐ速度を答えよ。
『好き』と『無回答』。

その二つが、僕らのクラスの出し物『恋愛成就♡お化け屋敷』の参加者が、事前アンケートの質問『同行者のことが好きか？』で答えられる選択肢だ。

僕は手元のスタッフ用端末で確認する。そろそろ二人組がゴールに到着する頃だ。二人の回答は『好き』と『好き』で両想い。ならば僕が唱えるのはテンプレート五番の台詞だ。

僕は今、お化け屋敷のゴールで『お恋々』の格好をしてスタンプを握り締めている。いわゆる女装だ。僕は昨日、公衆の面前で青ヶ島さんをフッた、らしい。記憶がないせいで詳細は分からないが、その禊ぎだという。

僕の手元にはちょうど、僕と青ヶ島さんとの思い出に対応するスタンプがある。これを自分のスタンプブックに押してしまったなら、凪沙と僕の関係は終わりになる。僕は、一体、どうすればいいのか。思考の沼に沈みそうになったところで、暗幕が揺れた。僕は息を大きく吸って、目を瞑り、やって来たカップルへ仰々しく腕を広げる。

「私の呪いを掻い潜った二人。私の質問に『はい』か『いいえ』で答えて頂戴――って、え？　美凪？」

笑いを噛み殺す声が聞こえて、目を開けたら、そこにいたのは美凪と優陽だった。

「や、やだなあ、笑ってないよ？　傑。とっても似合ってる」

「ぷっくくく、最高だな、これ」

……いや、最悪だが。

「なんで来たんだよ」

「なんでって、君がオススメしてくれたんじゃん、ここのお化け屋敷」

「だからってこのタイミングで来るかよ。第一、スタンプは集め終わったのか？」

「まだだけど、傑のことは思い出したよ。だから記念に傑の晴れ舞台が見たくてさ。『元カノさん。いいもん見れるぜ』って教えてくれた呼び込み君には大感謝だね」

「くそ、柵真め、後で覚えてろ……」

僕は溜息と呪詛を吐いてから、気を取り直して定型文を喉奥から引っ張り出す。

「それでは私の質問に答えて頂戴。隣にいる相手のことを――好いているか？」

僕の質問に、二人は「せーの」の掛け声で「はい」と声を揃えた。繋いだ手を、しっかりと握り締めて。僕は怨霊役のはずだが、結婚式の牧師をやっている気分にさせられる。

「なんと素晴らしい。ならば私は再び、愛を信じましょう――」

彼女との間から消えてしまった愛を思い返しながら、僕はお恋々の台詞を諳んじる。これでお恋々は成仏し、二人はめでたくミッションクリア。本来はここでスタンプブックに押印する流れだが、そうすると思い出の横取りが発生してしまうため、今回は省略だ。

「……あのさ、美凪」

「ん？　どしたの？」

「いや、なんでもない」

凪沙のことを相談しようとして、やめる。美凪に話すのは違うと思った。彼女はきっと、僕を応援してくれる。選択肢なんてぶっ壊しちゃいなよ、とか言ってくる。それが出来たら苦労はないのに。

今の僕に必要なのは、僕が欲しい言葉をくれる相手じゃない。

「じゃあな、優陽、美凪。僕らの作った芙蓉祭を、心ゆくまで楽しんでくれ」

「うん、もう既に、いっぱい楽しんだよ。だから……頑張ったね、傑」

美凪は少しだけ寂しそうに、微笑んだ。それは別れ際に見せた表情に、よく似ていた。

「……ありがとう」

美凪とは、本当に多くの時間を重ねた。いい思い出も悪い思い出も、今なら事細かに思い出せる。むしろ意識の表層に滞留して、ちょっとした拍子に思い出してしまうほどだ。

今もほら。悪い思い出の方が、頭をもたげる。

僕は美凪と別れる直前、大きな喧嘩をした。きっかけはほんの些細なことだったのに。

「どうしてそうなるのかな、傑は。ちょっと気を付ければ済んだ話じゃん」

「ちょっとじゃない。僕はこうなるなんて思わなかったんだ」

「だから悪くないって言うわけ？」

「ああ、そうだよ。僕は悪くない」

「傑っていつもそうだよね。自己正当化が激しくて、全然反省しないし」

「君だっていつもそうだ。自分と同じ基準を、僕にも求めないでくれ」

「もういいよ、帰る。……帰るよ、いいの？　私に何か、言うことない？」

喧嘩をするのは久しぶりだった。僕らはいつの間にか、ぶつかり合わなくなった。それは良いことだと思っていた。関係が安定してきたのだと、相手を理解できているからだと、思っていた。今更こんな、たまたま始まったような喧嘩なんて、僕らの障害にはならない。

「ないよ。お互いさ、頭を冷やそう」

時間が経てば、すぐに元通りだ。

「…………そうだね」

でも違った。

僕らが理解していたのは、自分の不満を飲み込む方法と、無難な綺麗事でその場を収める方法だった。互いが大切だから。かけがえないから。だから失わない方法を模索して。そうして僕らはいつの間にか、一番大事なことを、互いを愛することを忘れてしまった。

季節は移ろい。環境は変わる。そうして人も、望まなくても変わっていく。愛は不変と勘違いして、愛を確認することを怠っているうちに、愛した人は、気付けば愛した人ではなくなっているのだ。

僕らが破局したのは、それから一週間後だった。つまるところ、頭を冷やしすぎたのだ。

「機材点検とこんにゃく装填で五分休憩です。待機列は三組五名。次は一人客です」

「お恋々、了解」

インカムから声がして、僕は返事する。一名客ということは、テンプレート八番だ。恋愛観を聞いて、答えがどうであれスタンプを押してあげる、という流れ。頭の中で段取りを整理していると、かしゃり、とシャッター音が鳴った。

「よう傑。お前って案外、そういう格好似合うな」

「今この瞬間、様々な権利を侵害された気がする。とりあえず写真を消せ柵真」

「嫌だね。俺は青ヶ島さんにもお前の彼女にも、この写真を高値で売りつける」

「ますます消せ。というか凪沙は彼女じゃない」

「違うのか?」

「違う」

柵真は僕の答えに納得いかないようで、首を傾げた。

「でもお前をそんな顔にさせてるのは、あの後輩ちゃんなんだろ。何があったんだよ。抱え込んでねーで、話してみろって。な？」

「……いや、これは僕らの問題だから」

それに、リメンバーラリーのことを話したところで信じて貰えるわけがない。

「いいから話せよ。俺達は親友だろうが」

柵真は順番待ち用の椅子を一つ勝手に拝借して、僕の目の前に座る。思い切り頬杖をついて「ほらほら」と軽く机を叩いた。急にリラックスしすぎだろ。

「親友ではないけどな」

「そういう風に否定できるってくらい、親友じゃねえか」

これ、どう転んでも親友になるやつだ。

だけど柵真との出会いの記憶が、それに紐付いた想いが、今はすぐにでも蘇ってしまう。

だから僕も、たまには柵真に素直になってみようか。

簡潔にまとめて状況を話すと、傾聴していた柵真は、天を仰いでニイッと笑った。

「――へえ、謎の天使プレゼンツの、思い出を賭けたゲーム、ね」

「信じるのかよ」

「話の内容が信じられないのと、お前自身を信じないのは別の話だからな。それでまあ実質、お前は主義を貫いて青ヶ島さんを選ぶか、主義を曲げて後輩ちゃんを選ぶかってわけだ。拗らせてんなあ。ま、あれだ。俺から一つだけ言えるのは、あんまり考えすぎると——どっちも失うことになるぜ、ってことだな」

そう語った柵真は、いつになく真剣な表情だった。常におどけたように喋る癖に、一体なんなんだ。こっちまで調子が狂う。だからだろうか。誰にも言うつもりのなかったことまで心の奥底から湧き出て「あのさ、柵真」と、するりと零れてくる。

「……僕はもうそろそろ、限界だと思ってるんだ」

「過程重視を貫くことがか？」

「そうだ。僕はまだ子供で、大した責任も持ってなくて、大した選択もできない。だから過程が大事だって、僕がいくら声高に叫んだって、今までは誰も困らなかった。だけどこれから先、僕は僕の主義を貫いて、周りを幸せに出来るとは思えないんだ」

リメンバーラリーの冒頭で、気付かされた。理想だけじゃ誰もついてきてはくれない。正しいことは、正しいという理由だけでは選ばれない。僕が今まで主義を貫けたのは、僕が孤独で、そうじゃないときは、僕の周りの人が優しく合わせてくれていたからだ。

そして凪沙から二者択一を迫られた瞬間、僕は、夢から醒めたように実感した。

僕はこの現実で、主義を貫く方法を持っていない。

あるいは僕が美凪みたいに凄かったら、違ったかもしれないけれど。

「はーん。なーんかまた面倒くさいこと考えてるな、お前。ま、確かにそうかもしれんな。

お前は集団の中では常に異分子で、妥協って言葉を知らない、綺麗事ばかりのお子様だ」

まったく、そのとおりだ。否定できるところは一つだってない。柵真は続ける。

「でもよ。面倒くさくても正しいことを叫び続ける人間ってのは、必要だと俺は思うね。だから断言するぜ。お前の価値は、お前のすげーとこは、お前の強いところは、頑なに主義を曲げないところだ。そしてお前の周りにいるヤツは、ちゃんとそれを分かってる」

「……柵真」

「だから俺のオススメは青ヶ島さんルートだな。覚えてないっつっても、元々そういう流れだったんだろ？　むしろこの世界で後輩ちゃんと付き合うことの方が、奇跡レベルに難しいんだって考えれば、お前も後輩ちゃんも諦めがつくだろ。は？　なんだよ諦めた上で青ヶ島さんルートとか。ぶっ殺すぞ」

シンプルな暴言が勝手に飛び出してきたが、あいにくと受け止めている余裕はない。

「……奇跡、か」

この世界では青ヶ島さんが正解で、凪沙が間違い。うっすらとは理解していたことだ。それでも僕は凪沙を選ぼうとした。だけど青ヶ島さんへの気持ちが残っている以上、第二のゲームが始まらなかったとしても、どのみちこの問題には直面していただろう。

ああ。ならばやはり、リメンバーラリーを使って解決することは、間違っている。

「ありがとう柵真。参考になった。ところで、奇跡を起こすには、どうしたらいいかな」

「んなこと俺に分かるかよ。ただ、どっちみちお前らはまだ話すべきことがあると思うぜ」

柵真が僕のスマホをポケットから抜き取る。美凪の写真を見られたことを思い出す。今は誰の写真でもない、ただの風景写真だ。「パスワードは？」と問われ、僕は躊躇いがちに「……0312だ」と明かす。柵真は手早い動きで、通話履歴から勝手に凪沙に電話を掛け「ほらよ」と僕に投げ返した。コール音は短くて、すぐに電話が繋がる。

「あ。あのさ、凪沙――」

『どしたん、白瀬』

スピーカーから聞こえてきたのは、どういうわけか凪沙ではなく、玄岩の声だった。僕はスマホを耳から離して確かめる。確かに画面には『朱鷺羽凪沙』の文字。間違ってない。

「いや……なんで玄岩が出るんだよ」

『あっ、私もいるですよ？』

ひょっこりと顔を覗かせたような声色で、凪沙が電話口の向こうに現れる。

「凪沙。玄岩と一緒なんだな」

『そうです。さっきの喧嘩を見て、愛華先輩のこと、放っておけなくて』

凪沙は玄岩のことを早速下の名前で呼んでいた。仲良くなるのがやけに早いな。

『そーそー。あたしが凪沙ちゃんを慰めて、あたしが凪沙ちゃんに慰められてるとこ』

そういえば僕と凪沙は今朝、冬木会長から特命委員に任命されたのだった。ミッションは玄岩と青ヶ島さんの仲直り。凪沙はちゃんと、遂行しようとしているようだった。

「玄岩。青ヶ島さんはさ、いきなりあんな話を聞いて、びっくりしただけだ。君のことを嫌いになったわけじゃない。だから——」

『それ、凪沙ちゃんにも言われたよ』

『そうです。私が言ったことを、傑先輩も言ってるんです。つまり二重に大丈夫なわけですよ！』

『でも悠乃、すっごく怒ってたじゃん。あたし、あんなの初めてで、どうしたらいいか。何をしたら悠乃が怒るのか、あたし、分かんない。これ以上、下手なことしたら、もう、終わりだよ』

玄岩がいつになく弱気に、彼女らしくないしおらしい声で、苦しそうに言葉を吐く。

「それでも、大丈夫だ。終わるかもしれないって思ってるうちは、終わらないものだ」

永遠に続くと思い込んだ瞬間から、崩れ始める。それは愛情も友情も、たぶん一緒だ。

「だから君は自信を持って、君にしかできない方法で、青ヶ島さんに寄り添えばいい」

玄岩にとって青ヶ島さんが特別なように、青ヶ島さんにとっても玄岩は特別だから。だからこそ、彼女はあんなにも感情を揺らしたのだから。

「おい傑。休憩終わりみたいだぜ」

柵真が僕の腕をぽんぽんと叩く。しまった、肝心の凪沙とは結局話せていない。

「悪い凪沙。一旦切るけど、また後で――」

『駄目ですよ。私、きっと簡単にほだされちゃうですから。だから次に話すのはもう、最後の勝負の時って決めたんです。だから私じゃなくて、ちゃんと……青ヶ島先輩と、話してくださいね？』

決着は十六時に、二年A組のお化け屋敷でつける。僕らはそう取り決めていた。

「……分かったよ、凪沙」

提示された選択肢を、僕はまだ選べない。だけど時間は待ってくれない。これは既に延長戦だ。僕が遂げられなかった約束の、落とし前をつけるための。

僕の思い出を賭けた最後の勝負は――もう、始まっている。

＊＊＊

「青ヶ島さんはもう、僕のことは思い出したのか？」

腕章を右腕につけた青ヶ島さんに、僕は問う。これから十五時まで、僕らは昨日と同様、見回りの業務がある。僕もようやくスタンプを五つ押し終えて、残すところは青ヶ島さんとの思い出だけ。そして凪沙もゲームが終了しないよう、一つだけスタンプを残してくれているはずだった。

「いいえ。あなたとの思い出だけは、まだ喪ったまま」

「どうしてだ？　君が思い出す分には許せるってのが、凪沙の結論だったじゃないか」

「……今の状態の方が、この気持ちに正直でいられるから」

僕はどうリアクションしたらいいのか分からず「そっか」とたどたどしく答えた。

「それより、文化祭デート。……どこへ、行く？」

「デートじゃなくて仕事だし、ルートのとおりに回るだけだろ」

「ふふ、つれない人」

青ヶ島さんは楽しそうに、僕の腕を掴んで引っ張っていく。足取りも軽やかで、数時間ほど前のあの凪沙との対立が嘘のようだった。

「いや、だからサボりは駄目だって――」

「サボりじゃない。ルートのとおりに出し物を少し見るだけ」

出し物の確認も実行委員の仕事だ。事前に承認を受けていない内容で営業している可能性もあり、昨日も一件、飲食をやってるクラスが新メニューを開発して怒られていた。だから確かにサボりではないが……彼女を期待させるのはやはり罪悪感があった。

「あのさ、青ヶ島さん。先に宣言しておくよ。……僕は君と付き合うつもりはない」

僕を引っ張る動きが、ぴたりと止まる。振り返った青ヶ島さんは無表情に戻っていた。

「つまり、主義を曲げて、わたしを忘れるの？」

青ヶ島さんが僕の瞳を覗き込む。僕はその視線を避けるように目を逸らす。僕の中で答えが出ていないことを悟って、青ヶ島さんは口の端を僅かに吊り上げた。

「やっぱり。まだ……わたしにもチャンスはある」

「……やめてくれ」

これ以上、僕の心を揺り動かさないでくれ。天秤に、抱えきれない想いを載せないでくれ。

「やめない。だって、他でもないあの子が、わたしに時間をくれたから」

「凪沙が……君に？」

「あの子は、わたしにフェアになるよう、あなたにアプローチするための時間をくれた。朱鷺羽凪沙は、とても心が綺麗で、優しくて、いい子。……初めて彼女を見たときから、そう思っていた」

――ちゃんと……青ヶ島先輩と、話してくださいね？

凪沙は確かに、僕にもそう言っていた。僕の心はずっと、凪沙に傾いている。青ヶ島さんとの記憶もない。その状態では確かに、青ヶ島さんには不利かもしれない。

「だとしても、僕は」

言い切ることなく、言葉を飲み込む。周りを見る余裕もないまま、僕は青ヶ島さんの後ろをついていく。天文部に、奇術部に、折り紙研究会に。彼女は的確に、展示だけでも楽しい出し物をセレクトしていった。多分、事前にプランを練っていたのだろう。

そうして楽しい見回りの時間はあっという間に過ぎ去って、僕らはスタート地点の第一会議室の前へと戻ってくる。

「……どう、だった？」

「ああ、楽しかったよ」

不思議な感覚だった。僕は彼女を警戒していたはずだった。心が動かないようにしていたはずだった。それなのに、とても心地がよかったのだ。気が合う、のだろうか。僕が彼女に惹かれていったのが、よく理解できた。僕らは本当に、ごくごく自然に、二人で時間を重ねるのに比例して、距離を縮めていったのだろう。

本当に、楽しかった。

でも、それだけだ。僕の心を大きく揺るがすような出来事はなく、僕はひそかに安心した。だがそんな僕の安堵も想定内と言わんばかりに、青ヶ島さんは僕の手をさっと握る。

「じゃあ、ここで、最後」

青ヶ島さんは第一会議室の隣、『第二会議室』のドアノブに鍵を挿し、当たり前のように回した。ドアを開くと、真っ暗な室内へ僕を引っ張り入れた。

「青ヶ島、さん……？」

芙蓉祭実行委員の要塞として使われている第一会議室とは異なり、こぢんまりとした、四畳ほどの部屋だ。机は低く、椅子もソファーだ。今年の五月頃、三者面談の時に来た覚えがある。母は一応は来てくれたが、終始他人事のように話を聞いていたな。

大きめの窓の外からは十数メートル先のステージが見えて、何かのコンテストをしていた。マイクを通した司会の声や、観客の笑い声が窓を突き抜けて聞こえてくる。が、すぐに、青ヶ島さんが茶色いカーテンを閉めたので、音が小さくなった。

「……ええと、こんなところで一体何を？」

「理性的な、話し合い」

ちらりと背後のドアに目線を遣れば、ばっちり鍵が掛けられている。密室で、電気も点けず、理性的な話し合い？　本当だろうか。疑った途端に、胸の鼓動が速くなる。

「座って、白瀬くん」

躊躇いながらソファに座ると、当然のように彼女は僕の隣に腰かけた。柔らかな座面が思ったより深く沈んで「わっ」と青ヶ島さんが声を漏らし、僕らはくすくすと笑った。

それでもう、錯覚してしまう。今の僕らは、世界に二人だけだと。外から聞こえる歓声も黄色い声も、別世界のように思えた。

ああ、駄目なのに。こんな風に緊張がほぐれては、いけないのに。これ以上彼女に気を許しては、いけないのに。心の中で唱えて、気付く。ああそうか、これは彼女の罠だ。僕はさっきまでずっと、彼女を警戒できていた。だけどもう違う。緊張の糸は今、切れてしまった。彼女が侵攻してくるのは、まさにこれからで。僕は防ぐ手段をもう持たない。

「それで、白瀬くん。あなたはどちらを選ぶの？」

「……凪沙だ」

頑なな僕の回答に、青ヶ島さんは苦笑するように息を零した。

「そうじゃない。あの子のために、あなたが大事にしている過程を、否定するかどうか」

「それは――」

凪沙を選ぶならば、結果的にそうするしかない。……こんなのは、最悪の答えだ。そうじゃないだろ。僕は結果から離れて、すべてに向き合わなければならない。そう、青ヶ島悠乃に対しても。分かっている。だけど彼女に抱いた気持ちと向き合うのが、怖い。

「白瀬くんがもし、朱鷺羽さんを選ぶなら。……白瀬くんは、わたしを置いて、わたしのことを忘れるの？」

青ヶ島さんはこちらを向いて、そっと、僕の頬をなぞるように触れる。

「そんなの。無責任。わたしを諦めさせてくれなかったくせに」

彼女の冷たい指先は、震えていた。

「これは、あなたが嘘をつけなかったせい。わたしを好きじゃないって、ただ一言、言ってくれればよかった。そうすればわたしは、こんな風にならずに済んだのに」

本当にそのとおりだ。今こうして、彼女の顔を歪（ゆが）ませてしまっているのは、僕の過（あやま）ちだ。

「白瀬（しらせ）くん。こっちを、向いて」

青ヶ島（あおがしま）さんが、僕の右頰（ほお）にも手を添える。そのままゆっくり、僕の首を回して——僕は、青ヶ島悠乃（ゆの）の底知れぬ瞳に惹（ひ）きつけられる。

「責任、取って」

僕はごくりと、唾を呑（の）む。彼女の言う責任とは、いったいどういう意味か。

「この気持ちの責任を、取って」

瞬（まばた）きすら惜しんで僕を見つめ続ける彼女は、今、僕に何を求めているのか。

「わたしはあなたに嫌われたくないからと、諦めていた」

青ヶ島さんは靴を脱ぎ散らかして、ソファの上に膝を載せる。また沈み込んで、僕らは座りながらバランスを崩す。その拍子に、青ヶ島さんは僕に膝立ちで抱きついた。

「でももう、構わない。あなたに嫌われてもいい。どれだけ、嫌がられてもいい。わたしはこれから、精一杯、全力で、あなたに気持ちを伝える」

僕のすべてを包み込まんとするように、彼女は僕の肩に両腕を回した。そして耳元に口を近づける。唇がほんの少しだけ触れて、そこだけひんやりして、すぐに熱くなる。

「白瀬、傑（すぐる）くん。わたしは、あなたのことが好き。どうしようもなく、好き」

ぞくり。僕の身体（からだ）の芯が、震える感覚。脈が速くなっていく。それは青ヶ島さんにも当然伝わってしまっていて。

「ふふ。応えてくれて、嬉しい。……やっぱり白瀬くんも、わたしのことが好き」

「……そう、みたいだな」

嘘は吐かない。誤魔化しもしない。彼女の気持ちに、自分の気持ちに、僕は真剣に向き合わなければならないから。それがどれだけ、都合の悪い、汚い感情だとしても。

「でも、どうしてわたしが、あなたを好きなのか。わたしは覚えていないし、知らない。どこにも記録が、なかったから」

「僕にも分からない。でも僕はきっと、君が変わろうと頑張る姿に、心惹かれたんだと思う。僕は、そういうヤツだから」

「そんなわたしが、忘れたいと言ったことを、あなたは否定した。つまり白瀬くんは、わたしを好きになった理由が消えるのが、嫌だったことになる」

「……そうだな。僕はそれも、否定できない」

きっと、そういう一面が確かにあったのだ。やっぱり、最低だ。僕にとっては最低で、でも青ヶ島さんにとっては良いことで、だから僕を抱き締める力が強くなる。

「……すごく、嬉しい。白瀬くん。……好き。好きなの。なにもかも、我慢できなくなるくらい。お願いだから、あの子じゃなくて、わたしを、選んで」

「それはできない」

まだ、大丈夫だ。僕はちゃんと、拒絶できる。青ヶ島さんは呼吸を浅くしながら、僕から離れる。その目は昏く、それでもまだ希望を失っていなくて。

「……なら、白瀬くん。目を瞑って。想像してみて欲しい。想像できなくなったら、手を離していいから。そうしたらもう、なにもかも、諦めるから」

そう言いながら、彼女は僕の左手を奪って、恋人繋ぎで握り込んだ。僕は彼女の言うとおりに、目を瞑って天井を仰ぐ。

「わたしと、笑い合うこと」

青ヶ島さんは、しゅるり。片手だけで器用に、僕のネクタイを外した。

「わたしと、抱き締め合うこと」

僕の胸ポケットから、ドロップ缶が抜き取られ。

「わたしと、キスすること」

上から順番に、ワイシャツのボタンが外されていく。

「わたしと、……その、……それ以上のことを、すること」

彼女の声は震えていて、緊張でうわずった声は、浅い呼吸に乗っていて。

「こんなこと、わたしだって、おかしいと思う。なのに、あなたしか考えられない」

明らかに間違っているのに。僕はそれを拒絶できない。部屋に充満した甘ったるい空気によって、僕の心の中で、急速に風船が膨らんでいく。

　これが破裂してしまったら、どうなるのだろう。

　僕の唇に、冷たい感触がした。それが口の中に押し込まれて、理解する。レモンの味の、飴玉だ。からんころんと歯に当たる音を背景に、「白瀬くん」と耳元に直接流し込まれた呼びかけが脳内で重なる。

「どうしてもわたしを忘れると言うのなら。せめて。わたしに思い出を――頂戴」

　これのどこが、理性的な話し合いだというのか。

「青ヶ島さん。何を言って――」

「まだ、目を開けちゃ、だめ」

　気配ですぐに分かった。彼女はキスをするつもりだ。

　だから僕の身体が、勝手に動く。彼女を押し返すようにして、ソファから立ち上がる。目を開けば、目線をうろうろと泳がせた青ヶ島さんが、うわごとのように「あの」「その」と、顔を真っ赤にして繰り返して。

「……ごめんなさい。わたし」

「ごめん。……夏頃からずっと、どうしても、キスをされることに拒否感があるんだ」

　ああ、どうして僕は謝っているのだろう。言い訳なんていらないのに。それでもまた、青ヶ島さんは流れを取り戻して、ソファから立ち上がる。僕にゆっくり迫って、鍵の掛かったドアまで僕を追い詰めた。

「……それなら、あなたから、してくれるの？」

青ヶ島さんは僕の左腕をとって、腕時計を読んだ。長針と短針がちょうど重なっている。

「まだ時間は、たっぷりとあるから」

そして彼女は、僕を再び抱き締めた。

「わたしは、あの子みたいにならない。あなたのことを、誰よりも理解できる。嫉妬なんてしない。絶対にあなたを信じて、疑わない。だから――」

いつかどこかで、あるいは夢の中で、こんなことがあった気がした。

その時の僕も、青ヶ島さんを選んで主義も貫ける――そんな都合のいい選択肢に流されそうになって。でも僕はその瞬間、何かに気付いて、彼女の誘惑を打ち破った。

けれど今の僕には、何のきっかけもない。僕の中にも、彼女の中にも、ここには結果しかない。それは純粋に精錬された気持ちのかたまりだ。思い出のなくなった隙間に気持ちだけがぎゅうぎゅうと押し込まれていって、なにも考えられなくなる。

この恋心は、紛れもなく本物だ。

ならば僕はなぜ、凪沙を選んで、青ヶ島さんを選ばなかったのか。

それは、凪沙と約束したからだ。誓ったからだ。

でも青ヶ島さんと付き合う方が、きっと、幸せな結果が待っている。そんな気さえする。

僕のポケットの中で、スマートフォンが長い周期で震えた。

「……出ないで」

ポケットに突っ込んだ僕の手を、青ヶ島さんがきつく握り締めて離さない。

「おねがいだから、わたしだけを見て。わたしのことだけ、考えて」

バイブレーションが止まった。

青ヶ島さんは、僕から一歩離れる。そしてゆっくりと、足を震わせながら、片手を壁につき、自らの胸のリボンに指をかけた。

それを解かせてしまったら――もう、本当におしまいだ。

「青ヶ島さん――」

それは駄目だ。止めようとした、けれどももう僕の言葉で、止まるとも思えなかった。

ああ、どうしよう。もはや思考も、くらくらして上手く巡らない。そんな瞬間だった。

「ねえ白瀬傑っ！　聞こえてる!?」

耳をつんざく叫び声。トゲのある波長は玄岩愛華のものだった。どこから聞こえてきている？　扉の外？　まさか部屋の中？　いや、違う。

「……愛、華？」

青ヶ島さんが振り向くのと同時に、僕は一目散に窓へと飛びつく。カーテンを開ければ、どういうわけか、玄岩がステージ上に立ってマイクを握っていた。

「なんだ？　何が始まってる？」

玄岩がステージに立つ予定なんてない。スマホを見れば、さっきの着信は会長からだったようで。僕はワンタッチですぐにかけ直す。青ヶ島さんにも聞こえるよう、スピーカーフォンに切り替えてテーブルに置いた。

『白瀬君、折り返し感謝する。また玄岩が、ステージの件、もう把握しているか？』

「はい。今見てます。すみません」

『いや、そこはいい。出演予定の有志バンドが音楽性の違いで電撃解散してな。どうにか対応できないか？ 元々出演枠がいっぱいのところ、色々な力関係の結果、無理矢理ねじ込んだバンドだったんだ。穴を空けると色々面倒でな。はあ、突っぱねておくべきだった』

「ねえ聞こえてる？ 白瀬傑っ！ 青ヶ島悠乃っ！ ついでに、即興でベース出来る人も絶賛募集中！」

『あとはベースが足りないらしい』

「みたいですね」

僕は外されたボタンを急いで戻しながら、青ヶ島さんの方を向いて話題を振る。

「なんというか、文化祭アクシデントの定番というか、お約束って感じだな。本当にあるんだな、こういうの。で、まさかとは思うけど、君はベースとか……流石に弾けないよな」

「残念だけど、琴しか弾けない」

「戦力外にするには惜しい戦力だな。――とりあえず、僕も知人に当たってみます」

通話終了。僕は最後にドロップ缶を胸ポケットに戻して、窓を開け放つ。

「……せっかく、いい雰囲気だったのに」

「危うい雰囲気の間違いだろ」

　本当に、玄岩がいなければどうなっていたことか。

「とりあえずベースが見つかるまで、繋ぎで勝手に喋るから。あたしの自分語りが聞きたくなかったら、とっとと超絶技巧のベースが出てくること！」

　玄岩は何やら無茶ぶりを校内じゅうに吹っかけている。

「そんな簡単に、見つかる？」

「一人だけ思い当たる知り合いがいる」

「朱鷺羽美凪？」

　僕の知り合い、という時点で人数が一桁とはいえ、即答されるのも中々つらいものがあるな。僕は通話履歴から美凪の名前を探して、すぐに電話を掛ける。

「ねえ悠乃！　あたしは悠乃のこと、分かってるつもりで、ぜんぜん分かってなかった。あたしはずっと、あたしの中に勝手に作った悠乃を好きだったんだと思う！」

　コール音が鳴り響く間に、玄岩は本当に、バンドとは一切無関係な青ヶ島さんへのメッセージを叫び始めた。僕らの居場所に気付いたのか、或いは最初から気付いていたのか、バッチリと目が合った。

「親友とか言ってた癖に、悠乃のことをもっと知りたい癖に、中途半端にしか踏み込めなくてさ。あたしは悠乃の隣にいることだけで満足してた。だからごめん！　悠乃のこと、分かってなくて、ごめんね！」

「愛華……わたしこそ、ごめんなさい」

青ヶ島さんが呟く。美凪はやっぱり、通話に出ない。コール音が鳴り続く。このままでは謎の私的トークライブになってしまう。

「それと白瀬！」

僕の名前が再び呼ばれて、顔を上げる。したり顔をした玄岩は、マイクを握り直す。

「どうせあんたさ、凪沙ちゃんのことで小難しいことグダグダ考えてんでしょ。それ、全部やめな。悠乃のことは全部あたしに任せといて、あんたはあんたにとって、一番大事なものだけ考えなよ！」

僕にとって、何が一番大事なのか。

凪沙だ。でも違う、そういうことじゃない。僕が凪沙と、どんな関係になりたいか、だ。

『あ。ごめんね傑、今ちょっと手が離せない』

ようやく美凪と電話が繋がったけれど、その時にはもう、彼女に用はなかった。

『救世主は遅れてやって来る、ってね』

美凪はベースを肩にかけてステージの上に立っていて。通話が切れた音がすると同時に、彼女はスマートフォンを後ろのスタッフに投げて渡した。

「そんな気持ちを込めて演奏するから、一音だって聞き逃したら許さないから！」

玄岩はマイクをスタンドに戻してキーボードに向かうと、即興とは思えないほど淀みなく自然に、イントロを弾き始めた。そこにギターが、ベースが、ドラムが、ボーカルが。音を乗せていく。別々の音色が重なって、繋がって、調和して、一つの音楽が奏でられる。

すぐに分かった。この曲は、凪沙が教えてくれたラブソングだ。タイトルは――『私の隣に運命の人』。僕はチラリと、隣の青ヶ島さんの横顔を見る。

「……青ヶ島さん。君みたいな人を、運命の人って言うんだろうな」

僕の呟きは大音声の中でもきちんと隣に届いてくれたようで、青ヶ島さんは驚いたように、目を丸くした。

「君といるのは、凄く安心するんだ。何も伝えなくても分かってくれる気がするし、実際、分かってくれる。互いを想い合って、互いに譲り合える。それは多分、僕らが似ているからだ」

でもその先に、多分、繋がっていかないんだ。気持ちがいいのは、その瞬間だけで。

説明できない部分をたくさん取りこぼしながらも、僕は言葉を積み重ねていく。

「僕らはきっと、ぶつかり合うことも、あまりないと思う」

結果だけ見れば、きっと僕と青ヶ島さんは、上手くいくだろう。破綻することなく、望ましい関係を維持して、平和な家庭を築いて、互いを愛し続けることができると思う。

「ただ、それは僕の理想じゃない」

だけど、未来に想いを馳せるとき。いつも僕の隣にいるのは、違う人物だ。

僕は変わりたいんだと思う。変わっていきたいんだと思う。

変わらないものなんてないから。変わらないものは、偽物だから。

僕はずっと一人でいた。だけど誰かと出会って触れ合う度に、新しいことに気付く度に、
少しずつ変わっていった。僕の主義にその考え方を重ねて、束ねて、成長してこれた。美
凪と。柵真と。そしてきっと、クピドと。

「だから僕は君のことより、凪沙が好きなんだ。僕はそれを、証明してみせる」

青ケ島悠乃は、何も答えなかった。

或いはラブソングにかき消される程度の声で、僕に敢えて届かぬよう、何かを呟いた。

＊＊＊

「傑先輩。答えは決まったですか？」

「ああ。決まったよ。……白瀬傑史上、およそ最低な答えだけどな」

僕と凪沙は『恋愛成就♡お化け屋敷』に参加すべく、パイプ椅子に座って順番を待って

いる。もうすぐだ。僕は凪沙から回されたタブレットを操作して、『アンケート』に答える。相手のことが『好き』だと。

「傑先輩が、最低、ですか。ふふっ、それは楽しみですね」

凪沙はそうやって強がりながら、ぶらぶらと足を振り子のように振って、そわそわしている。答えを知りたがっている。僕も早く、彼女に伝えたいと思っている。

最良で最低な、僕の主張を。

僕は少し躊躇ってからアンケートを送信して、出口で『お恋々』役をしている青ヶ島悠乃に思いを馳せる。彼女は果たして、僕の出した答えの意味を——理解しただろうか。

「そういえば、愛華先輩とお姉ちゃんのステージ、見たですか？」

「ああ。見たよ。凄かったな。即興だとは思えなかった。青ヶ島さんも驚いてて——あ、いや、ごめん」

「ふふっ。いいんです。……あと少しで、もう気にしなくて済むようになるんですから」

凪沙は寂しそうに、申し訳なさそうに微笑んだ。君はなにも、悪くないのに。

やがて順番が来て、僕らは『お恋々』の怨念渦巻く魔窟へと案内される。

「傑先輩とお化け屋敷に入るの、なんだか初めてじゃない気がするです」

「ああ、そうだな。僕もそんな気がするよ」

僕らは横並びで、暗幕で区切られた順路を進んでいく。手元のタブレットから水音がするだけで凪沙はビクビクしており、ドンドンドンと壁を叩く音がした瞬間、「ひゃっ！」と完全にフリーズしてしまった。

「大丈夫か、凪沙」

先が思いやられるな、と心配していると、彼女は大胆にも抱きついてきた。

「あのあの、傑先輩。本物が出たら、守ってくれるですか？」

「もちろん、土下座してでも君を守るよ」

「もうちょっと幽霊に有効そうな守り方をして欲しいところです」

「逆に君は、僕が幽霊に取り憑かれたら助けてくれるか？」

「当たり前ですっ。必ずＡＥＤを持ってくるですよ！」

「電気ショックで倒すのかよ」

そんなおかしな会話が闇に響いて、少し間があってから「ふふっ」「ははははっ」と自分達のやりとりに笑ってしまう。僕らはなんで、お化け屋敷でこんなに笑顔になっているんだろう。そう思っていると突然、僕の手元から『イチャつくな!!』と声がして、驚いて僕らの身体が跳ねる。そうだった、忘れてたよその仕様。

「こっ、怖いです怖いです。一体どこで見てるんですか!?」

「落ち着け凪沙。これは一定時間立ち止まってたから怒られただけだ。ほら、手を繋ごう。君が迷子にならないように」

「そうですね。繋ぎましょう。傑先輩が離れていかないように、に訂正するですけど」

指を絡めて、固く握って。僕らはゆっくりと、でも確実に、暗い道を進んでいった。


ゴールの暗幕をくぐる。待ち構えていた青ヶ島さんが、僕らの繋いだ手を恨めしそうにじいっと見つめてから、咳払いを一つ。僕らに向き直る。

「よくぞここまで来た。わたしの呪いを掻い潜った二人。……今から、わたしの質問に、百文字以上で答えよ。——隣にいる相手のことを、好いているか？」

僕は少し、驚いた。『お恋々』の質問は本来、答えは『はい』か『いいえ』のはずだ。だけどこれが、僕と凪沙の愛を試すための、青ヶ島さんからの出題だ。

僕らの気持ちは、僕らの好きは、『はい』か『いいえ』じゃ、表しきれない。そんな簡単な答えじゃ、青ヶ島さんだって納得しない。そういうことだろう。

どちらから答えるか。間をはかるうちに凪沙が口を開いた。

「私は、傑先輩のことが大好きです。ゲームとか、世界が書き換えられたとか、そんなのどうだっていいです。ここにある、この気持ちだけが本物だと思ってます。これが私の知らない、別の世界の朱鷺羽凪沙さんの気持ちだなんて、誰にも絶対に、言わせないです」

握ったままの手に、凪沙は精一杯の力を込める。そのぶんだけ、僕の心臓が拍動する。

「傑先輩は、面倒くさい人です。すごく、すごく面倒くさい人です。でもそれを貫けるのがカッコよくて、好きなんです。も、もちろん、他にも、たくさんあるですよ。優しいところとか、照れ屋さんなところとか、私を見守ってくれるところとか、顔とか、手の形とかも、好きですよ。でもそれは……傑先輩を好きだから、好きなんだと、思うです。上手く言葉にできないですけど、上手く言葉に出来ないくらい、全部、好きなんです」

青ヶ島さんがこくりと頷いて、今度はこちらを見た。分かってるよ、僕の番だ。

「……凪沙、ありがとう。僕も、君のことが好きだ。でも同じくらい、青ヶ島さんのことも好きで、僕の心には、二つの恋心が明確に存在してる」

僕は正面を見据えて、青ヶ島さんの瞳に語りかける。

「どんなに例外的な事情があったとしても。こんな状態、良くないんだ。それでたくさん、凪沙を傷つけた。青ヶ島さんのことも。……だけどこれで、もう終わりにしよう」

凪沙のことは、見ないまま。代わりに僕も、握り締める力を強める。それだけで充分だ。これはそういう、儀式みたいなものだから。

「凪沙。僕は見つけたんだ。理想を現実にする方法を。愛を永遠にするための方法を」

「それは、なんですか？」

この芙蓉祭で、僕らには色々なことがあった。拗れた人間関係が、時にほぐれ、時に更に絡まり合って。思い出を忘れて、取り戻して。想いがぶつかり合うのを、間近で見て。

僕は気付いた。過去で、現在で。僕らが間違い続けたのは、結局、一番大事なことが出来ていなかったからだ。

「気持ちを伝えることだ」

いつだって結局、シンプルなことが、一番難しい。

自分の気持ちを、想っていることを、心の動きを。相手の好きなところを、相手の嫌なところを。いいことも悪いことも、不安も不満も、全部。傷つけることを、ぶつかり合うことを、嫌われることも恐れずに。

だって人は、そうしなければ分かり合えないから。言わなければ、伝わらないから。

「どうしたって、人は日々変わっていく。なのに僕らは、それに気付けない。いつの間にか相手のことを理解し尽くしたと勘違いして、そこで理解をやめてしまう。自分の中で勝手に作った相手のイメージを参照して、目の前の相手を理解しようとすることをサボって、だから僕は——美凪と上手くいかなかった」

美凪はこう思うだろう、こう言えば収まるだろう、時間が経てば解決するだろう。そんな認識のズレが重なっていった結果、致命的な断絶に繋がった。

「だから伝えるよ。凪沙。僕が考えてることを、全部。僕はさ、青ヶ島さんのことを、拒絶しきれなかった。君を裏切ってもおかしくなかった。青ヶ島さんと一緒にいるのは、運命の相手だって思うくらい、居心地がよくて。だから僕の中にこの恋心がある限り、青ヶ島さんに猛アタックされたら、どうなるか分からない」

「……なんですか、それ。そんなの、開き直りじゃないですか」

凪沙の声音には当然、怒りが混ざる。目の前の青ヶ島さんだって、眉根に皺を寄せる。

一瞬だけ、視界の端に凪沙を認識する。ずっと寂しそうに引きつっていた横顔は、今は少し弛緩していて、だからほら、開き直りも悪くない。

「だから僕は、努力するよ。君に対して、これから百パーセントの気持ちを向けられるように。君を不安にさせないように。その方法を考える。あらゆる手を尽くすよ。僕一人じゃなくて、凪沙、君と一緒にだ。僕はもう絶対に、君に気持ちを隠したりしない」

凪沙は静かに、そして僕に続きを促すように、こくこくと二度、小さく頷く。

「今はまだ、君を不安にさせてしまうと思う。きっとこれからも、色んなことで。それでも僕は――君のことが好きなんだ」

「それは、どうしてですか。どうして私のことが、好きなんですか?」

夏のあいだじゅう、僕がずっと探していた理由。その答えももう、この心の中にある。

「たくさんあるよ。僕を見つけると笑顔になる君が好きだ。

だ。ハンバーグを先に切り分ける君が好きだ。わたあめを作るだけではしゃぐ君が好きだ。お化け屋敷で冗談を言う君が好きだ。それに――僕が好きだと言った時、主義を曲げるなって断った君が好きだ。僕が好きだと言った時、主義を曲げろって言った君が好きだ」

矛盾しているように見えるのに、それでもこの想いは成り立つ。なぜならば。

「白瀬傑という存在が、朱鷺羽凪沙という存在を好きなんじゃない。今この瞬間にいる僕が、今この瞬間にいる君のことを、好きなんだ」

「……また、よく分からないことを言ってるですね？」

凪沙が不思議そうに、苦笑交じりにコメントする。青ヶ島さんは表情を変えずに、考えるように目線を上に向ける。だけど大丈夫だ。伝わるまでずっと、伝え続けるから。

「つまり、僕が勝手に作った君のイメージじゃなくて、ありのままの、そこにいる君が好きなんだ」

今度は分かってくれたのか、凪沙は何も言わず、繋いだ手をぐっと引き寄せた。

「僕は、君を好きだって思った瞬間を——点と点を、君とずっと繋いでいきたい」

点は結果で、それを繋ぐものが過程だ。だから結果とはまた何かの過程で、意味を持って未来へと繋がっていく。

「それは僕だけじゃ絶対に出来ないことだ。君と二人じゃなきゃ、出来ないことだ。……それが僕の考えで、でもこれが正解かも、まだ分からない」

僕は身体を横に向ける。凪沙もこちらに向いた。その手はまだ繋いだままで。もう一方の手も、同じように繋ぐ。彼女の綺麗な、赤みがかった瞳を真っ直ぐに見つめる。二度とこの目を君から離さない。

「だからこそ君と証明していきたい。この方法で、愛が永遠に続くんだって」

潤む凪沙の虹彩の、その先に。僕らが笑い合う未来を望み見る。

「それが僕が、君に恋した理由で、君を愛する方法だ」

過去をどれだけ探したって、見つからない。その理由は、未来にあるんだから。

「傑、先輩――」

「……そう。それが、白瀬くんの出した答え?」

青ヶ島さんの声がした。僕は凪沙を見つめたまま「そうだ」と答える。

「なら。移り気な白瀬くんには、お恋々の呪いを解けない。……だからわたしのことは忘れて、末永くお幸せに」

――ぺちっ。青ヶ島さんは思いきり、僕の頬にスタンプを押した。予想外の行動に、僕は思わず「へぁ?」と素っ頓狂な声を漏らしてしまう。

「ふふ、ははは、あはははははっ」

僕の反応が面白かったのか、青ヶ島さんはお腹を抱えて「だめ、おかし……」とツボに入ってしまう。彼女らしからぬ一面が可笑しくて、僕も凪沙も、伝染したようにくすくすと笑いを零す。

だけど、まだこれで終わりじゃない。

「凪沙。これで僕らは、乗り越えられたと思うか?」

「そう、ですね。傑先輩の考えてること、よく分かったです。私も――愛を永遠にしていきたいです。傑先輩と、一緒に」

やっとだ。これでようやく、準備が整った。

僕は凪沙を選んだ。だから僕は自分の主義を曲げて、青ヶ島さんの思い出を捨てる。

凪沙は当然、そう思っているだろう。だけど僕はやっぱり、貫き通すことに決めた。

「じゃあ、僕が青ヶ島さんとの記憶を捨てたくないって言ったら、どうする？」

「……え？」

凪沙は目を丸くした。信じられないと言わんばかりに。

「今の僕の答えは、青ヶ島さんへの恋心がなかったら辿り着けなかった答えだ。だから僕はこの答えを出したことで、君に認めさせる。どんな思い出も何一つ、欠けちゃいけないんだって、消しちゃいけないんだって。それがどんなに、楽だとしても」

この瞬間。青ヶ島さんとの思い出は大事な意味を持った。それを消すということは、僕の出した答えを否定することになる。

「いいか凪沙。今度は君が選ぶ番だ。本当に僕の記憶を、消すべきだと思うか？　僕は思わない。全部含めて、初めて僕らは乗り越えられたんだから」

凪沙。こうして僕らは、ぶつかっていこう。譲れないものを譲らないまま、互いを愛していこう。

凪沙は大きく口を開けて、ぽかんとしている。だがすぐに僕の要求を理解して。呆れたように繋いだ手を離した。

「……ほんとに、まったく、困った先輩ですね。ずるいですよ。そうやって、妥協なんかしないで、全部手に入れようとするの。ずるいです」

「だから言っただろ。最低な答えだって」

非難の言葉とは裏腹に、凪沙はスッキリとしたような笑顔になっていた。

「はーあ。なんでこんな面倒な人、好きになっちゃったんですかね、私は。……わかったですよ。今回は私の負けです、最低な傑先輩っ！」

そうして凪沙は自分のスタンプブックを開いて、青ヶ島さんに突き出す。凪沙がまず僕の思い出を手に入れて、僕が凪沙の思い出を手に入れて、交換する。それが手順だ。

「だから、青ヶ島先輩との思い出を忘れなくてもいいです。いいえ、忘れないでください。この瞬間を、永遠に繋いでいくために、です」

彼女の手は、何故か震えていた。

それで僕は、気付く。

いつだってそうだ。気付くのが遅いんだよ。

ああ、僕はまた、選択を間違えた。

だから、身体が勝手に動いた。

なんだよ、白瀬傑。出来るじゃないか。ちゃんとすぐ、直せたじゃないか。

僕は凪沙のスタンプブックを手の甲で隠して、二つ目のスタンプを身体に受け止める。

「凪沙。やっぱり駄目だ！　君には――こんな役、頼めない。この思い出を、僕の代わりに回収してくれなんて、言えない。言っていいわけがなかった」

凪沙が僕と青ヶ島さんの思い出を見せられて、どう感じる？　だって秋草優陽（あきくさゆうひ）は、あんなにつらそうだったじゃないか。

僕と青ヶ島さんの間にあった時間は、まだ短いけど。恋人同士でもなかったけれど。

それでも、あんな思いを、ほんの少しだって凪沙にさせるくらいなら。

僕は思い出なんていらない。主義だって、いくらでも曲げてやる。

そんな自分の反応に自分自身でも驚きながら、なんだよ、結局それが僕の本音かよ、と何故か可笑（おか）しく感じながら。僕は凪沙に語りかける。

「違う方法を考えよう凪沙。まだ時間はある。だから――」

凪沙は僕の手をどけて、ふるふると首を横に振る。

「それこそ違うですよ、傑先輩。私を、信じてください。私にも、背負わせてくださいです。傑先輩の大事なものを」

もう凪沙は、覚悟を決めていた。君はそうやって、どんどん強くなっていく。変わっていく。彼女はもう僕の知っている凪沙ではなくて、だから僕は、更に彼女のことが好きになる。

「それとも、私に見せられないようなことでもしてたんですか？」

「それはしてない、と思うけど、多分。……どうなんだ？」

青ケ島さんに尋ねると、彼女は「さあ、覚えていないから」と意地悪く肩を竦めた。

「私のことはいいですから。傑先輩は、私の方の思い出を取りに行ってください。あの野球部の出し物、ほんとは大の苦手なので、傑先輩にしか頼めないんです」

凪沙は僕に、明るく気丈に手を振った。僕は迷って、同じように振り返す。それでも心配で表情を歪めたままの僕を励まそうと、凪沙は言葉を続けた。

「大丈夫ですよ。私は傑先輩のためなら、なんだってできるですから。そうして私の想いが、傑先輩の想いより強いってことを示すんです。これで勝負は一歩リード、ですね！」

――最終的に、相手を想う気持ちの強い方が勝ち。

そんなゲームをこれから一生、僕は凪沙と、続けていきたい。

＊＊＊

キョロキョロと見回す低い視点。それは凪沙のものだ。一年前の校舎の様子は、今と少しも変わらない。名物の風船も、同じように至るところで風に揺れている。

凪沙がパンフレットの地図を右に左に傾ける。しまいには首も左に右に傾けて、身体をぐるりと一回転。「ふ〜む」と呟いて、結論づける。

「さては私、迷子ですね？」

鞄からスマホを取り出す。通知はないが、メッセージアプリを開く。美凪からは『はぐれちゃった？　三年D組にいるよ！』のメッセージが五分前に来ている。だが凪沙は、その場所が分からないのだろう。

「……どうしたの？」

そんな凪沙に声を掛けたのは――青ヶ島悠乃だった。

「あ。あのですね、迷子になっちゃいまして。三年D組って、どこにあるですか？」

「それなら、そこの校舎を――」

青ヶ島さんは目の前の校舎の二階を指差す。凪沙は随分と近くで迷子になっていた。

「ついてきて」

だからだろう。口頭での説明では不十分な可能性を考慮し、青ヶ島さんは優しく凪沙の手を取った。引っ張るように先導するが、そこに会話は生まれない。なんとなく気まずい空気が流れる。それを破ったのは凪沙の方だった。

「あ、あの。すごく美人さんですね」

青ヶ島さんがピタリと足を止める。僅かに凪沙の方を振り向くと、無表情で答えた。

「……よく言われる。でも、嬉しくはない」

「え、あ……ごめんなさいです」

「謝る必要はない。他意はなかった」

　本当に、怒っているわけではないのだろう。でも現在の青ヶ島さんよりも言動がぶっきらぼうだ。凪沙が萎縮してしまったことに気付いたのか、今度は彼女の方から切り出す。

「中学生？　ここ、志望しているの？」

「あ、はい。中三です。でもそんな、志望校だなんて、畏れ多いです！　お姉ちゃんの付き添いで遊びにきただけで、私は勉強とか苦手で、とてもじゃないけど、そんな」

「……そう」

　まさかの一言で会話が終了。無言で階段を上っていく。三年の教室は二階で、しかもD組は手前側にある。あっという間に案内も終わり、青ヶ島さんが教室のプレートを指差す。

「ついた。ここ」

「あ、ありがとうございました！」

　緊張が解けないまま、ぺこりと凪沙がお辞儀する。そのまま教室に入ろうとすると、カバンの紐を青ヶ島さんが「待って」と掴んだ。身体が引っ張られ、凪沙は驚いて振り向く。

「……へ？　あ、あの？」

「ごめんなさい。わたし、色々あって、人と関わるのが苦手で」

　青ヶ島さんは定まらない目線のまま、サイドに結んだリボンを押さえる。

「でも、ここはいい学校、だから。わたしにも、心から信じられる親友ができた」

その手を今度は、自分の胸元へと持ってくる。目線はやや俯き加減に固定され。

「そんな素敵な出会いが、あなたにもきっとある。つまり……その、うちに来るといい」

そして、ばっちりと目が合う。その瞳からは不器用な優しさがとても伝わってきて。だけど作り笑いの一つもない。だからこそ、凪沙の心に響くものがあったのだろう。

「そう、……ですね。あなたみたいな人がいるなら、入ってみたい、です。……だから、先輩。私が入学できたら、仲良くしてくれるですか？」

「……！　楽しみ。……待ってる、から」

青ヶ島さんが小さく控えめに、腰の高さで手を振って、凪沙はそれに、全力全開で大きく振り返した。


思い出を回収したら、四階の渡り廊下で落ち合うと決めていた。今はステージが大盛り上がりしているようで、屋内はやや空いている。

「傑先輩っ！」

必要以上に大きな声が廊下に響く。彼女の目は、泣き腫らしたように赤くなっていた。

「……凪沙」

「傑先輩の、浮気者、ですっ！」

もう一度叫ぶと、ダッシュで向かってくる。凪沙は僕に「わあああん！」と中腰で抱きついて、思いっきり顔をこすりつける。

「傑先輩っ！　なんですかアレ。青ヶ島先輩とあんなに、あんなにイチャついてっ！　許せないですっ！　あんなのもうほぼ浮気ですよっ！」

「落ち着いてくれ。たぶん期間は被ってないですからねそれ！」

というか、ぜんっぜん弁明になってないそこまで言うほどのことがあったのだろうか。だって、付き合う前の男女だぞ。イチャついたと言ったって、たかが知れているはずだ。

「え、いや、僕、なにしてたんだよ」

「目を合わせて微笑んで、手が触れ合って、ちょっと照れてたです。いい感じの雰囲気で、キスとかしてもおかしくなかったです」

「……それは、ごめん。でも君も、青ヶ島さんと手を繋いでた」

「え。まさか、え、……ほんと、ですか？」

凪沙がガバッと顔を上げる。動揺で瞳孔が揺れていた。

「本当だよ。君は青ヶ島悠乃に憧れて、この学校に来たんだ」

「そんな。だとしたら、私ずっと、なんてことを……」

凪沙の辛そうな表情を見て、僕は気付く。凪沙が感じていた痛みは、嫉妬だけじゃなかったんだ。

「入学出来たら、仲良くしようって約束してた」

たぶん凪沙はずっと、その約束を果たそうとしていた。だけど引っ込み思案な凪沙はずっと青ヶ島さんに近づけず——極めつきに、僕を挟んで争う関係になってしまった。

それが凄く、嫌だったのだろう。

「そんな、今更、無理に決まってるじゃないですか。私……泣いちゃったんですよ。あの人の前で。青ヶ島先輩の方が絶対、悲しかったのにですよ」

「……大丈夫だよ。きっと仲良くなれる」

凪沙の頭をわしゃわしゃと撫でてみる。美凪によくやられたやり方で。

「ちょっ、なんですか、撫ですぎですよっ！」

凪沙は反発するように、ぴん、とリボンの先まで背を伸ばして、僕にクレームをつける。

「あ。……もしかして、青ヶ島先輩に嫉妬したですか？」

「なんでそうなるんだ。しなかったよ」

あんな不器用な会話に嫉妬するわけがない。だけど。

「あれが僕だったら良かったな、って、ちょっとだけ思った」

僕を追いかけて凪沙がこの高校を目指してくれたなら。苦手な勉強を頑張ってくれたなら。僕はきっとその姿に、心打たれただろう。

あり得ない世界に思いを馳せながら、僕らはしばらく抱き締め合っていた。周りからの視線が痛かったが、全く気にならなかった。

＊＊＊

十六時四十五分。ドタバタした芙蓉祭も、あと十五分でいよいよ終わりだ。

ゲーム終了の時が迫る。だけど僕も凪沙も、全ての思い出を取り戻すことができた。

万事が上手くいって、僕はホッとしていた。日常を取り戻して、思い出を取り戻して、地に足を着けて、あとは——そう。凪沙に改めて、告白するだけだ。

好きだとか愛だとか散々言った後だけど、ちゃんと、付き合ってくれと伝えたい。

そのタイミングももう、決めている。後夜祭の花火を見ながらだ。

別に、特等席じゃなくたっていい。僕にとっての特等席は凪沙の隣だ。凪沙もそう思ってくれるなら、とても嬉しい。

「凪沙、ちょっといいか」

一生懸命ボールを投げる凪沙に、僕は横から声を掛ける。さっきから何球と投げて、いよいよ最後の一球なのだが、一発も的に当たっていない。あんなに大きなボードなのに不思議なものだ。

「なんですか傑先輩。アドバイスなら遅いですよ！」

「はは、確かにそうだな、ごめん。でも、二枚抜きを狙ってこう。ほら、もっと肩の力を抜いて。指先で狙うんじゃなくて、身体全体を使って狙うんだ」

凪沙は半信半疑で僕の指示通り、右腕を振り抜く。すると——見事、同時に二枚のボードにボールを当てた。

「あ。やった！　やったですよ！」

「凄いじゃないか。これでなんとかスタンプゲットだ」

そういえば、青ヶ島さんはもうスタンプを押したのだろうか。僕との記憶は取り戻せただろうか。もしそうならば、これで凪沙が最後のスタンプを押せば、混迷を極めたリメンバーラリーも、もう終わる。

「ほら、こっちに来てください、傑先輩。二人で一緒に握って押すですよ、ほらほら！」

僕を手招きする凪沙の笑顔を見て、僕は確信する。

やっぱり僕は、君が好きだ。

もちろん、この先もずっと彼女といられるなんて保証はどこにもない。だからこそ。僕らは本気で想いをぶつけ合うんだ、これからもずっと。喧嘩だってたくさんしよう。その分だけ、彼女を強く抱き締めよう。

野球部感溢れる丸刈りの少年からスタンプを借り受け、僕らは手を重ねて、凪沙のスタンプブックに強く、消えないように、誓うように、押印をする。恐らく、これでゲームは終わるはずだ。そういえば、ゲームが終わったらどうなるんだろう。結果発表やら、色々とあるはずだが……クピドがまた現れて、呼び出しでも受けるのだろうか。

そんな疑問が浮かんだ瞬間、ポケットが長い周期で震えた。電話だ。

こんなタイミングで、誰からだろう。あるいは、これがゲーム終了の呼び出しか。

スマホを取り出すと、着信元は──玄岩愛華。

『──ねえ白瀬。お願い、助けてよ』

電話を取った瞬間に鼓膜に届いたのは、憔悴しきった声。彼女が何を言っているのか、僕はすぐには飲み込めなかった。

「助けてって、どういうことだよ。状況が分からない」

『悠乃が、悠乃が、最後のスタンプを持って、屋上に行ったって──』

「はぁ⁉」

バッと屋上の方を見上げれば──確かにそこには、フェンス越しに中庭を眺める青ケ島さんの姿があった。そして奇跡のように、或いは運命が巡り合わせたように、僕らの目がばっちり合った。

青ヶ島悠乃は、笑った気がした。

手元には何かを握り込んでいる、ように見えた。分からない。でも、それはきっと玄岩の言ったとおり、僕との思い出が込められた最後のスタンプだ。

ゲームが終わっていないということは、彼女は手元のスタンプをまだ押していないということだ。それは理解した。だけど、屋上に行ったのは……いったい何故か。

『悠乃、スタンプを投げ捨てるつもりみたい！』

なんで、そうなるんだよ。だって君は、絶対に忘れたくないって、言ってたじゃないか。

「青ヶ島さんっ!!」

叫んだって、こんな喧噪を突き抜けて天高くまで聞こえるわけがない。

「玄岩。今、屋上に向かってるんだよな？」

『もちろんでしょっ！　でも、間に合わないよ！』

どうすればいい？　どうすれば青ヶ島さんを止められる？

僕の背中を押してくれた玄岩愛華のために。僕はどうしたらいい？

「青ヶ島さん、待ってくれ!!」

叫んだって届かない。周りの視線だけを集めて、肝心の人物はもうこちらに目を向けない。瞬間、強い風が吹く。同時に屋上から、紙吹雪が乱れ舞う。

……なんだ？　目をこらしても、それが何かは見えない。

はらはらとばら撒かれた紙片を目で追いながら、考える。そうだ、彼女がスタンプを投げるならば、その落下点を見極めればいい。そうすれば拾いに行って、なんとか彼女を説得する道だってあるかもしれない。今この場所で、僕に出来ることは、それだけだ。

「傑先輩！」

凪沙が僕の名前を呼ぶ。僕ならば何かが出来るという、期待に満ち満ちた眼差しで。

……ああ、そうだよな。

それは最善じゃない。僕は、僕にしか出来ないことをやらなきゃいけない。僕は会場を見回す。どうすればいい？　青ケ島さんを止めるには。彼女の記憶を殺させないためには。

ぐるぐると思考回路を巡らせ——答えに繋がる糸を、僕は見つける。

こんなことで、止められるのか？

確証は全くない。それでも思いついたなら、あとはもうその糸を切るしかない。

僕はスマートフォンを取り出し、履歴からすぐに電話を掛ける。頼む、繋がってくれ。

コール音を鼓膜に響かせながら、僕は凪沙をちらりと見る。

「もしもスタンプが投げられたら、絶対に目を離すなよ」

凪沙が頷き終えるまでの間に、電話の向こうの人物と回線が繋がった。

＊Appendix　――彼女の別解

くすねたスタンプを握り締めて、階段を上る。屋上の手前には、朱鷺羽美凪（ときわみなぎ）がいた。

白瀬（しらせ）くんの、昔の恋人だ。

少ししか話したことがないけれど、よく知りもしないけれど、わたしはこの人が苦手だ。

なんでも見透かすような目で、今だってわたしの前に立ちはだかる。

「こんにちは。青ヶ島悠乃（ゆの）さん」

「……どうして、ここに？」

「ん？　まあ、私ってそういうとこあるからさ。すぐ最悪の状況を想定しちゃうんだよ」

苦笑しながら、朱鷺羽美凪は屋上の扉にもたれかかる。

「なら、わたしを待っていたの？」

「そういうこと。で、やっぱり僕に泣かされちゃった？　ほんっと、ひどいよねアイツ」

「……泣いて、ない」

そう、泣いたのはわたしじゃない。

あんなもの見せられたら、わたしはもう、諦めるしかない。

――あの、青ヶ島先輩。ごめんなさいです。

──なんか、色んな気持ちが、ごちゃまぜで、私。私は、青ヶ島先輩の前でだけは、泣いちゃいけないのに。

朱鷺羽凪沙は、わたしと白瀬くんの記憶を見て、涙を流した。

わたしへの嫉妬と、共感と、同情と、罪悪感と。強い想いに光が反射して、その涙はとても輝いて見えた。

わたしだってきっと、同じように泣ける。

それでもわたしは、あの子に。

心の底から、幸せになって欲しいと思ってしまった。

あの子はもう、思い出した頃だろうか。

でもわたしはあの子と、本当は、仲良くなりたかった。

わたしはあの子にとって、白瀬くんにとって、やっぱり邪魔だから。

だから、ごめんね、わたし。変わろうと頑張った、わたし。

「わたしはただ、忘れることにしただけ」

「そうだね。忘れた方がいいと思うよ」

朱鷺羽美凪は、表情も変えずに答えた。想像した返答とは違ったから、わたしはつい、怪訝に眉をひそめてしまう。

「意外？　止めると思った？　実は私自身はさ、ああいう綺麗事、あんまり好きじゃないんだよね。もちろん傑が貫く分には、カッコいいって思うけど。そういうとこ、価値観は合わなかった。だから傑とは上手くいかなかった」

やれやれ、と言わんばかりに肩を竦める。でも何かを思い直したようで、「あー」と人差し指をくるくるしながら、言葉を探している。

「今のは違うかな。うん、そう。順接じゃない。傑と上手くいかなかったのは、もっと根本的な問題だね」

扉の横にある使われていないロッカーを、朱鷺羽美凪はこんこんとノックする。どうしてこの人は今、こんなに楽しそうに、気持ちよさそうに喋っているのだろう。

本当に、わからない人だ。

「つまり私達は、いつの間にか互いを愛することをやめちゃったんだよ。それで段々ずれていって、ある日、見つけちゃったんだ。上手くいかない理由ってやつを。それって全然、本質じゃないのにね」

朱鷺羽美凪は名残惜しそうにロッカーを撫でながら語ると、ゆっくりと、数段ほど下に佇むわたしに近付いてきた。

彼女の言っていることは、白瀬くんがさっき出した結論に、少し似ていた。

「正直なところ、言うね」

一段一段、もったいつけながら歩を進め、彼女はやがてわたしの一段上まで下りてくる。

「青ヶ島さん。私はさ、ちょっと話した印象でだけど、君は傑とすごく相性がいいと思う。凪沙よりもよっぽど。というか、あの二人は、私以上に合わないよ。どっちも頑固で、傑は素直じゃないし、凪沙は色々抱え込むし」

この人はつまり、何が言いたいのだろうか。わたしを励ましているのか、諦めさせようとしているのか。まったく目的が見えない。

「でも、愛って、そういうことじゃないんだと思う」

「なら、どういうことなの」

彼女の中に答えはありそうだった。それが白瀬くんの話と同じかどうかは分からない。けれどどうやらそれを、わたしに教えてくれる気はないようで。あるいはどこか、恥ずかしがっているようで。

「敢えて傑に言わせるなら——それを二人で見つける過程が大事なんだよ」

「どうして肝心なところを、敢えて白瀬くんに言わせるの……？」

わたしが見せた困り顔を、朱鷺羽美凪は「あははっ」と笑う。わたしもつられて「ふふっ」と笑ってしまう。ひとしきり、互いの肩をたたき合って。

「だから——君にもいつか、現れるといいね。青ヶ島悠乃さん」

朱鷺羽美凪は優しく微笑んで、わたしに右手を差し出した。

わたしはそれを、躊躇いがちに握り返す。

「それじゃあ、元気でね。またいつか、会おうよ。私、君のこと気に入ったから」

そして彼女は手を振って、わたしを見送った。わたしは彼女を背に、階段を上りきる。

いったい、なんだったんだろう。

最悪な状況の想定と言っていたけれど、わたしが身でも投げるとでも思ったのだろうか。だとするなら、なんて悲観的な性格なのだろう。

けれど、当たっている。そう、これは一種の身投げ。

忘れるだけなら、スタンプをただ押さないだけでいい。それでもわたしは、恋に破れたわたしをスタンプに閉じ込めて、わざわざ投げ捨てようとしているのだから。

屋上の鍵は閉まっている。わたしは躊躇うことなく手元の鍵で解錠して、足を踏み入れる。すたすたと進んで、中庭側のフェンスに指を掛けた。

これが、最後だ。

最後に彼の顔を見られたなら。きっとわたしは幸せになれる。もっと素敵な人に出逢えたる。

恋が終わる前の願掛け。

チラリと覗いて、わたしはすぐに、息を呑んだ。

白瀬くんがこちらを見ていて、目が合った。

嘘。そんな奇跡、起きていいの？

わたしは誰にも見せない満面の笑みで、抱えていた日記を、一枚一枚、丁寧に、ビリビリに破る。紙片をぱっと空に投げたら、まるで待っていたかのように、風が攫(さら)ってくれた。

そうして、あとは。スタンプを握り直して、投げ捨てるだけだ。深呼吸して、空を見上げる。フェンスは高いけど、たぶん、大丈夫。目標は――よし、あの小さな雲にしよう。

振りかぶる前に、勢いよく扉が開く音がした。同時に、聞き慣れた親友の声が届いた。

「悠乃(ゆの)ッ！」

わたしは少し驚いた。焦った声は、わたしがこれからすることを知っているようだった。

でもわたしは振り向かない。愛華(あいか)のことを見たら、きっとわたしは、迷ってしまう。

投擲(とうてき)の構えで、遠くの雲を見つめる。どこまでも飛んでいけ。

「さようなら。――わたしの、初恋」

右腕を振り抜こうとして、でも寸前で、止まる。

目標だったあの雲が、ふいに見えなくなって、何が起きているか分からなかったから。

信じられない光景に目を奪われているうちに、後ろから、愛華に抱き締められる。

なんで。

どうして。

わたしの視界に、目の前の青空に。それは一斉に現れた。

風船だ。

たくさんの風船が、ぞろぞろと押し寄せて、わたしたちの目の前を通過していく。

緑色に、橙色。それから、青色。赤色。白色。色とりどりの風船が、我先にと空へと昇っていく。

「こんなの、おかしい」

芙蓉祭が終わると同時に、風船を切り放す。そういう予定だった。時間にはまだ早い。なのにどうして。あの冬木会長が、間違えた？

地上からは拍手喝采が響き渡る。まるで誰かの恋の成就を祝うように。

空を見上げれば、小さくなっていくカラフルな風船は、まるで——飴玉のようだった。

「——乃？　ねえ、聞こえてる？　悠乃！」

愛華はずっと、何か喋っていたみたいだ。でもわたしは、風船に夢中で気付かなかった。

わたしは小さく、頷いた。愛華の演奏を聴いてから、まだわたしは、愛華と顔を合わせていない。どんな風に接したらいいか、わからなくって。今も、わからない。

「……悠乃。先に言っとく。今のあたしは、九十九パーセント、親友としての玄岩愛華。だから、くだらない下心とか、そういうの、全部ナシに言うね」

残りの一パーセントは違うんだ。なんて笑いそうになりながら、わたしはまだ、空を眺め続けている。風船がもうすぐ、見えなくなる。あの風船はどこに行ってしまうのだろうか。考えるまでもない。もれなく萎んで落ちていく。それか割れてしまう。

「ねえ、悠乃。――バッカじゃないの!?」

大きな声に驚いて、わたしの肩が跳ねる。抱き締められる力が、強くなる。

「実らなかった初恋なんて、いつかどうせ忘れることになるんだから、急いで忘れなくたっていいじゃん！」

そういう問題じゃない。愛華はぜんぜん、分かっていない。

分かっていないのに、どうしてその言葉は、わたしの胸に染みこんでいくのだろう。

「悠乃。あんたは、とっても綺麗だよ。そんでもって可愛い。しかも頭も良くて、努力も出来る。あんなのよりよっぽどいい男を、これから何人だって捕まえられる」

ねえ。なんで、愛華が泣いているの。わたしを差しおいて。

ぜんぜん、違う。

それなのに、愛華がわたしにぶつける気持ちは、わたしの心を包み込んでしまう。なにもかもを和らげてくれる。

「だから――」

ずっと同じ体勢のはずなのに。愛華の声が、より一層、近くなる。

「お願いだから。悠乃は、悠乃のままでいてよ」

わたしはそっと、愛華の細い指に触れる。愛華の指は、こんな形だったっけ。

不思議だった。

わたしは愛華のことを、知らない。愛華もわたしのことを、知らない。

必要がないと思っていたから。居心地のよい関係のことを、親友だと定義したから。

だけど今は、違う。

わたしは愛華のことを、知りたい。愛華にわたしのことを、知られたい。

「ねえ、愛華」

「なに、悠乃」

こうやって優しい声色で返事をしてくれることが、嬉しい。

「わたしの前から、いなくならないでほしい」

「そうじゃないでしょ」

わたしの気持ちを読み解いてくれるのが、嬉しい。

「これからもずっと、一緒にいて欲しい」

心のままに、言葉を紡いだ。その意味を、わたしもまだ理解できないけれど。

「バッカじゃないの。……そんなの、当たり前じゃん」

愛華の答えは、とてもあたたかかった。

（5）花火が消えるまでの時間を予測せよ。

「すごい、すごいです。風船がどんどん飛んでいって、素敵ですね」

「ああ、そうだな」

　高い空へと放たれた無数の風船群を見上げ、人々は一斉に拍手をした。ぱちぱちと火花が散るような音に包まれながら、僕は繋がったままの電話口に謝罪を告げる。

「すみませんでした、冬木会長」

　青ヶ島さんはスタンプを投げようとして、でも、やめた。彼女の心中で何が渦巻いているのかまでは分からない。だが、ひとまず状況は落ち着いたように見えた。

「なあに。たかだか十分程度早まっただけだ。こんなの誤差に過ぎない」

　――冬木会長、お願いします。風船を飛ばしてください！

　僕が会長に頼んだのは、風船の切り離しの合図を早めることだった。会長は理由も聞かず、僕の切羽詰まった声にただ「わかった」と答え、すぐに切り離し部隊へ連絡を入れてくれた。予定よりも早い合図に躊躇する委員もいたが、僕が「大丈夫です、切ってください！」と呼び掛けて、なんとか作戦は成功した。

「冬木会長。本当にありがとうございます。事情も説明せずにすみません。実は――」

「いいや、皆まで言わずともいい。君は特命委員としての仕事を全うしただけだろう？

それに、言ったはずだ。私は生徒会長。常に――生徒の味方なのだから」

僕は会議室の方向へ深く頭を下げる。顔を上げると、屋上では青ヶ島さんの背中に、玄岩が覆い被さっていた。あの様子なら、もう大丈夫だろう。

「凪沙、行こう」

僕は凪沙の手を引いて、人混みを縫うように校舎へと向かう。

「へ、あ。お二人の様子を見に行くんですか？」

「それもあるけど、多分、もうすぐゲームが終わる」

屋上に集合とは言われていないが、あの天使から呼び出しをくらうのも癪だ。

「やっほ、傑に凪沙。二人ともスタンプ、ちゃんと集められた？」

階段を上りきると、屋上の扉の前には美凪がいた。自慢するようにスタンプブックを開いて、六つ揃った印影を見せびらかしてくる。

「残念ながら、集められなかったよ」

「えー、傑ってスタンプラリー下手だったんだね。凪沙は？」

スタンプラリーに上手も下手もあるか。

「私はギリギリ。というか傑先輩、スタンプは集められなくても、思い出はちゃんと回収できたって言わないとですよ」

「……あー、まあ、そういうわけだから、安心してくれ、美凪」

「あっはは、最初から心配してないって」

美凪は顔の前で、煽ぐように手を振る。どっちの意味かは敢えて聞かずにおこう。

「それより一人か？　優陽はどうしたんだよ」

「俺ならここにいるぜ――っとと」

くぐもった声の後に、がちゃり。美凪が寄りかかるロッカーの扉がひとりでに開いて、優陽が足をふらつかせながら現れた。

「いや、なんでわざわざ隠れてるんだよ。サプライズか？」

「あん？　こっちにも色々事情があんだよ。で、俺なんで隠れてたんだ？」

「んー、サシで青ヶ島さんと話したかったから、かな。どんな話してるか、聞こえた？」

優陽は素直にこくりと頷く。美凪は「えらいえらい」と頭をぽんと叩いた。

「え？　美凪、青ヶ島さんと話したのか？」

「ああうん。あの二人なら無事だよ。なんか、仲直りできたみたい。よかったね」

「もしかして、玄岩に連絡したのも君か」

玄岩の電話で引っかかったのが、青ヶ島さんの行方の情報源がどこか、という部分だった。気にしている余裕もなかったが、なるほど、美凪が暗躍していたなら全て納得がいく。

「そうだよ。バンドの時に連絡先交換しててよかった。いい采配だったでしょ？」

美凪はしたり顔でサムズアップする。

「それなら、君が止めてくれれば早かったと思うんだが」

「私はほら、別に止める義理もないからね。そういう綺麗なやつは君達の役割でしょ。というか私が止めたって、なんなら君が止めたって聞かなかったよ、あの子」

それもそうだが……ほぼ部外者の癖に、状況判断が出来すぎていて怖い。本当に美凪には敵う気がしない。絶対に敵には回したくない。つまり今後は偉大なる義姉として敬っていかなければならない。とりあえずお中元とお歳暮は欠かさないようにしよう。

「とっても良い子だね、青ヶ島悠乃さん。気に入ったよ。弟子に取りたいくらい」

「何を教える気だよ……」

相変わらずの適当発言に呆れていると、ぴんぽんぱんぽん、と尻上がりなジングルが流れ、冬木会長による校内放送が始まった。腕時計を見ればちょうど十七時。芙蓉祭の終了と、十五分後の後夜祭の開始予告がアナウンスされた。

「つーか白瀬、お前実行委員なんだろ、後夜祭の運営とかあるんじゃねーの、早く行けよ」

優陽が不満げに僕を指差す。この少年、僕を追い払う気満々だな。

「あいにく、僕も青ヶ島さんも後夜祭での仕事は割り振られてない」

ただし僕は終了後の撤収作業を命じられている。後夜祭の運営の方がよっぽど楽だ。

「ほらほら、傑先輩、お姉ちゃんも優陽君も、行くですよ！」

凪沙が僕に腕を絡ませ、強引に引っ張っていく。屋上の扉を開けば、フェンスの側にいた青ヶ島さんと玄岩がこちらを振り向いた。玄岩の目からは涙が流れていて、青ヶ島さんは全部埋まったスタンプブックをこちらに見せた。

「げっ、なんで泣いてんだよお前」

優陽が即座に空気の読めない発言をかました。そこは普通、触れないところだろ。

「は？　うっさいガキ。女子高生には泣きたい夜だってあんの」

「愛華。今はまだ、夕方」

「わ、分かってるし！」

玄岩はガシガシと涙を手の甲で拭いた。ちゃんと仲直りできたのだろう。僕は凪沙と無言で目を合わせて、微笑み合う。本当に良かった。

そんな平和なワンシーンに、不穏な因子が一つ。回転しながら空から降り立つ天使だ。

「おやおや皆さん、お揃いのようですね。集合場所はお伝えしていなかったのに、優秀なことで。えー、制限時間終了間際でしたが、見事五人の方がコースをクリアしたため、これにてゲームは終了です。それではお待ちかねの結果を発表します！」

すこぶる元気よく、クピドは両腕を天空に掲げた。

「さてさて、まずは気になる敗者は――白瀬傑さんです！　結果はスタンプ五つ。いやあ、残念でしたね。ちょっと難しすぎましたか？」

クピドがぴょんぴょんと寄ってきて、宙に浮いて僕の口元にマイクを向けた。天使に煽られるというのはなかなか貴重な経験だ。

「……まあ、そうだな。難しくはあった」

スタンプラリーがというより、それに付随する問答がだけど。

「そして勝者は――残りの皆さんです！　はい拍手！」

しかしクピドの指示した拍手は、起こらない。クピドは焦ったようにしばしキョロキョロ見回した後に、自分でぱちぱちと拍手を済ませた。

「……いやはや、もう皆さんお疲れですかね。まあいいでしょう。これからお待ちかねの賞品をお配りしますからね。じゃーん！」

クピドが右手の指を鳴らすと、いつの間にか左手に紙切れが五枚掴まれていた。

「こちらが後夜祭のプラチナチケットです。これを実行委員に見せれば、特等席に案内してもらえますよ！　そしてこのチケットの半券を千切って、特定の人物に提示することで――相手の本音を聞き出すことが出来ます！　すごいですねえ！」

クピドはニッコリと笑みを浮かべながら興奮気味に何度も跳ねる。

「それでは勝者の皆さん、チケットを取りに来てください！　あ、ちゃんと人数分ありますから、慌てず、列を作ってくださいね？」

クピドが笑顔で呼び掛ける。

しかし——僕らは誰も、動かなかった。

凪沙は僕の手をしっかり握って、離さない。青ヶ島さんも、玄岩と目を見合わせて、首を横に振るだけ。優陽は一歩踏み出そうとして、でも、やめる。美凪はこのだだ滑りな状況をくすくすと笑っていた。

「へ？　は？　あの……？」

クピドはきょとんとして、再び僕らのことを落ち着かない様子で見回す。

「い、いいんですか？　想い人の気持ちを、或いは自分の気持ちを、確かめたくはないのですか？　だってあなた方は、そのために参加したのでしょう？」

額に汗を浮かべた天使の問いに答えるために、凪沙が一歩、前に出る。

「はい。確かにはじめは、そうでした。でも私はもう、そんな力に頼らなくても、傑先輩のことを信じられるですから」

「……俺も、美凪さんのことを信じられる」

「だってさ、傑。君がみんなを変えたんだよ。ほら、もっと偉そうにしなよ」

「するかよ」

美凪が最後に余計な一言を添えて、良い雰囲気を台無しにする。

「そうですか、そうですか。いやあ、みなさん、本当に面白いですね」

溜息を吐いたクピドは、一瞬だけ、嬉しそうな表情を浮かべた。それは僕がはじめにクピドの提案を断ったときと、同じような表情に見えた。

「クピド。僕との約束、覚えてるな？　これでもう、僕らの前には二度と現れないんだろ」

「ええ。私は天使ですから、約束はしっかりと守ります。充分、面白いデータも採れましたからね」

クピドは足元で二度ぴょんぴょんと跳ねた後、宙に浮いて、僕と目線を合わせた。そうしてニッと、お家芸の嫌味な作り笑いを浮かべた。

「——もちろん、あなた達が喚んだ時は、その限りではありませんが」

「いいや、クピド。僕らにはもう、君のゲームは必要ない」

愛憎混ざり合った感情を込めながら、僕は即座に言い切る。

最初から必要がなかった、なんて言うつもりはない。僕らはこのゲームを通して、それぞれ大切なことに気付けた。確かに意味があったと、皆が思っているだろう。

それでも二度と、こんなふざけたゲームは、開催されるべきじゃない。

「またまた強がっちゃって。ですが——そこまで言うのなら、私もこう返しましょう。あなたが最後に辿り着く『結果』を、我々はとても楽しみにしていますよ、白瀬傑さん」

「ああ。僕はこの愛を、永遠に続けさせてみせる」

クピドの意図は分からない。だけども多分、この答えが相応しいと思った。

フェードアウトしていく天使の姿を、僕らは無言で見守った。天使は最後まで、深いお辞儀を崩すことはなかった。

こうして本当に、ゲームが終わった。

参加者同士、積もる話もなくはなかった。だけど今はなんとなく、それぞれ得たものを噛みしめたい気持ちだったのだろう。名残惜しそうにしながらも、優陽と美凪、青ケ島さんと玄岩は後夜祭へ向かうため、屋上を去っていく。

扉がばたんと閉じる。僕はそれを見届けると、凪沙の瞳をじいっと見つめる。

「……行ったな、みんな」

「ふふっ、どうですかね。油断できないですよ？」

凪沙はてくてくと扉の方へ歩いて行き、再びがちゃりと開く。すぐに「もう、お姉ちゃん！」と美凪を追い払っていた。当たり前のように覗き見しようとするな。

「傑先輩っ、お待たせしたです」

「大丈夫なのか？　美凪のことだから、絶対あれじゃ帰らないぞ」

「そうですけど、優陽君がなんとかしてくれるです」

「あー、確かにそうか。ちゃんと美凪のストッパーとして立派に育ってくれるといいが」

秋草優陽の将来を嘱望しながら、僕は凪沙の手を握って、フェンスの方へと進む。

グラウンドに設置された後夜祭ステージの周りに、人だかりが出来ていく。

しばし、無言の時間が続いた。

気まずい時間じゃない。互いが隣にいることを、確かめ合う時間だ。そうして僕らは、待っていた。花火が打ち上がる瞬間を。次に僕らが交わす会話はもう決め打ちされていて、だからこの沈黙は、必要な過程だ。

ひゅるるる。一発目の花火が空に放たれる。大きな音を立てて爆発して、暗くなり始めた空にカラフルな火花が散った。

それが合図だ。

僕は凪沙の瞳を見つめて、彼女の両肩を包み込むように触れる。

「凪沙。僕は君が好きだ」

「ふふっ。それはもう、聞いたですよ」

「……だとしても、様式美ってものがあるだろ」

「私達に今更そんなもの、いらないですよ。型破りの傑先輩?」

すぐに次の花火が打ち上がる。本当に、彼女の言うとおりだ。僕らの恋は全然決まり切った道に沿っていなくて。過程のない恋から始まって、恋人候補と規定し合って、好きな人が二人いると開き直って、永遠に愛し合うことを約束した後に、こんな畏まって好きだなんて言ったって、今更だ。

僕らの問答を、次々と打ち上がる花火は待ってくれない。花火は全部で五十発。打ち尽くされた後、僕らの関係はどう変わっているのだろうか。

「それで傑先輩は、私にどうして欲しいんですか？」

赤いリボンを揺らしながら可愛(かわい)らしく訊(たず)ねる姿が、どこか美凪(みなぎ)に重なった。やっぱり人は、変わっていくのだ。刻一刻と。成長して、大人(おとな)になっていく。

「僕と、付き合って欲しい」

「いやです」

即答だった。

大空に散らばった七発目の花火のような、満面の笑みで。

「え、あ、えっと、凪沙……？」

流石(さすが)に動揺してしまう。そんな展開は、予想もしていなかった。

狼狽(うろた)える僕の隙を突いて、凪沙は僕を抱き締めた。そして「あははっ」と楽しそうに全体重を預けて、僕はバランスを崩して、二人してゴムチップの床の上に倒れる。

「傑先輩。覚えているですか。最初の約束」

寝転がった僕の視界には、僕に覆い被(かぶ)さる凪沙だけが映っている。それだけで充分だ。

「……僕はまた、君を好きになるよ。根拠のない、遠くの僕から引き継いだこの気持ちじゃなくて、今の僕自身が抱(いだ)いた気持ちで君に告白できるまで、待って欲しい」

一言一句違わず、僕は繰り返す。

「そうです。傑先輩の気持ちはすっごく伝わってるです。でもまだその気持ちが、本当にこの世界の傑先輩の気持ちかは、分からないですから。だからこれが――最終試験です。じっとしててくださいですよ？」

凪沙は僕の両耳を塞いで、躊躇いがちに目蓋を閉じた。カールした睫毛までもが可愛らしい。花火の音を聞きながら、僕も彼女の両耳を塞いで、目を閉じた。

その瞬間。僕らは世界から切り離された。空は見えない。花火も聞こえない。

僕らを結ぶのは、互いの耳に触れた体温と、感じる息づかいと心音だけ。それでも、目に見えない糸に引かれたように迷わずに。僕の唇に、凪沙の唇が重なった。一度だけでなく、二度、三度と、確かめるように繰り返す。

無音の空間で、その音だけが響き合って。脳が蕩けていく。

ああそうか――そうやって、試すのか。

拒否感はもう現れない。

それが今の僕の恋心が、過去の僕の恋心を越えたという、紛れもない証明だった。

凪沙が僕の耳から手を離して、僕らは目を開く。その瞬間、花火の音が空をつんざく。

僕の恋人候補は、真っ赤に上気した頬をそのままに、無邪気に微笑んだ。

「ふふっ、合格です。傑先輩は、ちゃんと私のことを好きです。好きで好きでしょうがな

くて、好きすぎて一秒だって離れたくないくらい好きです。だから傑先輩。私と、付き合ってください」

彼女の背景に飛び跳ねる花火は、もう何度目かは分からなくなってしまった。

「それ。……僕の提案と、一緒じゃないか」

僕は可笑しくて、凪沙の頬にそっと手を当てて揶揄う。もちろん凪沙の告白が、僕のした告白と一緒なわけがないと、知っているけれども。

「もう、何言ってるんですか！　結果は同じでも、過程が違うですよ。私の気持ちの方が、傑先輩の気持ちより大きいって自信があるです。だから、私から告白するんですっ！」

頬を膨らませる凪沙が、可愛らしくて仕方がない。

「でも僕は、君のことが好きで好きでしょうがなくて、好きすぎて一秒だって離れたくないくらい好きなんじゃないのか」

「だから……私の方がそれよりも、もっと、好きなんですよ」

語尾に近付くほどに小さくなる声は、それでも、空に響く轟音では消えなかった。

恥ずかしさの限界を突破した凪沙は、ぷいっと僕から顔を逸らして、体勢を変え、体育座りで空を見上げる。僕もその隣、肩がくっつくくらい近づいて、同じ姿勢で同じ角度に目線を向ける。

そして。

今までで一番、大きな花火が打ち上がった。

多分これが、最後の一発だ。

花火の花弁が自由落下で燃え尽き消えゆく。けれど僕らの想いは、決して消えない。

「それで、聞かせてください。傑先輩の答え。私と、付き合ってくれるんですか？　私の彼氏になって、旦那さんになって、たくさんの思い出を余すことなく抱きかかえて、一緒のお墓に入ってくれるんですか？」

体育座りのまま。凪沙はこてん、と僕の方に倒れ込む。

「だいぶ先まで申し込まれてるな」

「だって、そういう約束じゃないですか。永遠ってつまり、そういうことですよね？」

凪沙の瞳が、僕に問う。

僕はそれに、簡潔に答える。

「ああ、そのとおりだ」

それが僕らの目指す未来。そう決めたのならば、僕らに出来ることはたった一つだけ。

最も綺麗な過程でそこへ辿り着くことだ。

＊ Re:Introduction ——九月十五日（水）

それは突然の決定だった。

『九月十五日より、無許可での屋上への立入を禁じる。』

屋上の扉の張り紙が僕らを拒む。ノブを捻ってみるがしっかり施錠もされていたので、後頭部に右手をやりながら同行者達に振り向いた。

「うーん、予定が狂ったな」

「残念だったね。ま、もともとほとんど閉まってたからさ、屋上の鍵って。むしろ今年の夏だけじゃない？　開けっ放しになってたの。あたしよくこの踊り場でサボってたから」

「え、そうだったのか。てっきり当たり前に開放されてるものかと思ってた」

意外だった。僕が日常だと思っていたものは、実は偶然に切り取られた一瞬でしかなく、非日常だったのだ。そんな発見が面白くて、僕はふふっと笑う。

「え、なんで傑先輩笑ってるんですか。怖いです」

「屋上が駄目なら、そこの階段に座るのでも、わたしはいい」

青ヶ島さんの提案に、誰も反対する様子はなかった。僕らはなんとなく横並びになって、各々持ってきた昼食を膝に置いた。

「それじゃあ、自己紹介からいく？」

　一番端に座った玄岩が、反対側の端の僕を覗き込むようにして確認した。玄岩の隣で、青ヶ島さんが「いまさら？」と首を傾げた。

「まあ、確かに同じゲームをプレイした仲ではあるけどさ、でも――」

「そーそー。凪沙ちゃんはまだあたし達のことよく知らないでしょ？」

　僕の台詞を奪って、玄岩が得意げに人差し指を立てる。僕の隣では、焼きプリンを持った凪沙がこくこくと頷く。なんでこの子はデザートから食べてるんだ？

「あ、じゃあ私から。一年の朱鷺羽凪沙です。好きな食べ物は焼きプリンですっ！　それで、あの、傑先輩の……彼女を務めさせていただいてるです」

「なんで仕事みたいに言うんだよ」

　凪沙の隣で、青ヶ島さんは静かに「くすくす」と鼻を鳴らした。

「よろしく、朱鷺羽さん。わたしのこと、覚えている？」

「そりゃ覚えてるでしょ。あんたたちバチバチだったたじゃん」

　玄岩が青ヶ島さんの肩をつんつんと突く。青ヶ島さんはお返しと言わんばかりに、振り向いて玄岩のおでこをつん、と一発突いた。

「そうじゃ、なくて」

「も、もちろんですっ。青ヶ島先輩が案内してくれたから、私は今ここにいるんです。

ずっとずっと、こうして話したかったんです。だいぶ、遅くなっちゃったですけど。だから――私のことは、凪沙って呼んでください。悠乃先輩」

「わかった。凪沙」

　青ヶ島さんは優しく微笑んで、凪沙は大層嬉しそうに満面の笑みを浮かべた。

「んで、あたしは玄岩愛華。好きなのはゲームかな。『F　P　F』とかチョー得意だよ。あ、分かる？　ちょっと昔に流行ったマイナー格ゲーなんだけど――」

「え、ほんとですか！　お姉ちゃんが強いんですよ。今度うちに来てくださいです！」

「うっそ、マジ？　やー、あたし美凪さんともっと仲良くしたいんだよね！」

　偶然の一致に、凪沙も玄岩も、興奮気味に両足をばたつかせて盛り上がる。間に挟まれた青ヶ島さんが、スッと挙手する。

「わたしも、自己紹介。青ヶ島悠乃。好きな食べ物は和食全般。白瀬くんの元カノ」

「いや待て待て、おかしいだろ。いつ君と僕が付き合った？」

「冷静に考えたら、あの時期は、付き合っていたも同然」

　それはあまりにも謎理論すぎるが、青ヶ島さんはいつもの無表情で言い張る。

「だから白瀬くんはもう、過去の男」

「……まあ、君がそれでいいなら」

「そうそう、あんたは過去の男なんだからね！」

玄岩が青ヶ島さんの肩を抱いて、舌を出して僕を指差す。青ヶ島さんも一緒になって、玄岩の肩に腕を回して僕を指差した。

「というか……なんだか君達、前よりも距離が近くなってないか？」

「えー、そう？　ま、親友だしさ、むしろこれがフツーでしょ」

玄岩はなんだかわざとらしく、僕の指摘を否定する。だがその隣の青ヶ島さんが、ふるふると首を横に振った。

「し、親友じゃない。愛華は……その――大親友、だから」

青ヶ島さんは照れたように目を逸らして、顔を真っ赤にして、俯いた。

「え、そっちなんですか」

「そっちってどっちだよ」

「いや、傑先輩。だって私、てっきりお二人が、そういう仲になったのかと」

「そ、そうなの、悠乃!?　あたし達いつの間に!?」

凪沙の仮説に、玄岩の方が飛び上がりそうなくらい驚いた。慌てて青ヶ島さんは手を振って場を収めようとする。

「それは……違う。勘違いしないで、凪沙。愛華も」

僕らは沈黙して、互いに視線を巡らせる。言葉が足りないと思ったのだろう、青ヶ島さんは自分の胸に手を当てて、深呼吸をして、意を決して、唇を開く。

「この気持ちは恋じゃない。そんな、単純なものじゃない、から。定義なんて、出来ない。唯一確かな気持ちは——わたしは愛華と、ずっと一緒にいたいってこと、だけ」

「うん、そだね。それはもちろん、あたしもそうだよ」

人は変わっていく。変わらないものなんてない。変わらないものは偽物だ。

だけど永遠を願う気持ちだけは、本物だ。

「私も傑先輩とずっと一緒にいたいですよ」

「ああ、僕も。凪沙とずっと一緒にいたい」

そのためには伝えることが大事だと、僕は気付いた。でもきっと、それだけじゃまだ足りない。

僕らの未来には沢山の選択肢があって、乗り越えるべき運命があって。思うようにいかないことが、きっとどんどん増えていくだろう。

それでも凪沙と一緒ならば。凪沙が一緒に、願ってくれるのならば。

僕達は必ず、永遠の愛を証明できる。そう、信じている。

あとがき

かつび圭尚です。問一に引き続き、問二もお読みくださり誠にありがとうございます。本巻もたくさん悩みましたが、とても楽しく書き上げることができました！　読んでくださった皆様の心にほんの少しでも何か残るものがあれば幸いです。

あとがきから読む派の方は、これから読んでいただく際に何かしら心に刻んでおいていただけると前段のくだりがスムーズになるかと思いますのでよろしくお願いします。

というわけで、二巻でした。一巻が綺麗に終わったため、「次巻予告を見て驚いた」という方も多くいらっしゃったように思います。あそこから繋げる構想が応募時にどれだけあったかと問われれば、こう答えましょう。全くのゼロでした、と。

なので二巻の内容を考える際、はじめは「果たしてここから何を書けるのだろう」となかなかに頭を抱えました。奇跡を起こした二人の関係をまた掻き乱すことの是非。舞台設定上一巻の焼き直しになりかねないという危惧。そもそも新しいゲームが思いつかないアイディア不足。しかし色々と考えていくうちに「なんだ、まだまだみんな問題を抱えているじゃないか」と気付きました。

そうしてまたもや理屈を捏ね、「問一の続きでありながら、対となるような物語」をなんとなく意識しながら混ぜ合わせ、最後にいい感じにオープンで焼き上げ、このようなお話が出来上がった次第です。

　ふと振り返ってみると、この作品を思いついてから一年以上、傑と一緒に「過程と結果」それから「愛」について考えてきたようです。一巻では敢えて書かなかったことも二巻に込められましたので、そういう意味でも続きを書けて良かったです。ちなみに私はどちらかといえば結果を重視するタイプなのですが、白瀬傑という人間を描くことで、私自身の世界の見え方も些か変わったような気がします。これだから創作はやめられません。

　それではそろそろ、この場を借りて、謝辞を述べさせていただければと思います。

　担当編集様。今回もたくさん助けてくださりありがとうございます。まだまだ未熟者ですが、どんどん熟していきたいと思いますので、今後ともよろしくお願いいたします！

　みすみ様。今回も最高のイラストをありがとうございます！　いただくものがあまりに素敵すぎて、何度か呼吸が止まったかわかりません。

　また、本書の出版・販売に関わられた全ての方々に心から感謝を申し上げます。

　そして一巻をお読みくださった方、感想をくださった方、応援してくださった方々。執筆時の心の支えになりました。おかげで「七月は春です！」とか言い張らずに済みました。

　それではまたいつか、あなたとあとがきでお会いできますように！

かつび圭尚

ファンレター、作品のご感想をお待ちしています

あて先

〒102-0071　東京都千代田区富士見2-13-12
株式会社KADOKAWA　MF文庫J編集部気付
「かつび圭尚先生」係　「みすみ先生」係

MF文庫J

問二、永遠の愛を証明せよ。
思い出補正はないものとする。

2022年 3月25日 初版発行

著者 かつび圭尚

発行者 青柳昌行

発行 株式会社 KADOKAWA
〒102-8177 東京都千代田区富士見2-13-3
0570-002-301（ナビダイヤル）

印刷 株式会社広済堂ネクスト

製本 株式会社広済堂ネクスト

Printed in Japan ISBN 978-4-04-681294-0 C0193

●お問い合わせ
https://www.kadokawa.co.jp/（「お問い合わせ」へお進みください）
※内容によっては、お答えできない場合があります。
※サポートは日本国内のみとさせていただきます。
※Japanese text only

◇◇◇

〈第18回〉MF文庫Jライトノベル新人賞

MF文庫Jライトノベル新人賞は、10代の読者が心から楽しめる、オリジナリティ溢れるフレッシュなエンターテインメント作品を募集しています！ファンタジー、SF、ミステリー、恋愛、歴史、ホラーほかジャンルを問いません。
年に4回締切があるから、時期を気にせず投稿できて、すぐに結果がわかる！しかもWebからお手軽に投稿できて、さらには全員に評価シートもお送りしています！

通期

大賞
【正賞の楯と副賞 300万円】
最優秀賞
【正賞の楯と副賞 100万円】
優秀賞【正賞の楯と副賞 50万円】
佳作【正賞の楯と副賞 10万円】

各期ごと

チャレンジ賞
【活動支援費として合計6万円】
※チャレンジ賞は、投稿者支援の賞です

イラスト：えれっと

選考スケジュール

■第一期予備審査
【締切】2021年 6月30日
【発表】2021年10月25日ごろ

■第二期予備審査
【締切】2021年 9月30日
【発表】2022年 1月25日ごろ

■第三期予備審査
【締切】2021年12月31日
【発表】2022年 4月25日ごろ

■第四期予備審査
【締切】2022年 3月31日
【発表】2022年 7月25日ごろ

■最終審査結果
【発表】2022年 8月25日ごろ

MF文庫J ライトノベル新人賞の ココがすごい!

年4回の締切! だからいつでも送れて、**すぐに結果がわかる!**

応募者全員に評価シート送付! 評価シートを執筆に活かせる!

投稿がカンタンな **Web応募にて受付!**

三次選考通過者以上は、**担当編集がついて直接指導!** 希望者は編集部へご招待!

新人賞投稿者を応援する **『チャレンジ賞』** がある!

詳しくは、
MF文庫Jライトノベル新人賞
公式ページをご覧ください!
https://mfbunkoj.jp/rookie/award/